시로 읽자, 우리 역사

시로 읽자, 우리 역사

초판 1쇄 발행 2013년 9월 6일
초판 6쇄 발행 2021년 4월 23일

지은이 강영준 | 펴낸이 강일우 | 책임 편집 서영희 | 펴낸곳 (주)창비
등록 1986년 8월 5일 제85호 | 주소 413-120 경기도 파주시 회동길 184
전화 031-955-3333 | 팩스 031-955-3399(영업) 031-955-3400(편집)
홈페이지 www.changbi.com | 전자 우편 cbtext@changbi.com

ISBN 978-89-364-5835-5 43810

• 책값은 뒤표지에 표시되어 있습니다.

시로 읽자, 우리 역사

강영준 지음

창비

들어가며

문학을 가르치다 보면 학생들이 소설보다 시를 어려워합니다. 소설은 흥미로운 이야기가 전개되지만 시는 딱히 이야깃거리가 없는 경우가 많기 때문입니다. 학생뿐만 아니라 일반인들도 마찬가지일 것입니다. 시를 읽으며 소설처럼 재미를 느끼기란 쉽지 않을 것입니다. 더러는 고도의 비유와 상징 때문에 의미를 제대로 이해하지 못하는 경우마저 생기기도 하지요. 하지만 시는 아주 오랫동안 널리 향유되어 왔습니다. 그만큼 사람들은 시를 의미 있고 가치 있는 것으로 여겨 온 것이지요.

그렇다면 사람들은 왜 시를 짓고 읽을까요? 여러 가지 이유가 있겠지만 시는 자신의 감정을 표현하는 데에 탁월한 장점이 있습니다. 누군가 자신의 감정을 아무런 변화 없이 단조롭고 딱딱한 말투로 표현한다면 듣는 이는 상대의 목소리에 집중할 수 없을 것입니다. 물론 말하는 사람도 기운이 떨어지겠지요. 반면에 어떤 이의 목소리가 비밀스러운 암호나 신비로운 수수께끼 같기도 하고 음악처럼 리듬이 느껴진다면 어떨까요. 우리는 그 목소리의 매력에 빠져들지 않을 수 없을 것입니다.

사람의 감정과 생각을 전달하는 시는 작품이 창작되는 시대와 역사에 일정한 영향을 받기 마련입니다. 시를 짓는 사람이나 읽는 사람 모두 역사적인 현실 속에 존재하니까요. 아무리 시인의 감정이 개인적인 것이라고 해도 역사적인 환경에 놓이면 그 의미가 새롭게 해석되기도 합니다. 이 책을 통해서 이야기하고자 하는 것도 거기에 있습니다. 우리가 살아가는 삶의 현실이 어떻게 시 속에 드러나 있는가를 살펴보는 것이 이 책의 기본적인 목표입니다. 또한 시가 역사적 현실을 어떻게 받아들이고, 현실이 나아갈 방향을 어떻게 예감하고 있는지도 살펴볼 것입니다. 그를 위해 우리나라 근현대사와 우리 시의 관계에 초점을 맞추어 이야기를 진행하려고 합니다.

우리나라의 근현대사는 대단히 역동적이었습니다. 근대로 접어드는 시점에 일제의 식민 통치를 경험했고, 해방 이후에는 남북으로 분단된 채 전쟁을 치르기까지 했습니다. 정치적으로 오랜 기간 독재 치하에 있었고, 이를 극복하기 위한 민주화 운동도 치열하게 전개되었습니다. 세계적으로 유례가 드물게 짧은 시간 동안 경제적인 성장을 이루었고, 그 반작용으로 빈부 격차와 같은 사회적 갈등 요소도 커졌습니다.

이처럼 다채로운 근현대사의 모습은 우리 시 문학에 고스란히 반영되어 있습니다. 개인적인 정서가 시대 현실에 적지 않은 영향을 받았기 때문입니다. 역사적 순간마다 시인들은 진솔한 자기 목소리를 내놓았고, 그것은 그 시대를 직접 살아 보지 못한 우리에게 역사의 현장을 생생하게 느낄 기회를 마련해 줍니다. 따라서 근현대사와 시를 함께 살펴보면 역사에 대한 이해를 넓히는 동시에 우리 시에 대한 깊이 있는 감상을 할 수 있습니다.

전체적으로 이 책은 역사적인 사건을 시간 순서에 따라 서술하고 그 사건과 연관되는 시를 함께 감상했습니다. 1부는 동학 농민 운동부터 일제 강점기까지이며, 2부는 해방 이후부터 박정희 정부까지입니다. 그리고 마지막 3부는 1980년 광주 민주화 운동부터 현재까지라고 보면 되겠습니다. 각 장은 '역사 나들이'와 '시 감상'으로 구성하였습니다. 역사적 사실을 먼저 살펴보고, 그에 해당하는 작품을 감상하는 순서이지요.

책을 읽을 때 한 가지 주의할 점이 있습니다. 역사와 문학을 연결하는 이 책의 의도에 지나치게 집착해서 문학 작품을 역사적으로만 해석하는 오류를 범해서는 안 되겠습니다. 문학은 역사에 종속된 것이 아니기 때문입니다. 이 책에 소개된 이해와 감상은 어디까지나 문학 작품을 이해하는 하나의 방식일 뿐입니다. 작품을 역사적 사실 속에 가두어서는 안 된다는 뜻입니다.

글을 쓰는 동안 여러 책에서 도움을 받았습니다. 강만길 선생님의 『고쳐 쓴 한국 근대사』, 『고쳐 쓴 한국 현대사』, 『20세기 우리 역사』, 송찬섭 선생님의 『한국사의 이해』를 참고했고, 강준만 선생님의 『한국 근대사 산책』, 『한국 현대사 산책』을 통해 여러 사실들을 확인했습니다. 또한 '전국 역사 교사 모임'의 『살아 있는 한국사 교과서 2』와 지금 사용하고 있는 한국사 교과서를 두루 참고했습니다. 역사적 사실을 서술하는 데에 최대한 신중을 기했지만, 만약 오류가 있다면 그것은 모두 글쓴이의 책임입니다.

이 책이 나오기까지 도움을 주신 분들이 많습니다. 원고를 읽고 조언해 주신 많은 분들, 특히 역사적 기술을 꼼꼼하게 살펴봐 주신 공주고 전병철 선생님, 상산고 하인애 선생님, 국사 편찬 위원회 염복규 선생님께 감사를 드립니다. 사회 교육을 전공하는 제자 오은혜, 문학을 전공하는 노민혜에게도 감사를 전합니다. 두 사람이 원고를 손보지 않았다면 아주 엉성한 책이 되었을 것입니다. 이 밖에도 글쓰기를 곁에서 응원해 준 이시우 선생님, 김지혜 선생님, 사랑하는 어머님과 은주, 서연, 지원에게도 감사를 전합니다.

차 례

1부

자유와 해방을 향해 나아가다

18세기 유럽이 시민 혁명을 통해서 민주주의로 나아가고, 과학 혁명과 산업 혁명을 거쳐 근대적인 문물과 제도를 발전시키는 동안 우리나라는 여전히 성리학의 세계관에 갇혀 있었습니다. 그러다 보니 근대 세계로의 진입이 늦어질 수밖에 없었습니다. 또한 19세기 유럽의 열강들이 식민지를 개척하느라 정신이 없을 동안에도 우리나라는 세도 정치로 인해 혼란스러웠습니다. 조선의 국력은 약해졌고, 끝내 일본의 식민지로 전락합니다. 우리가 1부에서 다룰 내용은 이 시점부터 시작합니다. 근대 세계로 온전히 진입하지 못한 채 일본에게 나라를 빼앗긴 때부터 해방 이전까지가 1부에서 다룰 시기입니다.

모두 여섯 개의 장으로 구성된 1부는 동학 농민 운동을 그 처음으로 삼았습니다. 그 이유는 동학 농민 운동을 근대 세계를 지향하는 자생적인 움직임이라고 보았기 때문입니다. 겉으로 보기에 동학 농민 운동은 성공하지 못했지만 당시 조선 사회에 끼친 영향은 적지 않습니다. 동학에서 주장한 내용이 갑오개혁과 같은 근대적인 정책에 반영되기도 했으니까요. 이어서 한일 병합의 과정과 일제가 어떻게 식민지 조선을 수탈했는지도 자세히 살펴보겠습니다. 단순히 사실을 나열하기보다 한일 병합의 원인을 파악하고, 일제의 수탈이 우리나라에 어떤 영향을 주었는지도 알아볼 것입니다.

다음으로는 우리 민족이 일제에 어떻게 저항했는지 살펴볼 것입니다. 우리 민족의 가장 대표적인 저항은 3·1 운동입니다. 이 운동에는 지식인, 학생, 노동자, 농민, 상공업자 등이 계층을 가리지 않고 참여했습니다. 한마디로 3·1 운동은 시민운동의 성격을 띠고 있었지요. 3·1 운동은 공화주의 정부를 지향하는 대한민국 임시 정부의 성립에 적지 않은 기여를 했으며 동아시아 지역의 민족 운동에도 영향을 주었습니다.

3·1 운동 이후 우리 민족의 저항은 크게 민족주의와 사회주의 운동으로 구별해서 살펴볼 수 있습니다. 여기서 민족주의 운동이란 민족의 독립을 가장 우선시하는 것으로, 김구 등이 이끌었던 임시 정부의 운동이 대표적입니다. 사회주의 운동은 사회주의 사상을 토대로 민족 해방과 인간 평등을 쟁취하자는 운동이었지요. 식민지 기간에 두 가지 흐름은 지속되었고 해방 이후까지 이어졌습니다. 두 운동 모두 민족의 독립이라는 목표에서는 뜻을 같이했지요.

우리는 동학 농민 운동과 관련해 안도현의 「서울로 가는 전봉준」을, 일제의 국권 침탈 및 수탈과 관련지어 이중원의 「동심가」, 한용운의 「님의 침묵」, 이상화의 「빼앗긴 들에도 봄은 오는가」를 살펴보겠습니다. 또한 일제 강점기에 우리 민족이 저항하는 모습을 다룬 작품으로 임화의 「우리 오빠와 화로」, 이육사의 「광야」를 감상할 것입니다.

새야, 새야, 파랑새야

동학 농민 운동

백성들의 고통을 어루만져 준 동학 지금부터 120여 년 전, 우리 땅에서는 어떤 일이 있었을까요. 그때는 우리나라가 아직 '조선'이라는 국호를 쓰던 때였습니다. 개항 전 조선은 오랜 세도 정치•를 겪어 나라의 기강이 바로 서지 못한 상태였습니다. 지방 관리들은 백성들을 수탈하였고 정부는 그런 관리들을 제대로 감독하지 않았습니다. 어째서 나라에서는 부패하고 무능력한 관리들을 그대로 내버려 두었을까요. 그것은 당시 조선이 내우외환에 시달리고 있었기 때문입니다. 1876년, 일본이 군사력을 동원하여 문호를 개방하라고 요구하자 조선은 어쩔 수 없이 불평등 조약(조일 수호 조규•)을 맺게 됩니다. 그 후로 조선은 서

• **세도 정치** 임금의 일가나 총애를 받는 신하가 권력을 행사하는 정치로 조선 후기의 정치적 혼란을 부추겼다.

구 열강들에 차례차례 문호를 개방했습니다. 서구 열강과 청나라, 그리고 일본이 조선 땅에서 서로의 이익을 위해 다투게 된 것입니다.

만약 왕실의 권위와 힘이 막강했다면 우리나라는 외국 세력을 적절히 이용할 수 있었을 것입니다. 하지만 오랫동안 세도 정치를 겪은 데다 경복궁을 무리하게 중건하면서 왕권의 지지 기반은 취약해져 있었습니다. 또 조선의 지식인들은 신문물을 받아들여 개화하자는 개화파와 오랑캐를 절대로 받아들여서는 안 된다는 척사파•로 나뉘어 끝없는 갈등을 벌이고 있었죠. 그러는 사이 월급을 제대로 받지 못한 구식 군대가 난리를 일으키는가 하면(임오군란, 1882), 일본의 후원을 믿고 일으킨 혁명이 3일 만에 실패로 돌아간 일도 있었습니다(갑신정변, 1884). 우리나라를 둘러싸고 외세가 대립하는 과정에서 영국 군대가 우리 땅 거문도를 무단으로 점령하는 일까지 벌어졌지요(거문도 사건, 1885). 이처럼 국내외 현실이 어수선하고 지식인과 정치인, 그리고 민씨 일가와 대원군이 외국 세력을 이용해 정권을 잡으려고 경쟁하는 상황에서 정부가 백성들의 생활을 제대로 돌보기는 불가능했습니다.

백성들은 더 이상 국가가 자신들을 보호해 주리라고 생각할 수 없었습니다. 과도한 세금과 부역에 대한 불만이 높아만 갔고, 온갖 이권

• **조일 수호 조규** 일명 '강화도 조약'이라고도 하며, 1876년(고종 13) 조선과 일본 간에 체결된 불평등 조약이다. 일본의 정치·경제적 세력을 조선에 침투시키려는 조항이 많았다.

• **척사파** 위정척사파. 1860년대 이후 이항로, 기정진 등 보수적인 유학자를 중심으로 형성된 반침략·반외세의 정치 세력. 성리학적 세계관과 조선 왕조의 전통적 지배 체제를 강화하여 일본과 서구 열강의 침략에 대응하려 하였다.

을 서로 차지하려는 서구 열강을 보며 두려움을 느낄 수밖에 없었죠. 이런 까닭에 당시 민중들은 탐욕스러운 관리와 외국 세력에 대해 저항을 해야겠다고 마음먹었습니다. 하지만 농민들은 조직도 없었고 저항할 전략도 딱히 없었습니다. 체계적이지 않은 민란이 여기저기에서 일어나고 있을 뿐이었습니다. 그러던 중 농민들은 수운 최제우가 창시한 동학사상에 흠뻑 빠져들었습니다. 인내천(人乃天, 사람이 곧 하늘이다)이라는 최제우의 동학사상은 핍박받고 수탈당하던 농민들에게 카타르시스를 느끼게 해 주었지요.

또한 동학은 보국안민(輔國安民, 나라를 지키고 백성을 편안하게 함)의 기치를 내세워 농민뿐만 아니라 소외된 농촌 지식인들에게도 적지 않은 호응을 얻었습니다. 하지만 정부는 동학을 사악한 종교로 규정하고 교주 최제우를 사형에 처했습니다. 이 사건을 계기로 동학은 오히려 널리 퍼져 나갔고, 최제우의 억울한 누명을 벗겨 주고 동학을 정식으로 인정하라는 교조 신원 운동이 전국적으로 확산되기에 이릅니다. 농민 2만여 명이 충북 보은에서 대규모 집회(1893)를 열기도 했습니다. 당시 서울 인구가 18만 명 정도였으니 대단한 숫자가 모인 것이지요.

동학 농민 운동의 전개 1894년, 드디어 사건이 터졌습니다. 전라도 고부 군수 조병갑이 저수지 만석보를 증축할 때 백성들을 강제 노역에 동원하고 불법적으로 물세를 징수하며, 선량한 사람에게 죄를 뒤집어씌워 재산을 착취한 일이 발생한 것입니다. 이에 전봉준은 천여 명의 농민을 이끌고 고부 관아를 습격하여 무기를 빼앗고 억울한 죄수들을 석방해 주었습니다. 그리고 관아에서 불법으로 약탈해 갔던 곡식을 농민들에게 골고루 되돌려 주었지요(고부 봉기, 1894). 정부는 뒤늦게 조병갑을 잡아들이고 새로운 군수를 내려보냈지만 얼마 지나지 않아 조병갑은 풀려났고, 정부 관리들은 민란을 편향되게 조사하여 또다시 농민들을 자극했습니다. 민란을 수습하기 위해 파견된 관리가 민란의 책임을 동학교도와 농민들에게 떠넘겼던 것입니다.

전봉준은 다시 떨쳐 일어납니다. 그는 손화중, 김개남과 연합하여 8천 명이 넘는 농민군을 이끌고 황토현에서 정부군을 물리칩니다. 이후 정읍, 고창, 무장, 영광, 함평을 차례로 함락하고 마침내 전라 감영이 있는 전주성에 들어갑니다.

전주성 점령 후 농민군은 정부군과 전주 화약(1894)을 맺고 정치적인 역량을 펼치기 시작합니다. 농민군은 먼저 농민 자치 기관인 '집강소'를 설치합니다. 집강소는 치안 유지와 대민 업무를 맡는 등 실질적으로 지역의 행정 기관 역할을 수행했습니다. 농민들이 농민들 스스로를 다스렸으니 어떻게 보면 진정한 자치라고 하겠지요. 또한 집강소는 농민군이 요구한 폐정 개혁 활동에 적극 나섰습니다. 당시 폐정 개혁안•에는 근대적인 내용이 많았습니다. 탐관오리와 탐욕스러운 부자들을 엄하게 벌하고, 노비 문서를 불태우며, 왜적과 통하는 자를

• **폐정 개혁안** 1894년 6월, 전주를 점령한 동학 농민군의 지도자 전봉준이 관군과의 휴전 조건으로 제시한 12개 조항의 정치 개혁안.

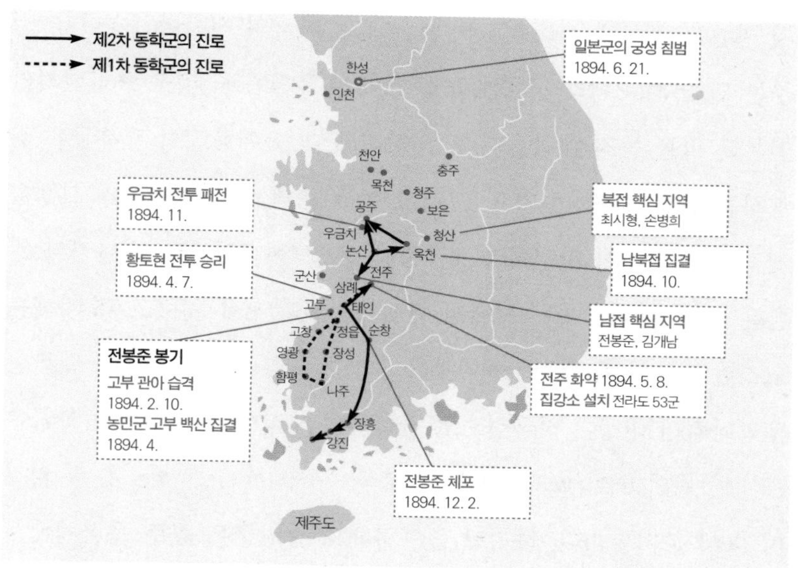

동학 농민 운동의 전개 동학 농민 운동은 2차에 걸쳐 일어났다. 1차 봉기는 탐관오리를 벌하고 봉건적인 제도를 개혁하려는 반봉건의 성격이 강했고, 2차 봉기는 조선 내에서 외세를 몰아내려는 반외세적인 성격이 강했다.

엄중히 다스려야 한다는 내용, 토지를 균등하게 나눠서 경작해야 한다는 주장 등이 들어 있었습니다. 참으로 혁명적인 발상이며, 지금 생각해도 근대적인 정책이라고 할 만한 것들이지요. 아마도 정부가 이를 실현하기 위해 농민군과 힘을 합했더라면 주체적인 근대화를 이루고 식민 지배를 받는 치욕을 피할 수 있었을지도 모릅니다.

안타까운 일은 정부가 동학 농민군을 진압하기 위해 군대를 보내달라고 청나라에 요청한 사실입니다. 남의 나라 군대를 스스로 끌어들이다니 참으로 안타까운 일이지요. 청나라가 군대를 이끌고 들어오자 일본도 조선에 군대를 파병했습니다. 비극의 시작이었습니다. 정부는 뒤늦게 두 나라 군대에 조선 땅에서 물러가 줄 것을 요청했지만 일본은 말을 듣지 않았습니다. 오히려 군대를 이용해서 경복궁을 점령하는 만행을 저질렀지요. 그리고 이를 문제 삼은 청나라와 전쟁을 시작했습니다. 이 전쟁이 바로 '청일 전쟁(1894)'입니다. 청나라와 일본은 자기 나라도 아닌 곳에서 뻔뻔스럽게 전쟁을 치렀고 그 피해는 고스란히 조선 백성에게 돌아왔습니다. 청나라에 대승을 거둔 일본은 우리나라의 내정에 적극적으로 간섭하기 시작합니다. 이에 동학군은 '척왜양창의(斥倭洋倡義, 일본과 서양 세력을 배척하여 의병을 일으킴)'를 외치며 다시 봉기합니다. 하지만 불행하게도 농민군은 공주 우금치에서 일본군에게 크게 패하고 맙니다. 기관총과 대포로 무장한 일본 군대를 농민군이 당해 낼 수는 없었지요.

동학 농민 운동이 남긴 유산 비록 동학군은 패했지만 동학 농민 운동이 남긴 유산은 적지 않습니다. 첫째, 동학 농민 운동은 반봉건적인 사회 분위기를 이끌어 냈습니다. 노비 문서를 소각하고 백정이나 기생, 무당, 광대와 같은 천인들의 처우를 개선하는 데에 기여했습니다. 이는 신분제 사회를 벗어나 근대적인 사회로 나아가는 디딤돌이 되었습니다. 다행스럽게도 농민들이 주장한 정책은 이후 정부에서 추진한 갑오개혁에 많은 부분 반영되었습니다. 둘째, 동학 농민 운동은 반외세적인 성격도 분명히 지니고 있었습니다. 2차 봉기 때에 내걸었던

'척왜양창의'는 조선을 자신들의 먹잇감으로 생각한 제국주의 세력에 정면으로 맞선 저항적 성격을 지니고 있습니다.

서구의 시민 혁명이 계몽사상의 영향 아래 이루어진 것처럼 동학 농민 운동은 동학이라는 사상적인 기반 위에서 사회를 개혁하고자 한 자생적인 운동이었습니다. 또한 집강소를 설치하는 등 '자치'를 실현했다는 점에서도 의의가 적지 않습니다. 근대 민주주의의 핵심이 다스리는 사람과 다스림을 받는 사람이 같다는 것이라면, 동학 농민 운동의 지향점도 근대 민주주의와 많은 부분에서 닮았지요. 다만 18세기 서양에서 일어난 시민 혁명이 부르주아와 지식인들이 연합해 왕정을 무너뜨리는 데에까지 이른 데 비해, 동학 농민 운동은 농민들이 양반이나 개화파 지식인들과 연합하지 못한 채 외세의 개입으로 실패했다는 한계를 지니고 있습니다. 그러나 그 시도만큼은 근대를 향한 밑바탕이 되기에 충분합니다.

서울로 가는 전봉준(全琫準)

안도현

눈 내리는 만경 들 건너가네
해진 짚신에 상투 하나 떠 가네
가는 길 그리운 이 아무도 없네
녹두꽃 자지러지게 피면 돌아올거나
울며 울지 않으며 가는
우리 봉준이
풀잎들이 북향하여 일제히 성긴 머리를 푸네

그 누가 알기나 하리
처음에는 우리 모두 이름 없는 들꽃이었더니
들꽃 중에서도 저 하늘 보기 두려워
그늘 깊은 땅속으로 젖은 발 내리고 싶어 하던
잔뿌리였더니

그대 떠나기 전에 우리는
목쉰 그대의 칼집도 찾아 주지 못하고
조선 호랑이처럼 모여 울어 주지도 못하였네
그보다도 더운 국밥 한 그릇 말아 주지 못하였네

못다 한 그 사랑 원망이라도 하듯
속절없이 눈발은 그치지 않고
한 자 세 치 눈 쌓이는 소리까지 들려오나니

그 누가 알기나 하리
겨울이라 꽁꽁 숨어 우는 우리나라 풀뿌리들이
입춘 경칩 지나 수군거리며 봄바람 찾아오면
수천 개의 푸른 기상나팔을 불어 제낄 것을
지금은 손발 묶인 저 얼음장 강줄기가
옥빛 대님을 홀연 풀어 헤치고
서해로 출렁거리며 쳐들어갈 것을

우리 성상(聖上) 계옵신 곳 가까이 가서
녹두알 같은 눈물 흘리며 한목숨 타오르겠네
봉준이 이 사람아
그대 갈 때 누군가 찍은 한 장 사진 속에서
기억하라고 타는 눈빛으로 건네던 말
오늘 나는 알겠네

들꽃들아
그날이 오면 닭 울 때
흰 무명 띠 머리에 두르고 동진강 어귀에 모여

척왜척화 척왜척화 물결 소리에

귀를 기울이라

경북 예천 출생. 1981년 『대구 매일 신문』 신춘문예에 「낙동강」이, 1984년 『동아 일보』 신춘문예에 「서울로 가는 전봉준」이 당선되어 등단하였다. 주로 개인적 체험을 시적으로 표현했지만 민족과 사회 현실을 서정적으로 그려 냈다는 평가도 받고 있다. 시집으로 『서울로 가는 전봉준』, 『모닥불』, 『바닷가 우체국』 등이 있다.

서울로 가는 전봉준
■
안도현

동학 농민 운동은 처음에는 동학란이라고 불렸습니다. 보수적인 세력이 동학 농민 운동이 지닌 의미를 깎아내렸던 것이지요. 하지만 1970년대 이후 여러 학자에 의해 동학이 지닌 반봉건 · 반외세의 근대적 성격이 밝혀지면서 그 용어는 동학 농민 운동, 갑오 농민 전쟁, 동학 농민 혁명 등 긍정적인 의미를 지닌 말로 바뀌었습니다. 문학 분야에서도 농민 운동에 대한 조명이 활발하게 이루어져 박태원의 『갑오 농민 전쟁』이나 송기숙의 『녹두 장군』과 같은 소설이 발표되기도 했지요. 시에서도 신동엽의 「금강」 등 여러 작품이 창작되었습니다. 안도현의 「서울로 가는 전봉준」도 그중 한 편입니다.

시인 안도현은 우리에게 낯설지 않습니다. 그의 작품 중에서 대중에게 널리 알려진 「너에게 묻는다」라는 시는 짧지만 읽는 사람에게 깊은 생각을 하게 만들지요. "연탄재 함부로 발로 차지 마라/너는/누구에게 한 번이라도 뜨거운 사람이었느냐" 아마도 한 번쯤 익숙하게 들어 본 시일 것입니다. 여기서 잠시 '연탄'을 생각해 볼까요. 연탄은 아주 값싼 연료입니다. 하지만 자기 몸을 다 태워 남에게 온기를 베푸는 열정적인 존재이지요. 보잘것없고 하찮은 존재이지만 누구보다도 열정적으로 살아가는 사람들을 한번 떠올려 볼까요. 그들은 바로 땀 흘려 농사짓고 험한 노동을 하며 살아가는 민중일 것입니다. 큰돈을 버는 것도 아니고 그렇다고 누구 하나 제대로 알아주지도 않지만 묵묵히 자신의 일을 해내는 사람들, 바로 연탄과 같은 사람들이지요. 이렇게 보면 안도현은 이름 없고 보잘것없지만 따뜻한 사람들에게 많은 애정을 품었던 것 같습니다. 그리고 그 시작은 데뷔작이었던 「서울로 가는 전봉준」에서부터라고 할 수 있지요.

작품 제목에서 짐작하듯이 이 시는 녹두 장군 전봉준이 전투에서 패한 뒤 관군에게 붙잡혀 서울로 압송되는 모습을 소재로 하고 있습니다. 위풍당당하던 장군의 위용은 사라지고 "해진 짚신에 상투 하나 떠 가"는 초라한 형상이 그려져 있는 것입니다. 작품의 시적 화자는 서울로 압송되는 전봉준을 안타깝게 바라보는 민중 중에 한 사람이라고 할 수 있지요. '우리 봉준이'라는 말에서 그를 바라보는 안쓰러운 시선과 무한한 애정을 동시에 느낄 수 있습니다.

그렇다면 민중은 어떤 사람일까요. 2연을 보면 민중의 정체를 짐작할 수 있는 구절이 있습니다. 그들은 처음에 '이름 없는 들꽃'이었고, '그늘 깊은 땅속으로 젖은 발 내리고 싶어 하던 잔뿌리' 같은 존재였습니다. 보잘것없고 하찮은 무리였으며, 한편으로는 비겁하게 현실에 안주하고 싶어 하는 욕망을 지닌 사람들이었습니다. 「너에게 묻는다」 식으로 말하자면 타오르기 전의 연탄이었다고나 할까요. 그런 까닭에 그들은 자신들이 따르던 녹두 장군이 서울로 압송되고 있는데도 칼집도 찾아 주지 못하고, 모여 울어 주지도 못하고, 국밥 한 그릇 말아 주지도 못합니다. 가슴으로는 서러움이 가득하지만 묵묵히 성긴 머리를 푸는 일 외에 다른 행동은 하지 못하는 사람이 민중인 것이지요.

하지만 민중은 한 번 타오르면 불같이 일어나는 존재입니다. 연탄이 자기의 온몸을 태우듯이 말입니다. 4연을 감상해 볼까요. 시인은 "그 누가 알기나 하리"라는 말을 던지면서 시상의 전환을 꾀하고 있습니다. 지금은

압송되는 전봉준 몸은 묶여 있지만 정면을 응시하는 그의 눈빛과 표정은 흐트러짐 없이 당당하다.

불가능하지만 언젠가는 민중들이 다시 한 번 일어날 것을 기대하고 있는 것이지요. 입춘, 경칩 지나 봄바람이 찾아오면 얼음장 강줄기가 서해로 출렁거리며 쳐들어가듯, 민중들이 불처럼 다시 타오를 것이라는 믿음을 시인은 저버리지 않았습니다. 불길을 댕기면 함께 타오를 것을 꿈꾸는 연탄처럼 말이지요. 그리고 그날이 올 때까지, 다시 봄바람이 불 때까지 귀를 기울이라는 당부의 말을 건네고 있습니다.

한 가지 흥미로운 대목을 살펴볼까요. 바로 5연에 제시된 "그대 갈 때 누군가 찍은 한 장 사진"이라는 구절입니다. 이 구절은 시적 화자가 압송되는 전봉준을 바라보는 그 당시 사람이 아니라 누군가에게 사진으로 찍힌 전봉준을 바라보는 오늘의 '나'라는 사실을 알려 줍니다. "녹두알 같은 눈물 흘리며 한목숨 타오르겠"다는 것을 그때가 아니라, 오늘 이 순간에 알게 되었다는 뜻입니다.

결국 이 작품의 내용은 과거의 사건이면서 현재의 사건일 수도 있다는 해석이 가능해집니다. 어쩌면 우리가 살아가는 현재도 동학 농민 운동이 일어났던 때 못지않게 민중들이 억압받는다고 볼 수 있으니 말입니다. 그러므로 이 작품은 과거의 역사적 사실을 통해 현재를 바라보게 해 준다고 할 수 있지요. 언젠가 민중이 옥빛 대님을 풀어 헤치고 바다로 쳐들어갈 것이라는 믿음은 전봉준이 잡혀갈 때만이 아니라 우리가 살아가는 오늘날에도 여전히 가치가 있다는 뜻입니다. 그리고 이것이 전봉준과 동학 농민 운동이 지닌 현재적인 의미이자 가치이지요. '척왜척화(斥倭斥和, 우리나라를 침략한 일본 제국주의를 배척하고 그들과의 화친도 배척함)'의 물결 소리는 언제 어디에서든 다시 들릴 수 있으니 그 소리에 늘 귀를 기울여야 한다는 것입니다.

오늘날에는 과거처럼 제국주의 국가나 악덕 지주들이 있는 것은 아닙니다. 하지만 그 어느 때보다도 막강한 거대 자본과 그와 결탁한 정치 세력이 있지요. 그들이 농민을 비롯한 민중의 삶을 위협하고 있습니다. 동학 농민 운동과 그것을 다룬 작품이 여전히 의미 있는 것은 바로 이런 이유 때문이지 않을까요.

근대를 향한 모험

개화파와 독립 협회

쇄국과 개방 사이의 혼란 우리 민족은 예로부터 개방적인 문화를 지니고 있었습니다. 선진 문화와 기술을 받아들이는 데에 인색하지 않았고, 그런 까닭에 찬란한 문화를 꽃피울 수 있었습니다. 최근 우리나라가 IT 강국이 되고, 한류의 붐을 일으킨 것도 모두 낯설고 새로운 것을 편견 없이 수용할 줄 아는 태도를 지녔기 때문일 것입니다. 하지만 우리 민족이 늘 개방적이었던 것만은 아닙니다. 한때는 문을 굳게 걸어 잠근 채 위기를 자초한 적도 있었지요.

우리가 선진 문화에 특히 폐쇄적인 태도를 보인 때는 조선 후기였습니다. 세계사적으로 보면 유럽에서는 시민 혁명과 과학 혁명이 일어나 근대 세계로 나아가던 시기였지요. 물론 조선에서도 영조, 정조의 중흥기가 있었습니다. 실학사상이 꽃을 피웠고 선진 문물을 받아들이자는 주장도 적지 않았습니다. 하지만 아쉽게도 근대 세계로 변화하고자 했던 시도는 지나치게 분열된 붕당 정치•와 세도 정치로 인해 시들해져 버립니다. 그뿐만 아니라 중국에서 명나라가 망하고 여진족이 세운 청나라가 들어선 후로는 사대부들이 조선을 작은 중국이라 생각하며 선진 문화를 받아들이는 데에 인색했습니다.

19세기 중반 서구 열강이 무력시위를 한 것도 나라의 문을 굳게 걸어 잠그게 된 원인 중 하나입니다. 프랑스 군함이 강화도를 점령(병인양요, 1866)하여 외국 세력에 대한 적대감을 키웠으며, 독일인 오페르트가 대원군의 아버지인 남연군의 묘를 파헤친 사건(남연군묘 도굴 사건, 1868)은 조상을 소중히 모시는 조선인들에게 상처를 주었습니다. 그뿐만 아니라 프랑스에 이어 미국의 군함이 강화도를 점령한 사건(신미양요, 1871)이 일어나기도 했지요. 전국에 서양 오랑캐를 반대하는 척화비(1871)가 세워진 것도 이즈음입니다.

그러나 서구 문물을 받아들여야 한다는 주장이 없었던 것은 아닙니다. 혼란스러운 정치적인 여건 속에서도 선진 문물을 수용해야 한다는 주장은 조용히 이어져 오고 있었습니다. 실학의 대가인 박지원의 손자 박규수는 그런 뜻을 지녔던 대표적인 인물입니다. 그는 열

• 붕당 정치　관료들이 서로 파벌을 이루어 정권을 다투는 일을 가리킨다. 대개 성리학적인 이념을 어떻게 실현할 것인가를 두고 서로 의견을 같이 하는 이들끼리 붕당을 형성하였다. 그러나 조선 후기의 붕당 간의 대립은 배타적이었고, 민생과 관련 없는 문제로 충돌한 경우가 많아서 국력을 약화시키는 결과를 낳기도 했다.

강들이 서로 대치하는 제국주의적인 질서가 마치 중국의 춘추 전국 시대와 비슷하다고 생각하면서 우리나라는 작고 힘이 없지만 동양의 요충지에 자리 잡고 있기 때문에 현명하게 대처하면 나라를 지킬 수 있다고 보았습니다. 그는 신분제를 타파해야 한다는 생각으로 중인 출신인 유대치, 오경석과 가깝게 지내면서 훗날 갑신정변과 갑오개혁의 주역이 되는 김옥균, 박영효, 유길준, 김윤식, 김홍집 등을 사랑채에서 함께 공부하게 합니다. 박규수는 시대의 흐름을 꿰뚫는 지혜를 갖추고 있었지요.

개혁을 꿈꾼 이들 1875년, 일본은 군함 운요호로 강화도 해역을 침범하고 조선의 문호를 개방할 것을 요구합니다. 그 결과 1876년 1월에 조선은 최초의 근대식 조약인 조일 수호 조규를 일본과 체결하게 되지요. 이때 협상단을 이끌었던 사람이 바로 박규수입니다. 물론 이 조약은 불평등 조약이었지만 그나마 협상을 통해 피해를 줄일 수 있었던 것은 박규수의 역량 때문이었지요.

박규수의 사랑채에 모였던 청년들은 개항과 함께 관리로 등용되기 시작합니다. 그중에는 갓 스물을 넘긴 젊은이도 있었지만 비교적 세계정세에 밝다는 점을 인정받았던 것이지요. 조선 정부도 일본에 수신사(1876, 1880, 1882)를 파견하고, 청나라에는 영선사(1881)를, 미국에는 보빙사(1883)를 보내서 개화에 대한 의지를 드러냅니다. 그리고 선진 문물을 접한 이들의 경험을 통해 근대적인 문물과 제도를 받아들이기 시작합니다. 신식 군사 훈련이 실시되었고, 근대적인 무기가 만들어졌으며, 박문국•에서는 신문도 발행되었습니다.

만약 개화파가 정치적으로 무모한 욕심을 내지 않았더라면 우리 근대사는 다르게 쓰일 수도 있었을 것입니다. 안타깝게도 급진적인 개화파였던 김옥균, 박영효 등은 정치적인 설득과 타협을 이루지 못한 채 당시 권력을 쥐고 있던 민씨 세력과 틀어집니다. 그리고 성급하게 일본과 손을 잡고 갑신정변(1884)을 일으키지요. 조선을 집어삼킬 기회를 호시탐탐 노리고 있었던 일본의 야욕을 제대로 간파하지 못한 채 일본이 조선의 개화를 적극적으로 지원해 줄 것이라 여겼던 것입니다. 민중의 지지 없이, 또 뚜렷한 정치적인 후원 없이 혁명을 감행한 것은 무모한 일이었습니다. 일본은 개화파를 외면했고, 민비는 청나라 군대를 불러 3일 만에 정변을 진압합니다. 개혁은 수포로 돌아갔고 개화파는 해외로 망명을 떠나야 했습니다.

개화파가 다시 정치 개혁에 나선 것은 동학 농민 운동이 있고 난 직후입니다. 비록 동학 농민 운동은 성공하지 못했지만 정부는 농민들의 요구를 무시할 수 없었지요. 물론 경복궁을 무단으로 점령한 일본이 개혁을 요구하기도 했습니다. 이런 분위기 속에서 온건 개화파 김홍집과 유길준은 고종의 명으로 갑오개혁(1894)을 단행합니다. 신분제도 폐지, 고문과 연좌제 금지, 도량형 통일 등 다양한 근대적인 개

• **박문국(博文局)** 1883년 박영효의 건의에 따라 설치되어 인쇄, 출판을 담당한 기관.

만민 공동회의 모습을 그린 기록화　당시 많은 사람들이 독립 협회가 주최한 만민 공동회에 자발적으로 참여하였다.

혁을 추진하게 된 것입니다. 하지만 갑오개혁도 갑신정변처럼 지배층에 의한 개혁이었기에 민중들의 폭넓은 지지를 받기에는 한계가 있었지요.

민중의 지지를 받은 개화 운동은 독립 협회(1896~1899)에 의해서 비로소 이루어집니다. 독립 협회는 외세의 침략과 조선의 지배층에 불만을 지녔던 시민, 학생, 노동자, 여성, 천민 등 각계의 지지를 이끌어 내는 데 성공했습니다. 독립 협회의 중심에는 서재필이 있었습니다. 서재필은 스무 살 젊은 나이에 갑신정변에 가담했다가 미국으로 망명한 뒤 최초의 한국인 의사가 된 사람이지요. 그는 먼저 순 한글 신문인 『독립신문』을 창간합니다. 또 각종 강연과 토론회를 통해 근대적인 민권 의식, 자주독립 의식을 고취합니다.

결과는 성공적이었습니다. 독립 협회가 주최한 만민 공동회에 1만 여 명이 넘는 시민이 자발적으로 모였는데, 당시 서울 인구가 18만 명인 것을 생각하면 참으로 대단한 숫자라고 할 수 있지요. 조선 정부는 독립 협회가 건의한 내용을 무시할 수 없었습니다. 독립 협회는 정부 관리를 만민 공동회에 참석시켜 관민 공동회를 열기도 했지요. 독립 협회는 시민 단체의 성격을 지니고 있었고 정치적 압력을 행사할 수 있는 세력이었습니다. 그런 까닭에 러시아가 절영도•를 요구했을 때 이를 저지할 수 있었고, 일본에 빼앗겼던 석탄고를 돌려받을 수도 있었습니다. 프랑스와 독일이 광산 채굴권을 요구할 때에도 독립 협회가 나서서 이를 저지시켰지요.

독립 협회의 한계와 의의 만약 독립 협회가 해체되지 않았더라면 우리 근대사는 많이 달라졌을지도 모릅니다. 독립 협회는 기본적으로 의회 민주주의를 갖춘 근대 국민 국가를 지향하고 있었기 때문입니다. 독립 협회는 고종을 설득하여 유명무실했던 중추원을 정부 대표 25명과 민간 대표 25명으로 이루어진 근대적인 의회로 변화시키려고 시도했지요.

그러나 독립 협회가 정치적인 힘이 강해지고 민간 대표를 선출하

• 절영도 지금의 부산 영도. 러시아는 얼지 않는 해군 기지를 건설하기 위해 절영도를 통치하게 해 줄 것을 요구하였지만 독립 협회 등의 반발로 무산되었다.

려는 데에까지 이르자 이를 모함하는 무리가 생겼습니다. 보부상을 중심으로 한 황국 협회의 방해는 물론이고 유생들의 비판도 만만치 않았지요. 급기야 1898년 11월 서울 시내에는 독립 협회가 고종을 폐위하고 대통령제를 도입하려 한다는 유언비어가 퍼집니다. 이에 격분한 고종은 독립 협회 간부 17인을 잡아들이고 협회를 강제로 해산합니다. 그리고 이후로는 모든 집회를 허가하지 않았습니다. 아쉽게도 근대화를 이룰 기회를 또다시 놓쳐 버린 것이지요. 시민의 힘으로 근대적인 정치를 실현하려던 꿈은 다음을 기약할 수밖에 없었습니다.

개항 이후 조선은 서구의 선진 문물과 제도, 그리고 사상을 받아들여 근대화를 이루고자 노력했습니다. 하지만 당시 근대화는 성공하지 못했습니다. 가장 큰 이유는 정부가 근대 세계로 나아가고자 하는 지식인과 민중의 요구를 제대로 받아들이지 않았기 때문이지요. 또 한 가지는 지나치게 외세에 의지했기 때문입니다. 청나라나 일본 등 외세에 의존하려던 개화는 오히려 조선을 열강들의 먹잇감으로 내놓는 결과를 낳았지요. 당시 정치 세력들이 국가의 이익보다 정파의 당리당략에만 치우친 채 서로 설득하거나 타협하지 않았던 점도 근대화에 실패한 원인입니다. 결국 이런 이유로 갑신정변, 갑오개혁, 독립 협회의 여러 정치 활동 등 근대를 향한 노력은 성공할 수 없었습니다.

동심가

이중원

잠을 깨세, 잠을 깨세,
사천 년이 꿈속이라.
만국(萬國)이 회동(會同)하야
사해(四海)가 일가(一家)로다.

구구세절(區區細節) 다 버리고
상하(上下) 동심(同心) 동덕(同德)하세.
남의 부강 부러워하고
근본 없이 회빈(回賓)하랴.

범을 보고 개 그리고
봉을 보고 닭 그린다.
문명(文明) 개화(開化)하랴 하면
실상(實狀) 일이 제일이라.

못에 고기 부러워 말고
그물 맺어 잡아 보세.
그물 맺기 어려우랴

동심결(同心結)로 맺어 보세.

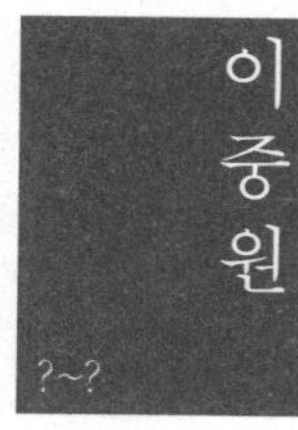

1896년 『독립신문』에 이 작품을 투고한 사람으로 당시 신문에 '양주 사람'이라고만 소개되어 있다.

「동심가」는 개화 가사입니다. 개화 가사는 개화기를 대표하는 시가 장르이지요. 개화 가사라니까 참 낯선 느낌이 들 겁니다. 일단 개화 가사의 '가사(歌辭)'는 노래 가사를 뜻하는 것이 아닙니다. '가사'란 조선 시대 양반 사대부들이 자신들의 정서와 사상을 담아 4·4조 4음보의 언어로 지은 문학 작품을 가리킵니다. 정철의 「사미인곡」, 「속미인곡」, 「관동별곡」이 대표적이며, 조선 후기에 와서는 내방 가사, 기행 가사, 유배 가사, 평민 가사 등으로 다양하게 발전되었습니다. 19세기 말 개화기에는 개화 가사가 등장하는데 4·4조 4음보의 리듬 안에 문명개화의 주제 의식을 주로 표현했습니다.

개화 가사는 전통적인 가사와 달리 1연, 2연, 3연과 같이 연의 구분이 있습니다. 이러한 구분은 독자가 메시지에 집중할 수 있게 해 주지요. 전통적인 가사는 연의 구분이 없어서 작품의 내용을 선명하게 이해하기 어렵지만 개화 가사는 연을 구분하여 비교적 명확하게 내용을 파악할 수 있습니다. 또한 개화 가사는 전통적인 가사처럼 길지 않고 대부분 짧으며 주제를 직접적으로 드러내는 특징이 있습니다. 계몽을 목적으로 했던 만큼 쉽게 쓸 필요가 있었던 것입니다.

과거의 가사는 개인 문집에 수록되는 경우가 대부분이었습니다. 하지만 개화 가사는 문집을 낼 만한 인물들이 지은 것은 아니었습니다. 그렇다면 개화 가사는 어디에 실렸고 어떻게 유통될 수 있었을까요? 『독립신문』, 『대한매일신보』, 『협성회 회보』와 같은 근대적인 신문과 잡지를 들여다보면 개화 가사가 실려 있습니다. 그리고 이때 발표된 작품의 지은이는 누구인지 정확하게 알기 어려운 사람들이었습니다. 아마도 계몽에 앞장선 지식인과 학생, 그리고 일반인 등 다양한 계층의 사람들이 개화 가사를 짓는 데에 참여했을 것입니다.

자, 이제 작품을 감상해 볼까요. 먼저 1연에 "잠을 깨세, 잠을 깨세,/사천 년이 꿈속이라."라는 구절은 문명을 받아들이자는 의지의 표현입니다. 작품이 발표된 지면이 『독립신문』이라는 점을 감안하면 그 주제가 문명개화라는 사실을 쉽게 짐작할 수 있겠지요. '잠'과 '꿈'은 '의식이 없는 상태'를 가리킵니다. '꿈'이 미몽(迷夢)이라든지 몽상(夢想)과 같이 쓰일 때는 부정적인 의미를 띱니다. 그러니까 '잠·꿈을 깨자'라는 말은 '무지몽매한 상태로부터 벗어나자'는 뜻입니다. 이런 표현은 자칫 우리의 오랜 역사를 무시하는 것으로 오해받을 수도 있습니다. 하지만 이 구절에서 당시 개화에 대한 사람들의 열망이 얼마나 강렬했는지 가늠할 수 있지요.

다음으로, "만국이 회동하야/사해가 일가로다."는 세계 각국이 함께 모여서 세계가 마치 한 가족과 같다는 뜻입니다. 당시 세계는 유럽의 제국주의 국가들이 아시아, 아프리카와 같은 대륙에 문호를 개방하라고 압력을 넣던 시기였습니다. 아마도 작가는 이 모습을 각국이 문물을 교류하는 '세계주의' 정도로 이해하고 있는 것 같습니다. 따라서 "사해가 일가로다."라는 말은 조선도 서둘러 세계의 흐름에 맞추어 가야 한다는 의미로 읽을 수 있습니다.

이제 2연을 살펴볼까요. 첫 부분에 나오는 "구구세절"은 여러 가지 잡다한 일을 가리키는데, 명분을 중시했던 조선의 복잡한 관습과 절차를 가리킨다고 볼 수 있습니다. 그리고 "상하 동심 동덕하세."는 당시에 여러 정파로 나뉘어 갈등하던 정치 현실을 염두에 두고 쓴 표현입니다. 개화파만 해도 급진파, 온건파로 나뉘어 뜻을 하나로 모으기가 어려웠으니까요. 갑신정변, 갑오개혁이 성공하지 못한 것을 떠올려 보면 지은이가 어째서 동심 동덕을 강조했는지 이해할 수 있을 것입니다. 다음으로 "근본 없이 회빈하랴."에서 '회빈'은 꽤 어려운 말입니다. 이 말은 '회빈작주(回賓作主)'의 준말로, 주인으로서 자격도 갖추지 않고 제멋대로 행동하는 태도를 비판하기 위해 쓰였습니다. 주체성을 상실한 채 경쟁적으로 개화에만 들뜬 세태를 꼬집는 표현입니다.

3연의 "범을 보고 개 그리고/봉을 보고 닭 그린다."라는 구절은 서구의 문물을 어설프게 흉내 내고자 했던 관념적인 태도를 문제 삼고 있습니다. 현실을 외면한 채 관념으로만 개화를 외치는 것은 범을 보지만 실제로는 개밖에 그릴 수 없는 것과 마찬가지라는 말입니다. 작가는 문명을 진정으로 개화하려면 '실상 일', 즉 현실을 제대로 파악하여 구체적으로 실천하는 노력을 기울여야 한다고 말하고 있습니다.

마지막 4연은 문명개화를 위해 합심하고 단결할 것을 강조하고 있습니다. "못에 고기 부러워 말고/그물 맺어 잡아 보세."에서 '고기'는 우리가 추구하는 문명개화를 상징하고 그물은 이를 위해 갖추어야 할 태도를 말합니다. 그리고 그 태도는 작품의 마지막 구절에서 '동심결'로 마무리됩니다. 결국 민족이 서로 협력하고 합심하는 것이 가장 시급한 일이라는 것을 알 수 있지요. 우리는 「동심가」에서 혼란한 시대 속에서 주체적으로 근대 문명을 받아들이려는 조선 민중의 목소리를 분명히 확인할 수 있습니다.

「동심가」를 비롯한 개화 가사들은 세련된 문학적 상징이나 미적인 리듬을 갖춘, 완성도 높은 작품은 아닙니다. 전문적인 시인이 아니라 아마추어의 작품이라는 생각도 떨치기 어렵습니다. 또한 지나치게 계몽적인 목적을 지닌 점도 그 한계로 지적할 수 있습니다. '~하세'라는 청유형 문장을 보면 문학 작품인지, 정치적인 선전인지 구분하기가 어려울 정도니까요. 하지만 그렇다고 해서 작품이 의미 없는 것은 아닙니다. 개화 가사는 형태 면에서 시조와 가사의 전통 양식을 계승하면서 당대의 시대 의식과 개화, 계몽사상을 담기에 적당한 형태로 변모한 것이지요. 그리고 이는 한국 문학이 서구나 일본 문학을 무조건 받아들인 것이 아니라 전통의 맥락 안에서 주체적이고 능동적으로 형성되었음을 보여 주는 단서이기도 합니다. 이렇게 볼 때, 근대 문명을 받아들이고자 했던 조선인들의 의지는 문학 작품으로도 충분히 나타나 있습니다. 그렇기 때문에 당시의 작품들이 계몽적 성격이 강하고 미적으로 훌륭하지 못하더라도 애정을 품고 그 시절로 돌아가 함께 고민을 해 보는 것은 분명히 의미 있는 일일 것입니다.

망국의 서러움을 딛고서

한일 병합의 과정과 원인

명성 황후 시해 사건과 아관 파천의 과정 1910년 8월 29일, 500년이 넘는 역사를 자랑하던 나라가 역사의 뒤안길로 사라졌습니다. 전제 왕정이 사라지는 것은 근대 역사의 발전 과정에서 흔히 나타나는 보편적인 현상입니다. 신분제가 흔들리고 군주제가 민주 공화정으로 나아가는 것은 자연스러운 일이지요. 그러나 조선 왕조는 시민과 대중의 자발적인 혁명을 통해 폐지된 것이 아니었습니다. 일본이 조선을 식민지화하면서 강제로 병합하였으니까요. 어째서 이처럼 치욕스러운 사건이 일어난 것일까요.

일본은 청일 전쟁에서 승리하고 난 뒤 그 대가로 청의 요동반도를 얻어 내는 등 득의양양했습니다. 그러나 러시아, 프랑스, 독일의 반대로 요동반도의 소유권을 반환할 수밖에 없었지요. 소위 3국 간섭으로

낚시 놀이 1887년 프랑스 언론인 조르주 비고가 그린 풍자화. 조선을 낚으려는 일본과 청나라, 그리고 다리 위에서 때를 기다리는 러시아의 모습에서 당시 조선을 둘러싼 주변국의 대립이 잘 드러난다.

일본의 욕망이 좌절되는 순간이었습니다. 일본이 뒤로 물러서는 것을 목격한 당시 조선 정부는 이를 계기로 러시아와 가깝게 지내고자 노력합니다. 그런데 여기서 사건이 터집니다. 조선에 대한 이권을 러시아에 송두리째 빼앗길 것을 염려한 일본이 훗날 명성 황후로 추존된 민비를 낭인•들을 시켜 살해한 것입니다(을미사변, 1895).

• 낭인(浪人) '낭인'은 일제 침략기에 중국 대륙 등 각지에 거주하거나 떠돌아다니며 정치 활동을 한 일본인 무리를 일컫는 말이다. 을미사변을 일으킨 인물이 누구인지는 여전히 논란 중이지만, 전임 일본 공사 이노우에가 배후에서 당시 일본 공사인 미우라를 조종한 것으로 알려져 있다. 그들은 일본군 수비대를 동원하여 조선 시위대를 막았고, 그 사이에 낭인들로 하여금 만행을 저지르게 했다고 한다.

사랑하던 왕후를 잃은 고종의 마음은 어땠을까요. 세상이 무너지는 것 같았겠지요. 그러나 왕은 슬픔을 추스를 틈도 없었습니다. 궁궐 안에서 왕후가 살해되었으니 자신의 신변도 안전하지 않다는 절망과 두려움에 휩싸였을 것입니다. 결국 고종은 일본의 감시를 피해 아관, 즉 러시아 공사관으로 피신을 합니다(아관 파천, 1896). 이후 나라는 일시적으로 안정을 찾습니다. 대한 제국(1897)도 그즈음에 성립합니다. 반면 우리 민족에게 씻을 수 없는 상처를 준 일본은 조선에 대한 실질적인 영향력을 러시아에 빼앗깁니다. 러시아 공사관을 잘못 건드렸다가는 세계 최강의 육군을 보유한 러시아와 전쟁을 치러야만 했으니까요.

한반도에 대한 지배권을 강화한 일본 일본이 다시 기회를 잡은 것은 세계정세와 깊은 관계가 있습니다. 당시 세계는 러시아로 대표되는 대륙 세력과 영국, 미국의 해양 세력으로 나뉘어 있었습니다. 러시아는 해양으로 뻗어 나가려고 한 반면, 영국은 이를 견제하고자 했습니다. 이런 상황에서 러시아가 의화단 사건•을 계기로 만주를 실질적으로 지배하게 되자 위기감을 느낀 영국은 서둘러 일본과 동맹을 맺기에 이릅니다(영일 동맹, 1902). 미국도 일본의 편에 서게 되지요. 이런 국제정세 속에서 러시아는 한반도의 39도 이남은 일본이 관할하고, 39도

• 의화단 사건(1900) 중국의 화북 지방에 퍼진 반제국주의 농민 투쟁. 중국의 식민지화를 더욱 촉진시키는 화를 초래하였다.

이북은 완충 지대로 두자는 제안을 합니다.

그러나 일본은 이를 거절하고 급기야 러일 전쟁(1904)을 일으킵니다. 그리고 예상과 달리 일본이 승리를 거둡니다. 당시 일본이 승리할 수 있었던 것은 영국과 미국이 막대한 전쟁 비용을 지원했기 때문입니다. 러시아까지 무너뜨린 일본은 한반도에 대한 지배권을 강화하기 시작합니다. 그들은 한반도에 독자적으로 군대를 주둔시키고, 대한제국의 외교와 재정을 감독하며 산업 분야를 식민지화하기 시작합니다. 1904년에는 이와 같은 내용으로 제1차 한일 협약을 체결하지요.

일제는 더 이상 거칠 것이 없었습니다. 일제는 송병준과 이용구를 이용하여 기존의 친일 단체를 움직이는 등 보호 조약의 필요성을 선전했습니다. 급기야 1905년에는 왕궁을 포위한 채 이완용, 이근택, 권중현, 박제순, 이지용 등을 내세워 을사늑약(제2차 한일 협약)을 체결합니다. 고종이 끝까지 서명을 거부하자 일제는 외무대신 박제순의 직인을 훔쳐서 도장을 찍는 만행을 저지릅니다. 이 조약으로 우리나라는 외교권을 박탈당했으며 일본은 조선을 관리 감독하는 통감부를 설치하고 초대 통감으로 이토 히로부미를 임명했지요.

일제의 억압과 민족적 저항 을사늑약에 대한 국민적 반발은 거셌습니다. 양반 유생들의 상소와 자결이 이어졌으며 상인들도 장사를 그만두고 조약 파기를 요구하는 데 동참했습니다. 고종도 조약의 부당성과 일제의 침략 행위를 전 세계에 알리려고 노력합니다. 만국 평화 회의가 열리는 네덜란드 헤이그에 특사를 파견하기도 했고, 친분이 있던 미국인 선교사 헐버트를 통해 미국에 도움을 요청하기도 했습니다. 그러나 이런 노력은 일본의 방해와 일본 편에 섰던 영국의 압력으로 실패하고 맙니다. 고종은 이 사건으로 퇴위하게 되지요.

고종의 퇴위와 함께 한일 신협약(정미 7조약, 1907)을 체결한 일본은 각종 법령 제정, 중요 행정 처분, 고위 관리의 임명권 등을 손에 넣습니다. 그뿐만 아니라 조선의 각 부 차관 자리에 일본인 관리를 임명하여 소위 차관 정치를 실시합니다. 한일 신협약의 위력은 대단했습니다. 나라의 법률을 제정하는 권한마저 빼앗겼으니 실질적으로 국가로서의 기능이 정지된 것이나 다름없었지요. 일제는 조약을 근거로 보안법을 만들어 집회와 결사의 자유를 철저히 탄압했습니다. 이로 인해 당시 전국적으로 일어났던 애국 계몽 운동이 크게 위축될 수밖에 없었습니다. 또한 신문지법(1907)을 통해 『대한매일신보』 같은 항일 신문을 강력히 탄압하지요.

더욱 안타까운 일은 사립 학교령(1908)•이 시행된 것입니다. 교육은 국가의 미래를 결정짓는 중요한 일입니다. 그런 까닭에 민족 운동 지도자들은 학교 설립에 혼신의 힘을 다했습니다. 그러나 일제에 의해 공표된 사립 학교령은 뜨거웠던 민족 교육 열기에 찬물을 끼얹습니

• 사립 학교령 1900년대 후반 들어 한국인이 설립하는 사립 학교가 크게 늘어나자 이를 규제하기 위해 제정된 법률. 주요 내용은 사립 학교를 설립할 때는 학부대신의 인가를 받아야 하며, 경우에 따라서는 학부대신이 폐교를 명령할 수 있다는 것이었다.

다. 이로 인해 4천여 개에 이르던 사립 학교가 1910년에는 2,250여 개로 급속히 줄어들었습니다. 사립 학교령 못지않게 우리 민족을 탄압한 것은 화폐 정리 사업(1905)입니다. 화폐 정리 사업이란 화폐 개혁을 구실로 조선의 상업 자본이 형성되는 것을 차단한 사건입니다. 한국의 엽전과 백동화를 일본의 제일 은행권으로 교환하는 것이 사업의 핵심이었는데, 이를 계기로 민족 자본은 큰 타격을 입었고 민족 은행도 한순간에 몰락합니다.

일제가 서둘러 화폐 정리 사업을 벌인 이유는 무엇일까요. 그것은 상업 자본이 시민들의 정치·경제적인 지위를 높일 수 있었기 때문입니다. 다시 말해 일제는 근대적인 정치의식을 지닌 시민 부르주아 계급이 출현할 만한 싹을 애초에 자르고자 했던 것이지요. 일제가 19세기 말 철도와 전기 등 근대적 시설을 설치하면서 막대한 차관을 들여온 것도 조선의 자본주의를 처음부터 허약하게 만들려는 목적이 있었던 것입니다. 뒤늦게 대구 지역을 중심으로 국채 보상 운동•이 진행되었지만 이미 나랏빚은 상환 불가능할 만큼 늘어나 있었습니다.

일제는 1907년 대한 제국의 군대를 해산합니다. 해산된 군대는 이후 의병에 가담하여 일제에 저항합니다. 13도 연합 의병이 서울 동대문 밖 30리 지점까지 진격한 일도 있었습니다(1907). 그러나 기울어 가는 나라를 지키기에는 역부족이었죠. 더군다나 일제의 남한 대토벌

• **국채 보상 운동** 1907년 2월 대구에서 시작된 주권 수호 운동. 서상돈 등이 제안하여 일본에서 도입한 차관 1,300만 원을 갚아 주권을 회복하고자 하였다.

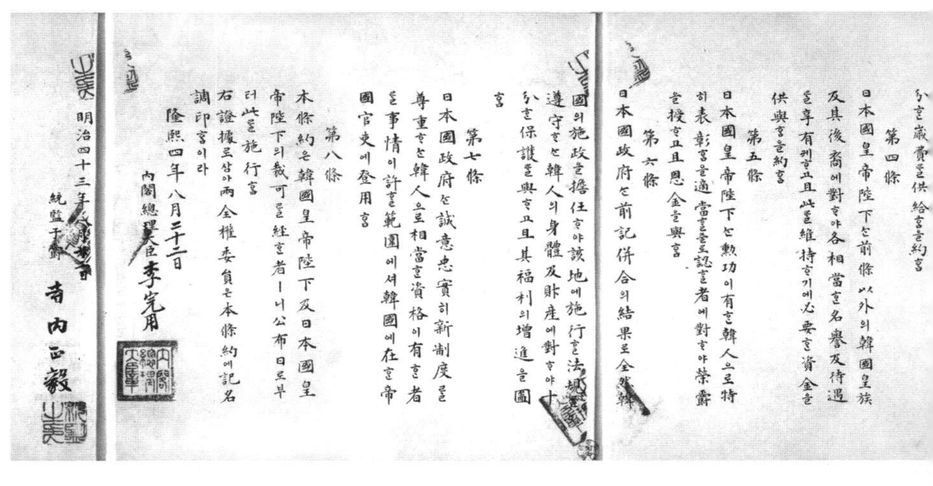

ᄒᆞᆫ歲費ᄅᆞᆯ供給ᄒᆞᆷ을約ᄒᆞᆷ

第四條

日本國皇帝陛下ᄂᆞᆫ前條以外의韓國皇族及其後裔에對ᄒᆞ야各相當ᄒᆞᆫ名譽及待遇ᄅᆞᆯ享有케ᄒᆞ고且此ᄅᆞᆯ維持ᄒᆞ기에必要ᄒᆞᆫ資金을供與ᄒᆞᆷ을約ᄒᆞᆷ

第五條

日本國皇帝陛下ᄂᆞᆫ勳功이有ᄒᆞᆫ韓人으로特히表彰ᄒᆞᆷ을適當ᄒᆞᆯ줄로認ᄒᆞᆫ者에對ᄒᆞ야榮爵을授ᄒᆞ고且恩金을與ᄒᆞᆷ

第六條

日本國政府ᄂᆞᆫ前記倂合의結果로全然韓國의施政을擔任ᄒᆞ야該地에施行ᄒᆞᆫ法規ᄅᆞᆯ遵守ᄒᆞᄂᆞᆫ韓人의身體及財産에對ᄒᆞ야十分ᄒᆞᆫ保護ᄅᆞᆯ與ᄒᆞ고且其福利의增進을圖ᄒᆞᆷ

第七條

日本國政府ᄂᆞᆫ誠意忠實히新制度ᄅᆞᆯ尊重ᄒᆞᄂᆞᆫ韓人으로相當ᄒᆞᆫ資格이有ᄒᆞᆫ者ᄅᆞᆯ事情이許ᄒᆞᄂᆞᆫ範圍에셔韓國에在ᄒᆞᆫ帝國官吏에登用ᄒᆞᆷ

第八條

本條約은韓國皇帝陛下及日本國皇帝陛下의裁可ᄅᆞᆯ經ᄒᆞᆫ者ㅣ니公布日로부터此ᄅᆞᆯ施行ᄒᆞᆷ

右證據로삼아兩全權委員은本條約에記名調印ᄒᆞᆷ이라

隆熙四年八月二十二日

內閣總理大臣 李完用

明治四十三年八月二十二日

統監子爵 寺內正毅

작전(1909)• 으로 의병 활동도 크게 위축되고 맙니다. 의병 세력까지 진압한 일제는 1909년 일진회를 동원하여 '합방 촉진 성명'을 발표하게 합니다. 마치 한국민이 합방에 찬성이라도 하는 것처럼 위장하기 위해서였지요. 그리고 1910년 8월 내각 총리대신 이완용과 조선 통감 데라우치 사이에서 한일 병합에 관한 조약이 체결, 공포되기에 이릅니다.

국권 상실의 원인 국권 상실의 가장 큰 원인은 당연히 제국주의적 야욕에 불타는 일본에 있습니다. 일본은 근대화와 자본주의를 경험하면

• **남한 대토벌 작전** 일본 제국이 1909년 9월 1일부터 10월 30일까지 약 두 달에 걸쳐서 대한 제국 내 전라남도와 그 외곽 지대에서 저항했던 항일 의병들을 진압하기 위해 세운 토벌 작전.

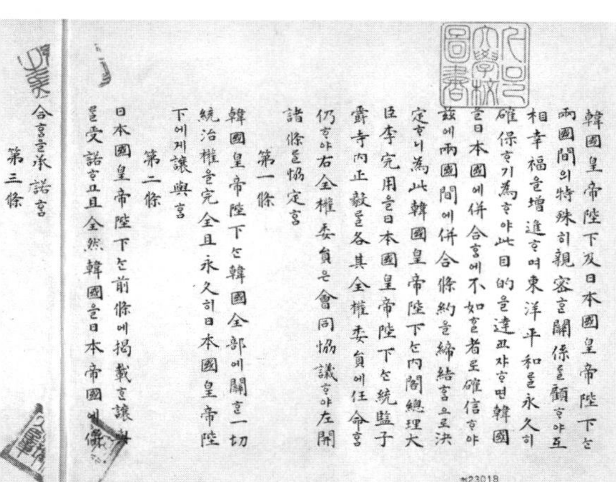
韓國皇帝陛下及日本國皇帝陛下ᄂᆞᆫ
兩國間의特殊히親密ᄒᆞᆫ關係를顧ᄒᆞ야互
相幸福을增進ᄒᆞ며東洋平和를永久히
確保ᄒᆞ기爲ᄒᆞ야此目的을達코자ᄒᆞ면韓國
을日本國에倂合ᄒᆞᆷ에不如ᄒᆞᆫ者로確信ᄒᆞ야
玆에兩國間에倂合條約을締結ᄒᆞ기로決
定ᄒᆞ니爲此韓國皇帝陛下ᄂᆞᆫ內閣總理大
臣李完用을日本國皇帝陛下ᄂᆞᆫ統監子
爵寺內正毅를各其全權委員에任命ᄒᆞᆷ
仍ᄒᆞ야右全權委員은會同協議ᄒᆞ야左開
諸條를協定ᄒᆞᆷ
第一條
韓國皇帝陛下ᄂᆞᆫ韓國全部에關ᄒᆞᆫ一切
統治權을完全且永久히日本國皇帝陛
下에게讓與ᄒᆞᆷ
第二條
日本國皇帝陛下ᄂᆞᆫ前條에揭載ᄒᆞᆫ讓與
를受諾ᄒᆞ고且全然韓國을日本帝國에倂
合ᄒᆞᆷ을承諾ᄒᆞᆷ
第三條

한일 병합에 관한 조약 순종 황제 앞에서는 형식적인 어전 회의만 거친 후 내각 총리대신 이완용과 조선 통감 데라우치가 조약에 서명을 하였다.

서 서구 열강과 마찬가지로 상품 시장과 원료 공급지가 필요했습니다. 그런데 중국은 일본이 감당하기에는 나라의 규모가 너무 컸을뿐더러, 이미 서구 열강이 각축을 벌이고 있었습니다. 결국 일본은 조선을 식민지화하는 데 모든 노력을 기울였습니다. 이런 일본의 시도는 러시아의 남진을 막으려던 국제 정세와도 맞물려 성공할 수 있었습니다. 미국이 필리핀을 지배하고 일본은 조선을 보호국으로 지배하는 것을 미·일이 서로 인정하였던 것입니다.

하지만 모든 원인이 외부에만 있는 것은 아닙니다. 어쩌면 내부의 문제가 더 큰 것이었는지도 모릅니다. 19세기 말까지 조선은 국민 주권주의를 거부하는 전제 군주제를 유지했고, 경제적으로는 상공업의 발달을 가로막는 지주 소작제•를 개혁하지 못하고 있었습니다. 또한 양반과 상민을 구분 짓는 신분제가 청산되지 못한 한계도 있었지요.

상공업을 천시하는 사회적 분위기 속에서 시민 계급은 형성되기 어려웠습니다. 이렇게 볼 때 조선의 몰락은 밖으로는 제국주의의 팽창, 안으로는 근대화에 성공하지 못한 역량 부족 때문에 일어난 사건이라고 볼 수 있습니다.

• **지주 소작제** 토지 소유주인 지주와 지주의 땅을 빌려 농사를 짓는 소작인이 연결된 토지 소유 형태.

님의 침묵

한용운

님은 갔습니다 아아 사랑하는 나의 님은 갔습니다
푸른 산빛을 깨치고 단풍나무 숲을 향하여 난 작은 길을 걸어서 차마 떨치고 갔습니다
황금의 꽃같이 굳고 빛나던 옛 맹세는 차디찬 티끌이 되어서 한숨의 미풍에 날아갔습니다
날카로운 첫 키스의 추억은 나의 운명의 지침을 돌려놓고 뒷걸음쳐서 사라졌습니다
나는 향기로운 님의 말소리에 귀먹고 꽃다운 님의 얼굴에 눈멀었습니다
사랑도 사람의 일이라 만날 때에 미리 떠날 것을 염려하고 경계하지 아니한 것은 아니지만 이별은 뜻밖의 일이 되고 놀란 가슴은 새로운 슬픔에 터집니다
그러나 이별을 쓸데없는 눈물의 원천을 만들고 마는 것은 스스로 사랑을 깨치는 것인 줄 아는 까닭에 걷잡을 수 없는 슬픔의 힘을 옮겨서 새 희망의 정수박이에 들어부었습니다
우리는 만날 때에 떠날 것을 염려하는 것과 같이 떠날 때에 다시 만날 것을 믿습니다
아아 님은 갔지마는 나는 님을 보내지 아니하였습니다
제 곡조를 못 이기는 사랑의 노래는 님의 침묵을 휩싸고 돕니다

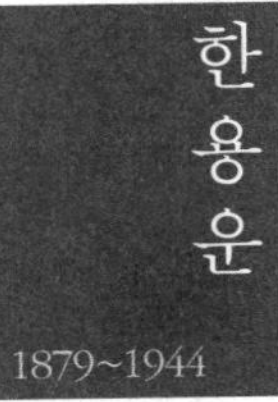

충남 홍성 출생. 독립운동가 겸 승려이자 시인이다. 1918년 불교 잡지 『유심』에 시 「심(心)」을 발표하여 문단에 등단하였다. 그는 시에서 이별의 순간에도 만남을 믿는 희망을 표현했으며, 시어 '님'은 조국, 민족, 불타, 중생 등 다양한 의미로 해석된다. 1926년 88편의 시를 묶어 시집 『님의 침묵』을 간행하였다.

만해 한용운의 「님의 침묵」은 1926년 같은 제목의 시집에 묶여 세상에 알려졌습니다. 하지만 시집 속에 실린 작품이 언제 쓰였는지는 정확히 알 수 없습니다. 나라를 잃고 난 직후에 쓴 것인지, 아니면 한참 지나 쓴 것인지 판단하기가 어렵지요. 또 작품 속의 '님'이 정확히 누구를 가리킨다고 단정할 수 없습니다. 사랑하는 연인일 수도 있고, 만해가 승려인 점을 생각하면 부처님이 될 수도 있겠지요. 또한 민족운동가로서 살았던 한용운의 삶에 근거해 '님'을 민족 현실에 비추어 해석해도 큰 잘못은 아닐 것입니다. 물론 단순하게 '님'을 '잃어버린 조국'으로만 한정해서 그 의미를 축소하는 것은 적절한 시 읽기가 아니겠지요. 일단 이 작품이 조국을 잃어버린 슬픔을 표현한다고 생각하며 함께 감상해 봅시다.

나라를 잃는다는 것은 어떤 의미일까요. 비슷한 상황을 생각해 볼까요. 우리나라에서 불법으로 체류하고 있는 외국인들을 한번 떠올려 봅시다. 아니면 본의 아니게 주민 등록이 말소된 사람을 생각해 보세요. 그들은 우리와 같은 땅에서 살아가지만 매일매일 불안과 공포를 경험할 것입니다. 그 어떤 법적인 보호도 받을 수 없으니 말이지요. 악덕 기업주를 만나서 임금이 체불되어도, 누군가에게 폭행을 당하거나 피해를 입어도 그 사실을 호소할 곳이 없을 것입니다. 살아도 산 것이 아니고, 죽어도 죽은 것이 아닌 사람. 존재하지만 존재하지 않는 삶이 이들의 삶입니다.

일본에 나라를 빼앗긴 조선인의 처지도 이와 비슷했습니다. 억울한 일을 당해도 마땅히 호소할 길이 없었으니까요. 나라를 잃었으니 자신이 이제는 일본인인지 조선인인지 정체성의 혼란도 심하게 겪었을 것입니다. 또한 식민지인으로서 이류 인생이라는 자괴감도 적지 않았겠지요.

'님의 침묵'은 사랑하는 임이 떠나면서 시작합니다. 사랑하는 사람과의 이별은 가슴 아픈 일입니다. 서로가 간절하게 사랑하지만 어쩔 수 없이 헤어질 때는 더욱 가슴이 미어질 것입니다. 더군다나 작품 속의 임은 자기 자신의 의지대로 떠난 것이 아닙니다. "차마 떨치고" 간 것입니다. 어쩔 수 없이, 자신의 의지와는 무관하게, 어떤 외부의 강제에 의해서 임은 떠날 수밖에 없었지요. 이렇게 볼 때 2행에 나오는 "푸른 산빛"은 밝고 희망찬 미래를, "단풍나무 숲"은 그와 반대되는 조락(凋落)과 아쉬움의 의미를 띠고 있다고 할 수 있습니다. 그리고 3행에 나오는 "황금의 꽃같이 굳고 빛나던 옛 맹세"와 "차디찬 티끌"도 각각 영원한 사랑에 대한 약속과 허무한 사랑의 아픔을 의미한다고 할 수 있습니다.

사랑하는 사람이 떠났다면 요즘 사람들은 그것으로 모든 관계가 끝났다고 생각할지 모릅니다. 하지만 진정으로 사랑한다면 임이 떠났다 해도 임은 '나'에게 여전히 소중한 존재입니다. 비록 지금은 곁에 없지만 사랑하는 임이 '나'의 마음을 송두리째 바꾸어 놓았기 때문입니다. 작품의 표현대로 "날카로운 첫 키스의 추억"이 "운명의 지침"을 돌려놓은 것입니다. '운명'이란 무엇인가요. 그것은 아무리 극복하려고 노력해도 바뀌지 않는 신탁이나 계시 같은 것입니다. 따라서 '나'의 의지로 운명을 극복할 수는 없습니다. '나'는 "날카로운 첫 키스", 즉 임에 대한 사랑을 깨닫는 순간 삶의 운명이 달라진 것입니다. 그러므로 '나'는 이제 임에 대한 사랑으로 살아가야만 합니다. '내'가 살아가는 동안 '님'은 언제나 마음속에 떠오르는 존재가 된 것이지요. '님'은 '나'에게 절대적인 존재인 것입니다.

절대적인 존재로서의 임은 다음 행에 아주 탁월하게 나타납니다. '나'는 향기로운 임의 말소리에 귀먹고, 꽃다운 임의 얼굴에 눈이 멀었습니다. 이 말은 임의 말소리 외에 그 어떤 소리도 들을 수 없고, 임의 얼굴 외에 그 어떤 모습도 볼 수 없다는 말입니다. 임의 절대성을 드러낸 표현이지요. 그런 임이 떠난다는 것은 더 이상 아무것도 들을 수 없고 볼 수 없는 것을 의미합니다. 오로지 임의 목소리만 듣고 임의 얼굴만 보았으니까요. 그렇기에 갑작스러운 이별은 충격과 슬픔으로 다가올 수밖에 없겠지요.

자, 이제 임을 조국이라고 생각해 볼까요. 조국은 떠났습니다. 그러나 나라가 망했다고 해도 나라에 대한 사랑만큼은 변할 수 없습니다. 왜냐하면 조국은 만해 한용운에게 운명과도 같은 것이었으니까요. 그런 까닭에 그는 살아가는 동안 단 한 번도 조국 외의 것에는 눈길을 주지 않았습니다. 온갖 회유와 협박이 있었지만 그는 오직 조국의 말만 듣고 조국의 얼굴만을 바라보며 조국을 지키려 노력했습니다. 그러니 나라를 잃었을 때 그 상심이 얼마나 컸을까요.

시상의 전환은 7행에서 일어납니다. 만약 이별을 슬픔으로만 받아들인다면 그것은 임과의 영원한 이별을 받아들이는 것이나 다름없는 것입니다. 끝없는 슬픔은 스스로 희망을 버리고 이별을 인정하는 것과 같습니다. 다시 만날 수 있다는 기대와 희망을 품고 있다면 굳이 계속 울어야 할 필요가 없으니까요. 이 사실을 깨달은 '나'는 "슬픔의 힘"을 "희망의 정수박이"에 들이붓습니다. 만날 때 떠날 것을 염려하는 것처럼, 떠날 때 다시 만날 것을 믿으면서 말이지요. 참, 8행에서 보니 시행의 주어가 어느새 '나'가 아니라 '우리'로 바뀌어 있네요. 이 작품이 만해의 개인적인 삶이 아니라 공동체와 깊은 관련이 있다는 증거일 것입니다.

이제 마지막 부분을 살펴봅시다. 감탄사 "아아"는 현재의 슬픔과 미래에 대한 결연한 다짐이 섞여 있는 듯한 인상을 줍니다. '임이 갔다'는 객관적이고 현실적인 상황은 슬프지만 "님을 보내지 아니하였습니다"라는 다짐에는 주관적 의지가 표현되어 있으니까요. 떠났지만 보내지 않았다? 겉보기에는 논리적으로 말이 안 되는 역설법이 쓰였지만 자신에게 주어진 비극적 상황을 극복하려는 숭고한 의미가 담겨 있다고 봐야겠지요.

마지막 행에 있는 "제 곡조를 못 이기는 사랑의 노래"는 임에 대한 북받치는 사랑과 믿음을 상징합니다. 임이 지금 여기에 없고 비록 침묵하고 있더라도 나의 노래는 북받치는 감정으로 절대로 그치지 않으리라는 것입니다. 부정적인 현실을 패배적으로 받아들이거나 그에 대해 슬퍼하지 않고 어떻게든 극복해 보겠다는 의지와 다짐이 드러나 있지요.

이 작품은 내용으로 보아 국권을 빼앗긴 지 한참 후에 창작된 것으로 보입니다. 하지만 나라를 잃은 슬픔이 이 작품처럼 절절하게 드러난 예는 드물 것입니다. 슬픔을 어떻게 극복해야 하는지 보여 준다는 점에서도 그 의미가 남다르지요. 언젠가는 조국을 되찾을 수 있다는 믿음을 어느 누군들 갖지 않았겠습니까. 이런 점에서 「님의 침묵」은 국권을 강탈당했던 당시 조선인들의 마음을 대변하기에 더없이 적절한 시라고 생각합니다.

민족 저항의 불씨를 지피다

일제의 무단 통치와 3·1 운동

일제의 가혹한 무단 통치 1910년 8월 29일, 일본은 조선을 식민지로 점령했습니다. 일본은 한일 병합에 관한 조약을 통해 일본의 법규를 준수하고 식민 정책을 존중하는 조선 사람에 대한 신체 및 재산의 보호와 식민지 관리로의 등용을 보장했습니다. 하지만 이 말의 진정한 뜻은 일본을 따르지 않고 이에 반대하는 자들은 가혹하게 다스리겠다는 것이었지요. 실제로 일제의 통치는 혹독했습니다. 그들은 먼저 의병을 비롯한 항일 세력을 뿌리 뽑으려고 헌병 경찰 제도를 도입합니다. 헌병 대장이 경찰을 지휘하게 해서 총검을 찬 헌병대가 치안을 담당했던 것이죠. 쉽게 말해 군인들이 광장과 학교, 병원, 거리 등 곳곳을 지켰다고 보면 됩니다. 이 시기를 '무단 통치기'라고 하는 까닭은 여기에 있습니다.

1912년 총독부령으로 나온 '경찰범 처벌 규칙'은 조선 사람들을 옴짝달싹 못하게 합니다. 그 내용은 불온한 연설을 하거나 불온 문서, 도서, 시가를 제시·반포·낭독하는 자를 형법으로 처벌한다는 것이었습니다. 이 법령이 시행된 결과 1912년에는 5만 명 이상, 1918년에는 14만 명 이상이 검거되었습니다. 그리고 검거된 조선인에게는 반인권적인 태형이 기다리고 있었지요. 이 시기의 태형은 회초리로 매를 때리는 형벌이었습니다. 1917년 한 해 동안 4만 4천 명이 태형을 당했다고 하니 당시 일본인들이 조선 사람들을 얼마나 야만적으로 대했는지 알 수 있지요.

일제는 공포와 불안만 조장한 것이 아닙니다. 그들은 각종 악법을 만들어서 우리 민족을 억압했습니다. 조선의 산업 발전과 민족 자본의 형성을 가로막기 위해 회사의 설립을 제한하였고, 그로 인해 민족의 산업은 발전하기 어려웠습니다. 또한 근대적인 토지 소유제를 확립한다는 구실로 소유가 불분명한 땅을 강제로 빼앗아 자작농과 중소지주를 몰락시켰습니다. 노동자들의 삶도 농민들과 별반 다를 것이 없었습니다. 조선인 노동자들은 힘겨운 노동에 시달리면서도 일본인 노동자의 절반에도 미치지 못하는 임금을 받았지요.

3·1 운동의 배경과 전개 과정 그러나 일제의 가혹한 식민 통치는 성공하지 못했습니다. 우리 민족은 오히려 뼈저리게 민족적 각성을 하게 됩니다. 전방위적인 억압이 결과적으로 전방위적인 저항을 불러일으

킨 것입니다. 그리고 그 저항은 3·1 운동으로 폭발합니다. 3·1 운동이 일어난 대내적인 원인이 일제의 무단 통치에 대한 반발이라면, 3·1 운동의 대외적인 원인은 세계적 흐름이었던 민족 자결주의 정신을 들 수 있습니다. 1차 세계 대전 직후 미국이 식민지 문제를 해결하기 위해 민족 자결주의•를 선언한 것입니다.

미국의 대통령 윌슨은 1차 세계 대전 후 승전국이 패전국의 식민지를 강제로 병합하는 것을 막기 위해 민족 자결의 원칙을 내세웁니다. 이러한 분위기 속에서 만주 지역의 독립운동가들이 무오 독립 선언(1919)•을, 일본 도쿄의 조선인 유학생들이 2·8 독립 선언(1919)을 발표합니다. 특히 2·8 독립 선언은 3·1 운동에 직접적인 영향을 줍니다.

그렇다면 3·1 운동은 어떤 과정을 거쳐 일어났으며, 어떤 사람들이 참여했을까요? 3·1 운동은 고종 황제의 죽음과 관련이 깊습니다. 1919년 1월, 고종의 갑작스러운 승하 소식에 당시 서울에는 일본을 배척하는 분위기가 최고조에 이릅니다. 황제의 장례가 3월 3일로 정해지자 각지에서 사람들이 서울로 모이기 시작했습니다. 일제에 저항하던 지식인들은 이런 분위기를 놓치지 않았습니다. 만세 운동을 해야

• 민족 자결주의 1차 세계 대전 이후 미국의 윌슨 대통령이 주창한 것으로, 피지배 민족에게 자유롭고 공평하고 동등하게 자신들의 미래를 결정할 수 있는 자결권을 인정해 주어야 한다는 것이 주요 내용이다.

• 무오 독립 선언 대한 독립 선언이라고도 한다. 1919년 2월 만주와 연해주 및 중국, 미국 등 해외에서 활동 중인 독립 운동가 39명이 주도했는데, 음력으로 무오년인 1918년 12월이었기에 무오 독립 선언이라 한다.

겠다고 가장 먼저 움직인 것은 손병희 등이 속한 천도교 측이었습니다. 그리고 천도교의 제안에 기독교 세력이 동의하면서 만세 계획이 더욱 구체적으로 진행되지요. 이후 불교계와 학생들이 참가하면서 만세 운동을 위한 연합 전선이 결성됩니다. 독립운동가들은 고종의 장례일과 일요일을 피해서 거사일을 3월 1일로 잡았습니다.

1919년 3월 1일, 민족 대표 33인(천도교 측 15명, 기독교 측 16명, 불교 측 2명)은 태화관에 모여 미리 준비한 기미 독립 선언서를 낭독합니다. 탑골 공원에서도 학생을 중심으로 한 군중이 독립 만세 삼창을 하지요. 마침내 3·1 운동이 시작된 것입니다. 시위는 곧 전국의 주요 도시로 확산되었습니다. 고종 황제의 장례에 참석했던 사람들이 각지로 흩어지면서 만세 소식을 전했기 때문이었지요. 운동의 폭발력은 대단했습니다. 일제 강점 당시 적극적인 저항을 하지 않았던 부르주아 상인들과 노동자들까지 참여하기에 이르렀으니까요. 회사 설립과 운영에 타격을 받고 있던 민족 자본가와 일본인의 절반도 안 되는 임금을 받던 노동자들이 운동에 참여한 것은 자연스러운 일이었습니다. 사립 학교령으로 불만이 가득했던 지방 도시의 지식인과 학생들도 적극적이었지요.

만세 운동에 대한 일제의 탄압은 가혹했지만 운동의 열기는 쉽게 사그라지지 않았습니다. 오히려 농촌 및 산간벽지로까지 운동이 확대되기에 이르지요. 농촌에서의 운동은 주로 토지 조사 사업으로 농토를 빼앗겨 몰락한 자작농과 중소 지주들이 주도했습니다. 얼핏 생각

종로 보신각 앞 만세 시위 모습 3·1 운동은 지식인, 학생, 상인, 노동자, 농민, 여성 등 각계각층이 참여한 대규모 저항 운동이었다.

하면 3·1 운동은 민족 대표 33인이 가장 중요한 역할을 했고, 가장 극심한 탄압을 받았으리라고 여길 수 있습니다. 그러나 운동을 지속해 나간 것은 농민들이었습니다. 그만큼 만세 운동의 범위가 넓었다고 할 수 있지요.

일제는 철저하게 만세 운동을 억누르려고 노력했습니다. 민간인을 향해 무차별 공격을 가했으며 일본에서 2개 사단 병력을 추가로 지원받기도 했습니다. 일제의 공식적인 집계만 보더라도 7,500여 명이 살해되었고, 4만 6천여 명이 검거되었으며 1만 6천여 명이 부상을 당했습니다. 또한 49개의 교회와 학교, 715호의 민가가 파괴되었지요. 공식 집계가 그랬으니 실제로는 훨씬 더 큰 피해가 있었을 것입니다. 그

중 가장 끔찍한 사건은 경기도 화성 제암리에서 발생한 민간인 학살 사건입니다. 일제는 약 30여 명의 주민들을 제암리 교회당에 모이게 합니다. 그리고는 출입문과 창문을 모두 닫고 집중 사격을 명령하지요. 학살을 저지른 후 일본군은 증거를 없애기 위해 미리 준비한 기름을 뿌리고 교회당에 불을 질렀습니다. 이 끔찍한 사건은 선교사 스코필드가 사진으로 촬영하여 '수원에서의 잔학 행위에 관한 보고서'를 작성함으로써 세계에 알려집니다.

3·1 운동의 성과와 의의 3·1 운동은 일제의 무자비한 탄압으로 끝을 맺습니다. 그러나 운동이 실패했던 것은 아닙니다. 우선 3·1 운동을 통해 한민족의 독립 의지가 전 세계에 널리 알려졌습니다. 조선인 스스로가 한일 합방을 원했다는 일제의 선전이 허구로 밝혀졌지요. 다음으로 3·1 운동은 지식인이나 학생 등 특정한 계층만이 아니라 상인, 자본가, 노동자, 농민, 여성 등 전 민족이 참여했다는 점에서 커다란 의의가 있습니다. 동학 농민 운동이 농민층에 한정되었고, 갑신정변, 갑오개혁이 일부 개화파에 한정되었던 것과는 다른 양상을 띠었지요. 비교적 넓은 계층이 지지한 독립 협회와 만민 공동회도 농민, 노동자들의 참여까지 이끌어 내는 데에는 한계가 있었는데 3·1 운동은 계층이나 이해관계에 상관없이 온 민족이 단합하여 일제에 저항한 대규모 운동이었습니다. 즉 3·1 운동을 통해 조선인들은 민족의 실체와 역량을 분명히 깨달았지요.

대한민국 임시 정부 인사들　대한민국 임시 정부는 입법, 사법, 행정이 분립된 민주 공화제 정부로 출범하였다.

3·1 운동의 가장 큰 성과 중 하나는 무장 독립운동이 일어나는 계기를 마련했다는 점입니다. 평화적 시위에 한계를 느낀 청년들은 만세 운동 후 만주 지방으로 망명을 하였고, 이들은 이전부터 망명해 있던 의병 세력과 결합해 만주를 중심으로 무장 독립운동을 일으킵니다. 청산리, 봉오동 전투는 모두 3·1 운동 이후에 전개된 전투들이지요. 그뿐만 아니라 3·1 운동 이후 독립운동을 보다 조직적으로 체계화하고 활성화할 필요성을 느낀 독립운동가들은 정부 수립을 준비하였고 마침내 상하이에서 대한민국 임시 정부가 출범하였습니다. 3·1 운동이 임시 정부 수립에 직접적인 영향을 준 것입니다.

마지막으로 한 가지 의미를 덧붙이자면 3·1 운동이 공화주의• 정부를 지향했다는 사실입니다. 500년 넘게 왕조를 유지했던 나라가 비로소 전제 군주제에서 벗어난 것입니다. 구한말 의병 운동이 군주를 바르게 세우기 위한 운동이었던 반면, 3·1 운동은 공화주의 정부를 지향한 새로운 움직임이었습니다. 임시 정부가 공화주의로 구성된 것도 이런 맥락에서 연유한 것입니다.

3·1 운동의 숭고한 정신은 이후로도 꾸준히 이어져 국가가 위기에 처할 때마다 나타났다고 할 수 있습니다. 외세와 독재 권력이 국민을 무력으로 억압하는 일이 있어도 끝내 국민 스스로 이를 극복해 낼 수 있었던 것은 이러한 힘이 민족의 내면에 면면이 이어져 왔기 때문이지요.

• **공화주의** 군주의 일방적인 독재가 아니라 인민 주권의 정신에 의한, 공동의 정치 형태.

빼앗긴 들에도 봄은 오는가

이상화

지금은 남의 땅 — 빼앗긴 들에도 봄은 오는가?

나는 온몸에 햇살을 받고
푸른 하늘 푸른 들이 맞붙은 곳으로
가르마 같은 논길을 따라 꿈속을 가듯 걸어만 간다.

입술을 다문 하늘아 들아
내 맘에는 나 혼자 온 것 같지를 않구나
네가 끌었느냐 누가 부르더냐 답답워라 말을 해 다오.

바람은 내 귀에 속삭이며
한 자국도 섰지 마라 옷자락을 흔들고
종조리•는 울타리 너머 아씨같이 구름 뒤에서 반갑다 웃네.

고맙게 잘 자란 보리밭아
간밤 자정이 넘어 내리던 고운 비로
너는 삼단 같은 머리를 감았구나 내 머리조차 가뿐하다.

혼자라도 가쁘게나 가자
마른 논을 안고 도는 착한 도랑이
젖먹이 달래는 노래를 하고 제 혼자 어깨춤만 추고 가네.

나비 제비야 깝치지 마라•
맨드라미 들마꽃에도 인사를 해야지
아주까리기름을 바른 이가 지심매던• 그 들이라 다 보고 싶다.

내 손에 호미를 쥐어 다오
살진 젖가슴과 같은 부드러운 이 흙을
발목이 시도록 밟아도 보고 좋은 땀조차 흘리고 싶다.

강가에 나온 아이와 같이
짬도 모르고 끝도 없이 닫는 내 혼아
무엇을 찾느냐 어디로 가느냐 웃어웁다 답을 하려무나.

나는 온몸에 풋내를 띠고
푸른 웃음 푸른 설움이 어우러진 사이로
다리를 절며 하루를 걷는다 아마도 봄 신령이 지폈나 보다.

그러나 지금은 — 들을 빼앗겨 봄조차 빼앗기겠네.

• **종조리** '종다리'의 방언.
• **깝치지 마라** 재촉하지 마라. '깝치다'는 '재촉하다'의 방언.
• **지심매던** 김매던. '지심매다'는 '김매다'의 방언.

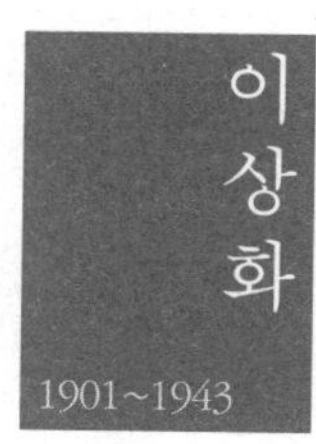

대구 출생. 1922년 문예 잡지 『백조』 동인으로 참가하여 「나의 침실로」 등을 발표하며 본격적인 작품 활동을 시작하였다. 초기에는 감상적이고 탐미적인 시를 썼지만 1924년 이후 민족의식을 바탕으로 한 저항적인 작품을 주로 발표하였다. 유고 시집으로 이상화의 작품과 이장희의 작품이 함께 묶여 출판된 『상화와 고월』이 있다.

3·1 운동이 일어나던 당시 우리 시 문학계는 변변한 작품을 쓸 수 있는 상황이 아니었습니다. '경찰범 처벌 규칙'과 같은 악법으로 시가(詩歌)를 발표하는 것 자체가 어려웠기 때문입니다. 하지만 아무것도 하지 않은 것은 아니었습니다. 『태서문예신보』와 『학지광』 같은 매체를 통해서 서구의 상징주의 시를 소개하고 그와 비슷한 경향의 작품을 발표하고 있었지요. 그러다가 1919년 2월, 일본 유학생 김동인, 주요한, 이광수 등을 중심으로 순수 문예지 『창조』가 발간됩니다. 우리가 한때 최초의 자유시라고 공부했던 주요한의 「불놀이」는 바로 이 잡지 창간호에 발표되었지요.

3·1 운동과 일제의 무단 통치를 형상화한 그 무렵의 작품을 찾기는 매우 어렵습니다. 설령 작품이 쓰였다 해도 실릴 수 있는 지면이 없었으니까요. 『창조』와 『백조』, 『폐허』 같은 문예지에 근대적인 시 작품이 발표되었지만 그 내용은 퇴폐적이거나 낭만적인 내용이 주를 이루었습니다. 이상화의 「빼앗긴 들에도 봄은 오는가」는 3·1 운동이 일어난 지 한참 지난 1926년에 발표되었지만 당시의 시대적 분위기를 가장 잘 전달하고 있는 작품입니다. 시인 이상화가 3·1 운동 당시 대구에서 학생 운동을 배후 조종했다는 사실을 염두에 두면, 이 작품과 3·1 운동의 관련성은 더욱 분명해집니다.

작품을 본격적으로 감상해 봅시다. 작품을 읽으면 누구나 전체적으로 상징이 쓰였다는 것을 알 수 있을 것입니다. 일단 제목의 상징적 의미부터 알아볼까요. '빼앗긴 들'은 개인과 개인 사이에 일어난 갈등의 결과

일 수도 있지만, 아무래도 우리 민족이 처한 현실을 상징적으로 표현했다고 보는 것이 설득력이 있습니다. 왜냐하면 당시 논과 밭을 빼앗을 수 있는 존재는 일제이거나, 또는 일제에 충성을 맹세한 사람들일 수밖에 없었기 때문입니다. 소위 무단 통치 기간에 벌어진 토지 조사 사업을 떠올려 보면 쉽게 이해할 수 있겠지요. 그러므로 '빼앗긴 들'은 개인 소유의 '빼앗긴 논과 밭'뿐만 아니라 식민지로 전락하여 황폐하게 변해 버린 조국과 민족의 현실을 상징하는 시어라고 할 수 있습니다. '빼앗긴 들'은 '빼앗긴 조국' 전체를 포괄하는 대유(代喩)인 것이지요.

작품은 첫 연부터 제목과 똑같은 질문을 독자에게 던지며 시작합니다. "빼앗긴 들에도 봄은 오는가?"라고 묻는 것이지요. 좀 전에 우리는 '빼앗긴 들'이 빼앗긴 삶의 터전을 상징한다고 했습니다. 그렇다면 '봄'은 무엇을 상징할까요? 봄을 한번 떠올려 봅시다. 누구나 봄은 만물이 다시 생동하는 때라고 대답할 것입니다. 그렇다면 '빼앗긴 들에도 봄은 오는가?' 이 물음은 '빼앗긴 조국에서 생동감 있고 자유로운 민족의 삶이 가능한가?' 라는 질문으로 바꿀 수 있지요.

자, 이제 2연과 3연을 살펴볼까요. 이상하게도 시의 분위기가 삶의 현실과는 차이가 있어 보입니다. 시적 화자인 '나'는 "푸른 하늘 푸른 들이 맞붙은 곳", 그러니까 아득히 먼 곳을 "꿈속을 가듯" 걸어가고 있습니다. 현실이 아니라 몽환적인 세계로 들어서는 것이지요. 들을 빼앗긴 지금의 현실로서는 봄을 느낄 수 있을지 없을지 알 수 없기 때문입니다. 하늘과 들이 입술을 다물고 아무 말을 하지 않는다고 느끼는 것도 이런 까닭이겠지요. 그러므로 예전 같은 봄을 다시 느끼려면 현실을 벗어나 들을 빼앗기기 전으로 되돌아가야 합니다. 화자는 그것을 '푸른 하늘 푸른 들이 맞붙은 곳', 또는 '꿈속' 같은 몽환적인 세계로 표현하고 있지요.

4연부터 7연까지는 봄의 아름다운 정경이 그려집니다. 몽환적인 세계에서 봄을 새롭게 느끼는 중이지요. 봄이 찾아온 세계에서 '나'는 내 귀에 속삭이는 봄바람, 아씨같이 구름 뒤에서 웃는 종다리, 삼단 같은 머리를 감은 듯 잘 자란 보리밭, 젖먹이 달래는 노래처럼 흘러가는 착한 도랑 등을 맘껏 누리고 있습니다. 들을 빼앗기기 전에 경험했던 생기 넘치던 봄의 정경을 차분히 제시하고 있네요. 특히 5연에서 비 맞은 보리밭을 보며, "내 머리조차 가뿐하다."라고 고백하는 모습은 시적 화자와 봄의 풍경이 마치 하나가 된 것처럼 느껴집니다.

비록 몽환적인 세계지만 '나'는 봄의 기운을 마음껏 누리고 있습니다. 그럼 '나'는 이제 무엇을 해야 할까요. 아마도 겨우내 웅크렸던 몸을 떨치고 일어나 논밭을 갈고 씨를 뿌리며 새로운 삶을 살아야 할 것입니다. 8연은 바로 봄을 맞이하는 화자의 태도가 드러나 있습니다. 발목이 시도록 부드러운 흙을 밟아도 보고, 좋은 땀조차 흘리고 싶다는 대목에서는 삶에 대한 적극적인 의지를 엿볼 수 있습니다.

그러나 9, 10연에 오면 분위기가 달라집니다. 몽환적인 세계로부터 차츰 벗어나 현실로 되돌아오기 시작한 것입니다. 짬도 모르고 끝도 없이 봄의 기운을 찾으러 다니던 화자의 모습이 애처롭게 그려져 있습니다. 그리고 어디에서도 답을 구하지 못하는 화자의 안타까운 심정을 읽을 수가 있지요. 화자의 마음과 의식은 봄으로 가득해서 '푸른 웃음'을 띠고 있지만, 현실은 그렇지 못하다는 자각에 '푸른 설움'을 느끼는 것입니다. 그리고 마침내 첫 질문에 대한 대답이 아프게 제시됩니다. "들을 빼앗겨 봄조차 빼앗기겠네."라는 부정적인 대답으로 시는 끝을 맺습니다.

빼앗긴 들에도 봄은 오는가? 답은 '오지 않는다'입니다. 그렇다면 이 시는 패배주의적인 작품일까요? 봄이 오지 않는다는 결론을 내렸으니 말입니다. 그러나 이 시는 패배주의적인 작품이 아닙니다. 오히려 분명한 현실 인식을 통해 민족의 저항을 불러일으키고 있지요. 빼앗긴 들에 '봄'이 오는 것이 가능할까요? 만약 그렇다면 애써 '들'을 다시 찾을 필요가 없겠지요. 빼앗긴 들에는 '봄'이 오지 않기 때문에 빼앗긴 들을 다시 찾아야만 하는 것입니다. 빼앗긴 들에서 누리는 것들은 모두 온전한 것들이 아닙니다. 자유는 통제되고 인권은 무시되며 생계는 빠듯해져만 갑니다. 빼앗긴 들에서 누리는 봄은 진정한 봄이 아닌 것입니다. 시인이 4연에서 7연까지 생동감 넘치는 봄을 제시한 이유를 생각해 보세요. 그것은 진정한 봄과 현실의 봄이 어떻게 다른지 분명히 인식하라는 의미일 것입니다. 시인은 식민지 현실에서 사는 것은 겨우겨우 목숨을 유지하는 것일 뿐, 진정한 삶이 아니라는 것을 알리고 싶었던 것이지요. 즉, 진정한 봄이 오려면 '빼앗긴 들'을 반드시 되찾아야 한다는 것이 이 작품의 메시지입니다.

고통받는 대지의 울음

일제의 경제 수탈과 그에 맞선 저항

일제의 가혹한 농촌 수탈 일제는 한반도를 강점하고 난 후 토지 조사령(1912)을 공포하여 1918년까지 6년간 토지 소유권과 토지 가격, 그리고 토지의 형태를 조사했습니다. 근대적인 소유권을 확립한다는 취지에서 이 조사를 긍정적으로 볼 수도 있겠지요. 그러나 일제가 사업을 시행한 목적은 소유권이 불분명했던 농토를 총독부 소유로 국유화하는 데 있었습니다. 일제는 본래 민간 소유였다가 황실 재산으로 편입된 역둔토부터 개간되지 않은 땅이나 임야 등을 차례차례 국유화합니다. 이러한 토지는 소유자가 분명하지 않았을 뿐 실제로는 그 땅에서 농사를 짓는 사람들이 그 권리를 지니고 있었습니다. 그런데 일제는 이렇게 얻은 땅을 토지가 없는 일본 농민들에게 싼값에 나누어 주었습니다. 자국이 처한 경제적 곤란을 식민지를 통해 해결했던 것입

(단위: %)

연도	지주	자작농	자소작농	소작농
1916	2.5	20.1	40.6	36.8
1919	3.4	19.7	39.3	37.6
1922	3.7	19.7	35.8	40.8
1925	3.8	19.9	33.2	43.1
1928	3.7	18.3	32.0	44.9
1932	3.5	16.3	25.4	52.7

조선 총독부, 『조선 소작 연보』

농가 경영별 농민 계급 구성 비율 1912년부터 6년간 시행된 토지 조사 사업 후 자작농의 비율은 급격하게 감소하였고 소작농의 비율이 증가하였다.

니다. 이때 수탈에 앞장섰던 기관이 동양 척식 주식회사•였습니다.

토지 조사 사업은 농민들에게 참으로 가혹했습니다. 당시의 조선 총독부 조사에 따르면 자작농(자소작농 포함)의 비율이 1910년대 약 61%였던 것이 1930년대에 이르러서는 약 42%로 감소했고, 같은 시기에 소작농은 약 16% 증가합니다. 또 지주도 약 1%가 증가하지요. 결국 토지 조사 사업은 농민들이 농촌 부르주아로 성장할 가능성을 처음부터 꺾어 농민들을 값싼 임금 노동자로 전락시켰습니다. 이를 견디지 못한 농민들은 농촌을 떠나 일부는 일본의 노동 시장으로 가고, 일부는 만주로 건너가 중국인 지주 밑에서 소작을 하게 되었지요. 그리고 나머지는 도시 지역으로 흘러들어 날품팔이, 지게꾼, 목공, 인력거꾼, 과일 행상 등으로 생계를 꾸려 나갔습니다.

일제의 농촌 수탈은 토지 조사 사업으로만 끝난 것이 아니었습니

• **동양 척식 주식회사** 영국의 동인도 회사처럼 일본 정부가 만들어 낸 독점적 특수 회사이다. 국유지를 일본인들에게 팔아넘겨 막대한 산림을 가로채는 등 수탈의 주범이었다.

일본으로 반출될 쌀이 쌓여 있는 전라북도 군산항 일제는 자국의 식량난을 해결하기 위해 조선을 식량 공급지로 삼았다.

다. 1920년부터 시작된 산미 증식 계획은 이미 황폐해진 농민의 삶을 더욱 힘들게 만들었습니다. 일제가 산미 증식 계획을 세웠던 것은 일본의 식량 사정 때문이었습니다. 일본은 러일 전쟁 승리 이후 전쟁 배상금을 얻어 급속한 공업화를 진행했는데 그 과정에서 이촌 향도 현상이 발생하여 농업 생산성이 떨어졌습니다. 이런 이유로 일본은 정책을 수행하기 편리하고 비용도 저렴한 한반도에서 산미 증식 계획을 시행하기에 이릅니다. 1920~1934년 사이에 두 차례에 걸쳐 시행된 산미 증식 계획은 땅을 개간하고, 새로운 품종을 도입하고, 관개를 개선하여 쌀 생산량을 대폭 늘리는 데에 그 목적이 있었습니다.

결과는 신통치 않았습니다. 쌀 생산량이 소폭 증가하기는 했지만 기대했던 것에는 턱없이 모자랐지요. 사업이 순조롭지 못했던 이유는 식민지 지주들이 농토를 새로 개간하기보다 이미 개간된 땅을 사서 이익을 얻고자 했기 때문입니다. 친일 지주들조차도 산미 증식 계획에 소극적이었던 것이지요. 그러나 일제는 쌀의 증산 여부와 관계없이 원래 계획한 만큼의 쌀을 일본으로 반출했습니다. 조선 총독부의 통계를 보면 1920년에는 전체 생산량 1,474만 섬 중 약 19%인 284만 섬이었던 쌀 반출량이 1930년에는 총 1,713만 섬 중 42%가 넘는 723만 섬으로 늘어났습니다. 생산량이 소폭 증가했다 하더라도 반출량의 증가 폭이 너무 커서 농민들의 삶은 더욱 어려워질 수밖에 없었습니다. 아무리 열심히 농사를 지어도 배를 곯아야 했던 것입니다. 반면에 친일 지주들은 쌀을 상품화한 결과 큰 이익을 보게 됩니다. 그들은 소작료로 거두어들인 쌀을 일본에 싼값으로 내다 팔아 부를 축적하여 신흥 지주로 부상했습니다.

일제의 산업 억제 정책 일제는 농촌만 수탈한 것이 아닙니다. 조선에서 이제 막 시작되려던 근대적인 산업을 철저히 관리하여 자신들의 이익을 극대화하고자 했지요. 그들은 화폐 정리 사업을 실시하고 대규모 차관을 들여와 조선의 경제를 허약하게 만들었습니다. 또한 여러 가지 악법을 만들어 산업 전반을 통제하고 관리했습니다. 이런 까닭에 식민지 조선에서 민족 자본이 형성되기는 어려웠습니다. 근대적인 회사와 공장이 조선인보다 일본인에 의해 더 많이 설립되고 운영

된 것은 이러한 배경 때문입니다.

여러 악법 중에서도 산업 통제에 가장 큰 영향력을 끼친 것은 회사령(1910)입니다. 회사령은 조선에서 회사를 설립할 때 총독부의 허가를 받아야 한다는 내용을 담고 있는 법령입니다. 회사 설립을 통제하는 것은 물론이고 운영에도 한 가지 조건이 덧붙여졌습니다. 만약 회사가 공공의 질서와 풍속에 반하는 행위를 했을 때는 조선 총독이 회사를 해산할 수 있는 권한을 갖는다는 것이지요. 이 말은 일제가 자신들의 입맛에 맞는 회사만 허가해 주겠다는 것과 다름없었습니다. 회사가 자신들의 이익에 반하거나 민족적 성격을 띨 때는 언제라도 회사를 해산할 수 있다는 의미이지요. 실제로 회사령 이후 조선인 회사는 새롭게 들어서기는커녕 합병 이전에 설립된 회사마저 문을 닫아야 했습니다.

하지만 일제의 강력한 산업 억제 정책에도 조선인 회사는 나름대로 꾸준한 성장을 하고 있었습니다. 회사령 같은 악법이 있었을 때는 회사 설립 대신 개인적으로 공장을 운영하며 자본을 축적했고, 회사령이 사라진 후에는 합법적인 기업을 설립하기도 합니다. 지주와 상인 자본으로 만들어진 경성 방직 주식회사•도 이때 설립되었고, 서민 출신 상인들이 자본을 모아서 평양 메리야스 공장과 고무신 공장 등을 세우기도 했습니다.

• 경성 방직 주식회사 1919년 김성수가 주식 2만 주를 발행하면서 세운 주식회사. 주로 천연 섬유나 합성 섬유를 생산하였다.

근대적 노동 운동의 전개 근대적인 회사와 공장이 늘어나면서 한반도에서도 본격적인 노동 운동이 시작됩니다. 1919년 전국의 공장 노동자는 약 4만 2천 명에 불과했지만, 1928년에는 8만 8천 명, 1936년에는 19만 명에 이르렀습니다. 식민지 체제의 노동 조건은 극히 열악했습니다. 가장 먼저 임금 차별을 들 수 있습니다. 같은 노동을 하더라도 일본인과 조선인은 임금 차이가 컸습니다. 1929년 당시 같은 일을 하면서도 일본인 노동자가 하루 2원 32전을 받는 데 비해 조선인 노동자는 1원을 받았습니다. 노동 시간도 조선인 노동자의 46%는 하루 12시간 이상 노동한 데 비해 일본인 노동자는 0.03%만이 12시간 이상 노동을 했습니다. 열악한 노동 조건과 민족 간 차별 대우는 노동자들의 의식을 각성시켰습니다. 1920~1930년 사이 노동 쟁의가 총 891건이나 일어났고, 7만 명 이상의 조선인 노동자가 이에 참여했습니다.

식민지 기간 중 일어난 가장 큰 규모의 노동 운동은 1929년에 일어난 원산 총파업입니다. 원산은 1876년부터 개항했던 만큼 일찍부터 산업이 발달해 있었고 노동 운동도 활발했던 곳이지요. 파업 당시 이미 원산 노동 연합회가 결성되어 있었고 54개 노동 단체에 약 2천 명의 조합원이 있었습니다. 파업은 일본인 감독이 조선인 노동자를 구타한 데서 시작합니다. 이에 원산 노동 연합회는 일본인 감독을 파면할 것과 최저 임금제와 해고 수당 제정 등을 요구하며 파업을 지휘했지요. 다급해진 일본 경찰이 노동 연합회를 해체하려 하자 이번에는 원산 시내 전체 노동자가 함께 파업을 합니다. 여기에 전국의 노동조합, 농민 조합, 청년회까지 합세하여 파업을 지지했으며, 신간회•에서도 성금을 보내는 등 총파업은 민족 운동의 성격까지 띠었지요.

일제 강점기 동안 노동 운동이 활발하게 일어난 것은 3·1 운동 이후 활발해진 사회주의 운동과 밀접한 관련이 있습니다. 사회주의는 기본적으로 노동자들의 단결을 강조하는 사상입니다. 그러니 사회주의가 노동 운동에 영향을 주는 것은 당연했지요. 국내의 사회주의 운동은 주로 일본에 유학을 다녀온 이들이 사회주의 사상을 받아들이면서 형성되었습니다. 이들은 노동 총동맹, 농민 총동맹, 청년 총동맹과 같은 대중 운동 단체를 지도하면서 대중 운동의 정치성을 높이는 데에 기여했습니다.

당시 사회주의 운동은 공산주의 운동이기만 했던 것은 아닙니다. 만약 그러했다면 지식인, 청년, 학생에 이르는 광범위한 지지를 끌어내기 어려웠을 것입니다. 이 운동이 일제의 탄압 속에서도 이어질 수 있었던 것은 민족 해방 운동의 성격까지 띠고 있었기 때문입니다. 그렇기 때문에 사회주의 운동은 민족주의 운동 진영과 함께 손을 잡고 좌우 합작 기구인 신간회도 만들 수 있었지요.

• 신간회　1927년에 좌우의 세력이 합작하여 결성한 대표적인 항일 단체.

우리 오빠와 화로

임화

사랑하는 우리 오빠 어저께 그만 그렇게 위하시던 오빠의 거북 무늬 질화로가 깨어졌어요

언제나 오빠가 우리들의 '피오닐'● 조그만 기수라 부르던 영남이가
지구에 해가 비친 하루의 모든 시간을 담배의 독기 속에다
어린 몸을 잠그고 사 온 그 거북 무늬 화로가 깨어졌어요

그리하여 지금은 화젓가락●만이 불쌍한 우리 영남이하구 저하구처럼
똑 우리 사랑하는 오빠를 잃은 남매와 같이 외롭게 벽에 가 나란히 걸렸어요

오빠……
저는요 저는요 잘 알았어요
왜 그날 오빠가 우리 두 동생을 떠나 그리로 들어가신 그날 밤에
연거푸 말은 궐련(卷煙)●을 세 개씩이나 피우시고 계셨는지
저는요 잘 알았어요 오빠

언제나 철없는 제가 오빠가 공장에서 돌아와서 고단한 저녁을 잡수실 때 오빠 몸에서 신문지 냄새가 난다고 하면

오빠는 파란 얼굴에 피곤한 웃음을 웃으면서
…… 네 몸에선 누에 똥내가 나지 않니 — 하시던 세상에 위대하고 용감한 우리 오빠가 왜 그날만
말 한마디 없이 담배 연기로 방 속을 메워 버리시는 우리 우리 용감한 오빠의 마음을 저는 잘 알았어요
천정을 향하여 기어 올라가던 외줄기 담배 연기 속에서 — 오빠의 강철 가슴속에 박힌 위대한 결정과 성스러운 각오를 저는 분명히 보았어요
그리하여 제가 영남이의 버선 하나도 채 못 기웠을 동안에
문지방을 때리는 쇳소리 마루를 밟는 거칠은 구두 소리와 함께 — 가 버리지 않으셨어요

그러면서도 사랑하는 우리 위대한 오빠는 불쌍한 저의 남매의 근심을 담배 연기에 싸 두고 가지 않으셨어요
오빠 — 그래서 저도 영남이도
오빠와 또 가장 위대한 용감한 오빠 친구들의 이야기가 세상을 뒤집을 때
저는 제사기(製絲機)•를 떠나서 백 장의 일 전짜리 봉통(封筒)•에 손톱을 부러뜨리고
영남이도 담배 냄새 구렁을 내쫓겨 봉통 꽁무니를 뭅니다
지금 — 만국 지도 같은 누더기 밑에서 코를 고을고 있습니다

오빠 — 그러나 염려는 마세요

저는 용감한 이 나라 청년인 우리 오빠와 핏줄을 같이한 계집애이고
영남이도 오빠도 늘 칭찬하던 쇠 같은 거북 무늬 화로를 사 온 오빠의 동생이 아니에요
그리고 참 오빠 아까 그 젊은 나머지 오빠의 친구들이 왔다 갔습니다
눈물 나는 우리 오빠 동무의 소식을 전해 주고 갔어요
사랑스런 용감한 청년들이었습니다
세상에 가장 위대한 청년들이었습니다
화로는 깨어져도 화젓갈은 깃대처럼 남지 않았어요
우리 오빠는 가셨어도 귀여운 '피오닐' 영남이가 있고
그리고 모든 어린 '피오닐'의 따뜻한 누이 품 제 가슴이 아직도 더웁습니다

그리고 오빠……
저뿐이 사랑하는 오빠를 잃고 영남이뿐이 굳세인 형님을 보낸 것이겠습니까
섧지도 않고 외롭지도 않습니다
세상에 고마운 청년 오빠의 무수한 위대한 친구가 있고 오빠와 형님을 잃을 수 없는 계집아이와 동생
저희들의 귀한 동무가 있습니다

그리하여 이 다음 일은 지금 섭섭한 분한 사건을 안고 있는 우리 동무 손에서 싸워질 것입니다

오빠 오늘 밤을 새워 이만 장을 붙이면 사흘 뒤엔 새 솜옷이 오빠의 떨리는 몸에 입혀질 것입니다

이렇게 세상의 누이동생과 아우는 건강히 오늘 날마다를 싸움에서 보냅니다

영남이는 여태 잡니다 밤이 늦었어요

— 누이동생

- **피오닐** 러시아 말로 영어의 'pioneer'에 해당함. 개척자, 선구자라는 뜻이며, 소년 공산당원을 일컫는 말이기도 함.
- **화젓가락** 부젓가락. 불덩이를 집는 데 쓰는 쇠젓가락.
- **궐련** 본래는 권연. 얇은 종이로 가늘게 말아 놓은 담배.
- **제사기** 실을 뽑아내는 기계.
- **봉통** 봉투.

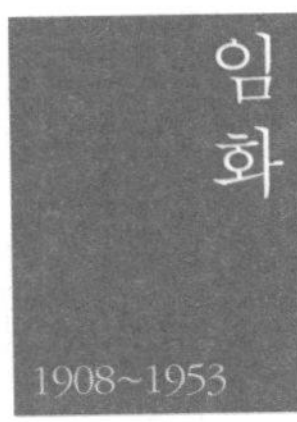

서울 출생. 시인이자 평론가로서 활동하였다. 1926년부터 시와 평론을 발표하기 시작했으며 1928년 카프(KAPF)에 가담하였다. 「우리 오빠와 화로」, 「네거리의 순이」, 「우산 받은 요꼬하마의 부두」 등의 시를 발표하여 계급 문학을 이끄는 시인으로서 자리를 잡았다. 80편에 가까운 시와 200편이 넘는 평론을 남겼다.

우리 오빠와 화로
■
임화

식민지 조선에서 사회주의 운동이 일어나고 노동 운동이 활발해지는 가운데 문학에서도 소위 계급 문학이 나타나기 시작합니다. 계급 문학이란 문학 작품 속에 노동자의 계급 의식이 나타난 경우를 뜻합니다. 구체적으로 말하면 노동자들이 자신이 처한 현실을 깨닫고 현실의 모순을 극복하기 위해 노력한 내용이 담긴 문학 작품을 가리키지요. 이런 종류의 작품으로 비교적 널리 알려진 것 중에 하나가 최서해의 「홍염(紅焰)」입니다. 중국인 지주가 밀린 소작료를 핑계로 딸을 데려가자 이에 분노한 주인공이 방화와 살인을 저지르는 내용이지요. 하지만 이 작품은 노동 문제를 다룬 작품이 아닐뿐더러 결말이 개인적인 복수에 가까워 계급 문학으로서 아쉬운 점이 많습니다.

식민지 시절 노동 문제를 다룬 작품은 이기영, 한설야, 송영과 같은 소위 카프(KAPF)에 소속된 작가들이 본격적으로 창작합니다. 카프(KAPF)는 조선 프롤레타리아 예술가 동맹(Korea Artista Proleta Federatio)의 약자로 사회주의 문학예술 단체입니다. 이 단체에 소속된 작가들은 개인적인 분노를 표현하는 데에서 벗어나 계급 의식에 근거하여 작품을 창작하고자 했지요. 시에서 가장 뚜렷한 성과를 낸 작가로는 임화를 들 수 있습니다. 자, 이제 임화의 「우리 오빠와 화로」를 살펴볼까요.

「우리 오빠와 화로」는 시 작품치고는 적지 않은 분량입니다. 그래서 임화 스스로도 이러한 자신의 시를 단편 서사시라고 부르기도 했습니다. 노동자의 처지를 사실적으로 그려 내고 노동자의 현실 극복 의지를 실감 나게 표현하기 위해서는 '인물'과 '이야기'가 있어야 합니다. 구체적인 이야기 없이 추상적인 구호만 나열한다면 독자들의 공감을 얻는 데 실패하기 때문입니다. 등장인물이 있고, 이야기가 펼쳐지려면 시가 길어지기 마련입니다. 임화의 시를 비롯한 카프 계열의 시가 비교적 길게 창작된 이유는 바로 여기에 있습니다.

위 작품의 주요 등장인물은 오빠와 동생 영남, 그리고 시적 화자인 '나'입니다. 이들은 모두 가난한 노동자들입니다. 1연을 보면 동생 영남이는 담배의 독기 속에서 하루의 모든 시간을 보내야 했던 담배 공장 노동자라는 사실을 알 수 있으며, 4연에서는 "오빠 몸에서 신문지 냄새가 난다"라고 한 것으로 보아서 오빠가 인쇄 공장 노동자인 것을 알 수 있습니다. 또한 누에 똥 냄새가 나는 '누이'는 제사 공장(실 만드는 공장)에서 일하는 노동자임을 알 수 있지요. 이들 노동자 식구에게 어떤 일이 일어났던 걸까요?

먼저 확인할 수 있는 것은 오빠가 가장 아끼던 거북 무늬 화로가 깨졌다는 것입니다. 그런데 그 거북 무늬 질화로는 우리들의 피오닐이던 막내 영남이가 담배 공장에서 힘든 노동을 하며 사 온 것이었습니다. 그렇다면 "쇠 같은 거북 무늬 화로"가 깨진 까닭은 무엇일까요? 그리고 그것이 상징하는 것은 무엇일까요? "쇠 같은 거북 무늬 화로"는 단단하고 묵직한 물건입니다. 또 추운 방안을 따뜻하게 덥히는 물건이지요. 따라서 거북 무늬 화로는 가족의 따뜻한 사랑을 상징합니다. 또한 오빠가 가장 아끼던 것으로 보아 오빠가 추구하던 삶의 목표라든가 방향을 상징하는 것으로 생각할 수 있습니다.

오빠는 어떤 사람인가요? 오빠는 인쇄 공장 노동자입니다. 그러나 그는 단순한 노동자가 아닙니다. 4~5연을 보면 오빠는 어느 날 밤 "문지방을 때리는 쇳소리"와 "거칠은 구두 소리"와 함께 '그리'로 들어갔습니다. '그리'는 어떤 곳일까요? 4연에 나오는 "오빠의 강철 가슴속에 박힌 위대한 결정과 성스러운 각오"라는 표현을 보면 오빠는 노동자로서 계급 투쟁에 나섰던 인물로 추측할 수가 있습니다. 그러므로 '거칠은 구두 소리'는 일본 경찰이 오빠를 잡으러 오는 소리이고, '그리'는 감옥으로 볼 수 있겠지요. 따라서 거북 무늬 화로가 깨어진 것은 오빠가 계급 투쟁, 혹은 노동쟁의에 참여했다가 체포되었다는 사실을 상징하고 있습니다. 그런 까닭에 누이와 남동생은 자신들이 일하던 공장에서 쫓겨나 봉통(봉투)을 붙이는 일에 매달릴 수밖에 없었지요. 상황이 훨씬 나빠진 것입니다.

하지만 6연부터 시상은 달라집니다. 비록 오빠는 잡혀가고 질화로는 깨어졌지만 남아 있는 자신과 남동생은 오빠의 정신을 이어받겠노라는 굳은 다짐을 합니다. 한 사람의 자연인이 자신의 처지를 깨닫고 스스로 투쟁을 이어 가겠다는 다짐을 한 것입니다. 오빠와 핏줄을 같이 했다든가, 화로를 사 온 것이 동생이라는 표현은 모두 오빠의 투쟁 정신을 이어 가겠다는 의지를 드러낸 것입니다. 남매의 이런 의지는 6연에서 '화젓갈'로 표현됩니다. 이미 화로는 깨어졌지만 화젓갈만은 깃대처럼 남았듯이, 오빠는 비록 잡혀갔지만 자신들이 그 뜻을 받들겠다는 신념을 드러내고 있습니다.

7~10연에는 오빠가 잡혀간 사건이 꼭 자기에만 해당하는 것이 아니라 수많은 사람이 함께 경험하는 일임을 언급하고 있습니다. 이 말은 노동

쟁의라든가 계급 투쟁이 당시 특별한 사람들이 벌였던 사건이 아니라 다수의 대중이 참여했던 운동이었다는 사실을 말해 줍니다. 또 그만큼 서로에 대한 연대가 잘 이루어졌다는 증거이기도 하지요.

이 작품은 전체적으로 오빠에게 보내는 누이동생의 편지글로 되어 있습니다. 그런 까닭에 노동 쟁의, 계급 투쟁과 같은 무거운 주제 의식을 부드러운 어조로 전달할 수 있었지요. 이러한 점에서 이 시는 당시 발표되었던 어떤 계급 문학 작품보다도 폭넓게 대중적인 지지를 얻을 수 있었습니다. 아무리 주제 의식이 중요하다고 하더라도 문학적 형식을 갖추어야 한다는 것을 이 작품이 보여 준 것이지요.

식민지의 굴레를 벗어나 자유를 꿈꾸다

민족 말살 통치와 무장 독립 투쟁

군국주의 일본의 만행 1930년대가 되자 일본의 침략 야욕은 그 정도가 아주 심해집니다. 만주 사변(1931)을 일으켜 괴뢰 정부인 만주국을 세우는가 하면 그것도 모자라 1937년에는 중국 본토를 침략하여 중일 전쟁을 일으킵니다. 또 1941년에는 하와이 진주만을 기습하여 태평양 전쟁까지 일으키지요. 이처럼 일본이 군국주의•로 치달은 까닭은 1930년대에 일어난 세계 경제 공황으로 일본 경제가 크게 휘청거렸고, 이를 틈타 일본 내 군부가 정치적 영향력을 확대하면서 일본 사회 전체를 움직였기 때문입니다. 그들은 본국과 식민지를 하나의 경제 블록으로 만들어 식민지 수탈로 본국의 어려움을 극복하려 했습니다.

• 군국주의 군사적 가치를 다른 사회적 가치보다 우선해 정치·경제·문화·교육 등 일체를 군사 목적에 따르게 하려는 주의나 정책.

그런 까닭에 식민지에 가해진 통제와 억압, 착취와 수탈은 어느 때보다도 강력했습니다.

여러 침략 전쟁을 벌이고 있던 일본은 조선 사람들로부터 전쟁 협력을 이끌어 내기 위해 '내선일체(內鮮一體)'를 내세웁니다. 내선일체란 일본과 조선이 하나라는 뜻으로 조선 사람들을 이류 일본인으로 만들어 정치·문화적인 독립성과 저항심을 박탈하려 한 구호였습니다. 이를 위해 학교에서 조선어 수업을 폐지(1938)하고, 조선 민사령을 개정(1939)하여 한민족 고유의 성(姓)을 버리고 일본식 씨명제를 사용하도록 강요했습니다. 이른바 '창씨 개명'이었지요. 이뿐만 아니라 고대 사회에서 일본과 조선이 같은 민족이었다는 해괴한 일선 동조론을 내세우기도 했습니다.

일제는 민족 해방 운동을 탄압하기 위해서 치안 유지법(1925)을 제정합니다. 그 내용은 일본의 국가 체제 변혁을 시도하거나 사유 재산 제도를 부인하는 자들을 감시하는 것이었는데, 그 위반자들을 출옥 후에도 감시, 관리하기 위해 조선 사상범 보호 관찰령(1936)을 발동합니다. 이로 인해 사회주의자들은 물론 민족 해방 운동 전체가 큰 타격을 입습니다. 또한 일제는 조선 중앙 정보 위원회(1937)•를 설치하여 조선 지식인에 대한 정보를 수집하기도 했지요. 한편으로 일제는 자신들에게 동조하는 세력을 적극적으로 이용하였습니다. 국민정신 총

• **조선 중앙 정보 위원회** 언론을 통제하고, 반일 사상을 지닌 인사의 정보를 수집했던 기관.

동원 조선 연맹(1938)[•]과 같은 단체들을 만들어 일장기 게양, 신사 참배, 일본어 상용 등을 강요했습니다.

일제가 저지른 가장 끔찍한 범죄는 자신들이 일으킨 전쟁에 조선의 청년들을 끌어들인 것입니다. 일제는 중일 전쟁을 일으키고 난 뒤 육군 특별 지원병령(1938)을 공포하였고 태평양 전쟁이 막바지에 이르자 징병제(1944)를 실시하여 약 20만 명 이상의 조선 청년들을 전쟁에 몰아넣었습니다. 이 과정에서 조선의 일부 지식인과 작가는 조선 청년들의 군 입대를 부추기는 역사적인 과오를 저지르기도 합니다.

일제는 조선인을 군대에만 동원한 것이 아닙니다. 그들은 국민 징용령(1939)을 실시하여 수백만 명의 조선 사람을 침략 전쟁 수행에 필요한 노동력으로 동원했습니다. 그리고 이들을 군대식 규율로 통제했지요. 1939년에서 1945년까지 일본의 전쟁 노동력으로 강제 동원된 조선인이 적게는 113만 명에서 많게는 146만 명에 이르렀으니 얼마나 많은 조선 사람이 피해를 입었는지 알 수 있지요. 일제는 전쟁 막바지에 여자 정신대 근무령(1944)을 공포합니다. 12세에서 40세까지의 조선 여성들을 강제로 전쟁터에 동원한 것입니다. 이때 동원된 여성들 중 일부는 군인을 상대하는 위안부가 되었습니다. 이 여성들은 패전의 분위기가 짙어졌을 때 자신들의 범죄를 숨기려는 일본인들에게 학살당하는 비극을 맞기도 했지요.

• **국민정신 총동원 조선 연맹** 조선인들을 전시 생활 체제로 몰아가고, 모든 인적 물적 자원을 전쟁에 동원하기 위해 만든 조직.

무장 독립운동의 전개 일제의 탄압과 수탈에 맞서 우리 민족은 끊임없는 저항을 해 왔습니다. 3·1 운동 이후 상하이 임시 정부가 수립되면서 그동안 분산되어 있던 민족의 항일 투쟁을 한곳에 모으는 한편 외교적 노력을 통해 한일 병합의 부당성을 국제 사회에 알리는 데에도 노력했습니다. 이와 별도로 사회주의 운동도 활발하게 일어났으며, 순종의 장례 때에는 사회주의 세력과 학생이 중심이 되어 6·10 만세 운동(1926)을 일으키기도 합니다.

국내의 독립운동은 일제의 삼엄한 감시 때문에 한계를 지녔던 반면, 국외에서의 무장 독립 전쟁은 아주 활발하게 전개되었습니다. 김원봉은 조선 의열단을 결성(1919)하여 일제의 요인 암살과 친일 기관 파괴 활동을 지속적으로 수행하였습니다. 또한 김구를 중심으로 한인 애국단이 결성(1931)되어 여기에 소속된 윤봉길이 만주 사변 기념식에서 폭탄을 투척하기도 했지요. 이 사건은 이후 중국인들의 임시 정부 지원을 이끌어 내 한국광복군이 조직(1940)되는 데에 밑거름이 됩니다. 물론 그 이전에도 봉오동 전투, 청산리 대첩(1920)과 같은 독립 전쟁에서 독립군 부대가 연합하여 수많은 일본군을 사살하는 등 큰 성과를 거둔 바가 있었지요.

일제의 탄압과 수탈이 강력했던 1930년대에도 무장 투쟁은 계속되었습니다. 이때는 만주 사변을 일으킨 일제에 대항해 중국과 연합 작전을 추진하기에 이릅니다. 지청천이 지휘한 한국 독립군은 중국 호로군과 연합하여 쌍성보 전투(1932)에서 승리하는 등 북만주 지역에서 일본군을 격파하는 데에 앞장섰으며 양세봉의 지휘 아래 있던 조선 혁명군은 중국 의용군과 함께 흥경성 전투(1933)에서 일본군을 물리쳤습니다. 그러나 일본군의 대토벌 작전이 벌어지고 중국군과의 의견 대립으로 한중 연합 작전은 일시적으로 위축되지요. 하지만 동북 항일 연군이 조직(1936)되면서 항일 투쟁은 계속됩니다. 동북 항일 연군이란 일제에 반대하는 사람은 사상이나 노선, 민족과 관계없이 단결하자는 주장에 따라 편성된 무장 부대를 가리킵니다. 이들은 국내 진공 작전을 여러 차례 실시했고, 함경도 갑산 보천보 일대를 점령하기도 했습니다.

한국광복군과 조선 건국 동맹의 활동 일제의 중국 침략이 본격화될 무렵 항일 운동 계열 사이에서 좌우 이념 대립에 대한 반성이 일었고, 서로 힘을 합해 연합 전선을 형성하려는 노력이 있었습니다. 중국 국민당이 우리 민족의 독립 투쟁을 높이 평가하며 지원을 해 준 것도 그 배경이 되었지요. 이런 분위기 속에서 김원봉을 주축으로 한 민족 혁명당이 창건(1935)됩니다. 여기에는 한국 독립당, 조선 혁명당, 의열단 등의 단체가 참가했습니다. 민족 혁명당은 1937년 당명을 조선 민족 혁명당으로 바꾼 뒤 중국 정부의 협조로 군대 조직인 조선 의용대를 편성했습니다. 이들은 중국 각 지역에서 항일 투쟁을 전개했으며, 이후 1940년에 한국광복군이 창설되자 일부가 이에 합류하기도 합니다.

한편 임시 정부는 윤봉길의 훙커우 공원 의거 이후 더욱더 강화된

조선 의용대 창설 기념사진 조선 의용대는 중국 정부군과 합세해 심리전에서 큰 활약을 했으며, 중국 각 지역에서 첩보, 요인 사살, 시설 파괴 등 다양한 활동을 전개하였다.

일제의 탄압을 피해 중국 곳곳으로 옮겨 다녀야 했습니다. 더군다나 일제가 중국 본토를 침략하고 상하이를 점령하게 되자 불가피하게 이곳저곳을 떠돌았지요. 상하이에서 항저우로, 항저우에서 다시 난징으로 계속 옮겨 가야 했습니다. 임시 정부는 그 와중에도 한인 청년들을 중국 군관 학교에 입학시키면서 국군 편성을 계획합니다. 그러다가 중국 정부의 지원으로 충칭에 임시 정부 청사를 마련하고 한국광복군을 창설하기에 이릅니다.

한국광복군은 1940년 지청천을 중심으로 창설됩니다. 광복군은 태평양 전쟁 직후에 일본과 독일에 선전 포고를 하고 연합군과의 작전에 참여합니다. 이들은 주로 포로 심문, 암호 번역, 전단 작성 등 비전투 분야에서 적극적으로 활동했습니다. 그리고 직접 국내로 진입하여 자주독립 국가를 건설할 계획을 세우지요. 구체적인 활동으로는 미국 전략 정보국(OSS)과 합작하여 국내 정진군을 편성하고 훈련을 실시한 점을 들 수 있습니다. 하지만 일본의 갑작스러운 항복으로 실전에 투입될 기회는 무산됩니다.

일본의 패망을 예견한 국내의 항일 운동가들은 여운형을 중심으로 조선 건국 동맹(1944)을 결성합니다. 건국 동맹의 강령은 조선 민족의 자유와 독립을 회복하고, 국제적인 대일 연합 전선을 형성하며, 민주주의 원칙과 노동 대중의 해방에 치중한 국가를 건설하자는 것이었지요. 여운형을 위원장으로 한 건국 동맹은 좌우익 구분 없이 국내의 민족 운동 세력을 두루 망라하였으며, 일제의 감시가 삼엄함에도 불구하고 전국 10개 도에 책임자를 임명하여 지방 조직을 갖추기까지 하였습니다.

우리는 우리 민족의 독립을 온전히 우리 힘만으로 이루지는 못했습니다. 2차 세계 대전 중 일제의 패망과 더불어서 광복이 이루어졌으니까요. 그러나 해방을 위한 각계의 운동과 항일 무장 투쟁, 강제 병합의 부당성을 알리려는 노력 등이 없었다면 민족의 독립은 더욱 더뎠거나 어려웠을지도 모릅니다. 따라서 우리는 민족 독립을 위해 애썼던 수많은 이들의 노력과 희생을 빠짐없이 되새겨야 할 것입니다.

광야

이육사

까마득한 날에
하늘이 처음 열리고
어데 닭 우는 소리 들렸으랴

모든 산맥들이
바다를 연모해 휘달릴 때도
차마 이곳을 범하든 못하였으리라

끊임없는 광음(光陰)을
부지런한 계절이 피어선 지고
큰 강물이 비로소 길을 열었다

지금 눈 나리고
매화 향기 홀로 아득하니
내 여기 가난한 노래의 씨를 뿌려라

다시 천고(千古)의 뒤에
백마 타고 오는 초인(超人)이 있어

이 광야에서 목 놓아 부르게 하리라

경북 안동 출생. 본명은 원록. 시인이자 독립운동가이다. 1935년 『신조선』에 시 「황혼」을 발표하며 등단하였고, 1937년 『자오선』 동인으로 활동하였다. 상징적이면서 서정이 풍부한 작품 세계를 보여 주었으며 일제 강점기의 비극과 저항 의지를 노래했다. 시작 활동 못지않게 독립운동에 헌신하여 의열단원으로 활동하였으며 17차례나 옥고를 치르기도 했다. 유고 시집으로 『육사 시집』이 있다.

일제는 내선 일체라든가 일선 동조론을 주장하면서 조선의 지식인과 작가들에게 이에 동조하도록 강요했습니다. 지식인과 문인이 협력한다면 일제가 조선 청년들을 대상으로 징병과 징용 정책을 훨씬 쉽게 시행할 수 있기 때문이었지요. 그래서 일제는 지식인과 작가들에게 조선 문인 보국회(1943) 등을 조직하게 했습니다. 이 단체는 주로 친일 문학을 강연하고 전쟁에 참여하는 학도병을 격려하는 대회를 열었습니다. 한마디로 반민족적인 행위를 한 것이지요. 불행하게도 이러한 반민족 행위에는 우리가 잘 아는 이광수, 서정주와 같은 유명 작가들도 참여했습니다. 이광수는 조선 사람이 철저히 일본인이 되어야만 발전의 길이 열린다는 주장을 폈으며, 서정주는 자살 특공대를 찬양하고 고무하는 시를 써서 젊은 청년들을 전쟁의 소용돌이에 몰아넣었습니다.

당시 지식인과 작가들은 일제의 압력으로 붓을 꺾거나 고향을 등지고 만주 등지로 떠도는 이들도 많았습니다. 일제의 압력이나 회유에도 불구하고 민족의 혼을 버리지 않고 끝까지 투쟁하는 삶을 산 시인들도 있었습니다. 한용운, 윤동주, 이육사와 같은 시인이 그들입니다. 이들은 온갖 어려움 속에서도 일제에 협력하지 않았으며 민족의 독립을 결코 포기하지 않았지요. 이제 이육사의 삶과 그의 작품 「광야」를 함께 살펴보면서 그가 지키고자 했던 민족 독립에 대한 의지를 확인해 보겠습니다.

이육사는 저항 시인으로 익히 알려진 인물입니다. 그의 본명은 이원록인데 수감 생활 때 그의 수인 번호가 264번이어서 이를 필명으로 삼았다고 합니다. 이육사는 문인으로서보다는 민족 운동가로서의 면모가 강했던 시인입니다. 1925년 그는 형, 아우와 함께 대구에서 의열단에 가입합니다. 의열단은 김원봉이 조직한 항일 무장 독립운동 단체로서 과격하고 급진적인 투쟁을 벌인 것으로 유명하지요. 이들은 일정한 본거지 없이 각지에 흩어져 일본의 관청을 폭파하거나 관리를 암살하는 활동을 했습니다. 이육사 역시 1927년 조선은행 대구 지점 폭파 사건에 연루되어 대구 형무소에서 3년간 옥고를 치렀지요. 이뿐만 아니라 조선 일보 기자로 근무할 당시에는 배일 격문을 뿌리다가 체포되어 6개월간 옥고를 치르기도 합니다. 그 후 그는 조선 군관 학교를 1기로 수료한 후, 다시 일제에 붙잡혀 투옥당합니다. 이처럼 이육사의 삶은 그 자체가 독립에 대한 뜨거운 의지로 충만해 있었습니다. 그런 까닭에 그가 남긴 얼마 안 되는 작품에는 식민지 현실에 대한 저항감이 가득 담겨 있습니다.

「광야」는 이육사가 죽은 후 그의 동생 이원조가 유작으로 소개한 작품입니다. 이육사는 1943년에 체포되어 1944년에 사망했으므로 그가 이 작품을 쓴 시기는 일제가 그 어느 때보다도 사상 검열과 통제를 심하게 했던 때입니다. 다른 작가들은 친일을 하기에 바빴지만 이육사는 민족 독립에 대한 열망을 버리지 않고 있었던 것이지요. 자, 이제 작품을 감상해 볼까요.

1연은 태고의 역사적인 시간으로부터 출발하고 있습니다. "닭 우는 소리"가 인간 문명을 상징한다고 보면, 작품의 시간적인 배경은 문명 이전이라고 생각할 수 있지요. 2연의 표현도 1연과 크게 다르지 않습니다. "모든 산맥들이/바다를 연모해 휘달릴 때"라는 구절은 세계가 이제 막 형성되려는 순간이라고 생각하면 될 것 같습니다. 그런데 주목해야 할 부분은 "차마 이곳을 범하든 못하였으리라"라는 구절입니다. 문명이 싹을 틔우고 세계가 형성되는 시점에도 차마 범할 수 없었던 곳이 '광야'라는 것입니다. 그러므로 이 구절은 그 어느 곳보다도 '광야'가 신성한 공간임을 보여 줍니다. 시인은 어째서 광야를 신성한 곳으로 표현한 것일까요? 그것은 광야를 무단으로 침범한 일제의 야만성을 드러내고, 우리에게 광야에 서린 불순한 존재를 내쫓아야 할 의무가 있음을 전달하기 위해서이지요.

3연에서는 역사의 흐름이 빠른 속도로 표현됩니다. '끊임없는 광음'과 '부지런한 계절'은 흐르는 시간, 곧 역사의 흐름을 상징합니다. 그리고 "큰 강물이 비로소 길을 열었다"라는 구절은 광야에 우리 민족의 역사가 펼쳐졌다는 의미로 받아들일 수 있습니다. 다시 말해서 오랜 시간이 흐르고 수없이 많은 역사적인 사건들을 겪으며 우리 민족의 역사가 이루어졌다는 뜻입니다. 따라서 민족의 역사가 더욱 가치 있고 빛나 보이지요.

4연에 오면 시점이 달라집니다. 1~3연까지가 과거였다면 4연에서는 시를 창작하고 있는 현재의 시점이 되는 것이지요. 4연은 누가 보더라도 그 상징이 '눈'과 '매화'로 나누어집니다. '눈'은 겨울과 추위, 시련을 상징하고 '매화'는 시련을 극복한 존재, 겨울을 이겨 낸 봄을 상징합니다. 그런데 여기서 주목할 것은 "매화 향기 홀로 아득하니"라는 표현입니다. 일제의 강압을 이겨 낸 매화 향기가 홀로 아득하다는 것은 그만큼 시절이 어렵다는 뜻이지요. 여기서 시적 화자는 지금이 어렵다면 다음을 기약하며 '노래의 씨'를 뿌리겠노라고 다짐합니다. 씨앗은 지금 당장에는 열매를 맺을 수 없지만 오랜 시간이 지나면 반드시 '노래'라는 열매를 맺을 것입니다. 한편으로 씨앗은 자기희생의 모티브가 되기도 합니다. 씨앗은 자신의 형상을 잃어버리지만 그 희생과 헌신을 바탕으로 풍요를 누릴 수 있게 하기 때문입니다.

마지막 연을 살펴볼까요? 시간은 미래로 나아갑니다. "다시 천고의 뒤"라고 했으니 오랜 시간이 흐른 뒤라고 생각할 수 있겠지요. 이 표현을 보면 시인이 작품을 쓰던 당시가 얼마나 험한 시절인지 알 수 있습니다. 얼마나 가혹하게 핍박을 당했으면 "다시 천고의 뒤"라는 표현을 썼을까요. 일제는 수많은 지식인과 작가에게 가까운 시기에는 도저히 독립이 어려울 것 같다는 생각을 하게 만들었던 것입니다. 그러나 이육사는 결코 포기하지 않았습니다. 언젠가는 '백마 타고 오는 초인'이 자신이 뿌린 노래의 씨앗을 광야에서 불러 줄 것을 고대했습니다. 식민지 현실의 모순을 극복하고 민족이 위기에서 벗어날 미래를 끝까지 꿈꿨던 것입니다.

이육사가 남긴 작품은 얼마 되지 않습니다. 그러나 그는 친일 행각을 벌이지 않았고 민족적 자존심을 지키는 작품들을 남겼습니다. 힘들고 어려운 시기에 현실과 타협하지 않고 자신의 신념을 펼쳐 보였던 이들의 모습은 문학이 어떻게 시대에 맞서야 하는지를 우리에게 제시해 주는 좋은 본보기라 할 수 있습니다.

2부

분단과 독재의 굴레에 저항하다

해방 이후 우리 민족은 분단을 경험합니다. 남과 북에 각각 서로 다른 정부가 들어선 것입니다. 이렇게 된 까닭은 첫째, 우리 민족의 내부에서 민족주의와 사회주의 운동이 서로 타협하지 못한 데에 있습니다. 만약 민족주의와 사회주의가 하나가 되었더라면, 아무리 외부에서 우리 민족을 갈라놓으려 해도 결코 분단까지 되지는 않았을 것입니다. 둘째, 우리 민족이 분단된 것은 미국과 소련의 책임이 큽니다. 미국은 사회주의가 세계적으로 확산되는 것을 막으려 했고, 소련은 이른바 얼지 않는 항구를 탐내며 계속 남하하려고 했지요. 그 결과 미국과 소련에 의해 38도선이 생겨난 것입니다.

비극은 분단에서 그친 것이 아니었습니다. 분단을 경험한 지 얼마 지나지 않아 남과 북은 서로에게 총부리를 겨누고 피비린내 나는 전쟁을 치렀습니다. 전쟁이 끝난 뒤에도 남한 사회에서는 '빨갱이', 북한 사회에서는 '반동분자'라는 말로 서로 다른 사상이나 이념을 지닌 사람들을 억압했습니다. 분단과 전쟁이 사람들에게 깊은 상처를 준 것입니다.

분단과 전쟁은 우리나라의 정치 발전에 큰 걸림돌이 되었습니다. 정치가들은 분단 상황을 자신들의 권력을 유지하는 데 활용했습니다. 민주주의를 원한 국민들의 요구를 좌익 용공 세력이 국가를 전복하려 한다는 식으로 왜곡했던 것입니다. 그런 까닭에 한국 사회에서는 분단 이후 오랜 독재가 가능했습니다. 이승만, 박정희, 전두환, 노태우로 이어지는 독재 정권이 민주화를 원하는 국민들을 저버린 채 지속됐던 것입니다. 물론 이 시기에 우리나라는 빠른 경제 성장을 이루기는 했습니다. 하지만 경제 성장을 앞세우는 과정에서 노동자, 농민이 희생당하는 등의 여러 모순도 함께 싹텄습니다.

시민들은 독재 정권을 무너뜨리기 위해 많은 노력을 기울였습니다. 대표적인 것이 바로 4·19 혁명입니다. 독재 정권에 맞서 시민과 학생이 시위를 주도했고, 결국 이승만 정권은 무너졌습니다. 4·19 혁명이 비록 혁명 정부를 구성하는 데에까지 이르지는 못했지만 그 역사적인 의미는 매우 큽니다. 박정희 정권 시절에도 시민들의 저항은 끊이지 않았습니다. 부마 항쟁 같은 반유신·반독재 운동이 사회 곳곳에서 일어났지요.

우리는 2부에서 이 시기의 사건과 관련 작품을 살펴볼 것입니다. 해방 이후부터 1979년 박정희 정권이 몰락하던 때까지이지요. 작품으로는 해방 전후의 사회적 혼란상을 담담히 그려 낸 신석정의 「꽃 덤불」과 6·25 전쟁의 상흔을 다룬 구상의 「초토의 시 8」, 그리고 4·19 혁명과 관련해서 김정환의 「지울 수 없는 노래」를 감상할 것입니다. 이 밖에도 김수영의 「어느 날 고궁을 나오면서」를 읽으며 박정희 정권 시절 지식인의 모습을 살펴보고, 이시영의 「정님이」를 감상하며 경제 성장에 희생된 농민과 노동자의 생생한 목소리를 들어 볼 것입니다. 또한 박정희 정권 시절 국가주의 이데올로기에 맞섰던 조태일의 작품 「식칼론 4」도 감상할 것입니다.

되찾은 자유의 기쁨, 분단으로 잃다

해방 정국과 분단의 과정

광복과 함께 자란 분단의 싹 1945년 일제가 패망하면서 우리 민족은 드디어 독립을 쟁취합니다. 국제 사회는 이미 카이로 선언(1943)•과 포츠담 선언(1945)•을 통해 2차 세계 대전 이후 우리 민족의 독립을 약속했지요. 물론 우리나라의 국내외 독립운동 단체도 일제의 패망을 예상하고 차근차근 독립과 건국을 준비하고 있었습니다.

전쟁에서 패색이 짙어지자 일제는 당시 조선에 남아 있던 80여만

• **카이로 선언** 2차 세계 대전 당시 미국·영국·중국 3개 연합국이 이집트의 수도 카이로에 모여 발표한 공동 선언. 이 선언에 한국을 자유 독립 국가로 승인할 것을 결의하는 내용이 포함되어 있었다.

• **포츠담 선언** 2차 세계 대전 종전 직전인 1945년 7월 26일 독일의 포츠담에서 열린 미국, 영국, 중국 3개국 수뇌 회담의 결과로 발표된 공동 선언. 일본의 항복 조건과 일본의 점령지 처리에 관한 내용을 담고 있었다. 한국을 독립시킬 것을 확인하는 선언이었다.

명의 일본인과 10여만 명의 일본군을 안전하게 자기 나라로 철수시키고자 했습니다. 이런 의도에서 조선 총독부는 당시 건국 동맹을 이끌던 여운형에게 협상을 제의합니다. 여운형은 독립투사들을 전원 석방하고, 석 달 동안의 식량을 확보하며, 건국 활동을 방해하지 않는다는 조건으로 일본의 협상을 받아들입니다. 이후 건국 준비 위원회(1945)• 가 결성되어 총독부로부터 치안권을 넘겨받아 새로운 나라를 건설하기 위한 준비를 합니다. 그리고 마침내 1945년 9월 6일 조선 인민 공화국을 선포합니다. 하지만 해방과 건국의 기쁨은 오래가지 못했습니다. 미국을 비롯한 국제 사회가 조선 인민 공화국을 공식적인 정부로 인정하지 않았기 때문입니다.

우리 민족이 완전한 독립을 하기 위해서는 우리 힘으로 나라를 되찾았어야 했습니다. 또한 민족을 대표할 만한 기구를 갖추고 있어야 했습니다. 그러나 우리의 독립운동 단체는 중일 전쟁 이후 일본의 압박을 피해 본거지를 옮겨 다녔던 탓에 민족 전체를 대표할 만큼의 통일된 기구를 갖추지는 못한 상태였습니다. 당시 우리의 독립운동 단체는 국내외로 나뉘어 독자적으로 행동하고 있었고, 좌·우파의 성향도 크게 달랐습니다. 해방 후 건국 준비 위원회에서 선포한 조선 인민 공화국은 이런 까닭으로 국제 사회에서 인정받지 못했던 것입니다. 국외에 있던 김구를 비롯한 임시 정부 요인도 정부 인사의 자격이 아

• **건국 준비 위원회** 1945년 8·15 광복 후 여운형이 중심이 되어 조직한 최초의 건국 준비 단체.

니라 개인 자격으로 입국할 수밖에 없었지요.

하지만 우리 민족이 완전한 독립 국가를 세우지 못한 데에는 무엇보다도 미국과 소련의 태도에 큰 책임이 있습니다. 태평양 전쟁이 끝날 무렵 소련은 얄타 회담(1945)•을 계기로 전쟁에 참전합니다. 소련군은 만주를 점령하고 곧이어 북한 땅에까지 들어섭니다. 이때 미국은 소련이 한반도 전체를 점령할지도 모른다는 불안감에 휩싸여 38도선을 경계로 한반도를 분할할 것을 제안합니다. 그리고 소련이 이를 받아들이면서 38도선 이북에는 소련군이, 38도선 이남에는 미군이 주둔합니다. 미국은 우리 땅에서 사회주의 확대를 견제할 기반을 마련하고자 했던 것이고, 소련은 우리 땅을 발판으로 태평양으로 나아갈 수 있는 기회를 얻고자 했던 것이죠. 그들은 우리 민족의 바람과는 관계없이 자기 나라에 우호적인 정부를 세우고자 했습니다. 조국 광복을 맞이했지만 그와 동시에 분단의 씨앗이 뿌려졌던 셈이죠.

좌우의 분열과 대한민국 정부 수립 1945년 12월 미국, 영국, 소련의 외상들이 한국을 비롯한 2차 세계 대전 후의 세계 여러 지역의 문제를 논의하기 위해 모스크바에서 회의를 진행합니다. 이른바 모스크바 3상 회담이지요. 이 회담에서 결정된 사항은 미국과 소련이 공동 위

• **얄타 회담** 2차 세계 대전 종반에 소련 흑해 연안의 얄타에서 미국, 영국, 소련의 수뇌들이 모여 독일의 패전과 그 관리에 대하여 의견을 나눈 회담. 소련이 일본과의 전쟁에 참여하는 내용이 포함되어 있다.

신탁 통치 반대 운동 국민들은 신탁 통치를 또 다른 식민 지배로 받아들여 반탁 운동을 벌였다.

원회를 조직한 다음 한국인에게 임시 정부를 구성하게 하고 미국, 소련, 영국, 중국이 임시 정부와 협의하면서 한국을 5년 이내로 신탁 통치하자는 것이었습니다. 만약 이 안이 정상적으로 진행되었다면 민족의 분단을 막았을지도 모릅니다. 그러나 회의의 결정 사항 중 한국인에게 임시 정부를 구성하게 한다는 내용은 빠진 채, 5년 동안 신탁 통치를 받는다는 내용만 널리 알려지게 됩니다. 이에 신문들은 자극적인 기사를 내보냈고 일본의 식민 지배를 겪었던 국민들은 신탁 통치를 또 다른 식민 지배로 받아들여 극심한 반탁 운동을 전개하기 시작합니다.

반탁 운동에는 김구, 이승만 등 우익 인사들이 앞장을 섰습니다. 이들은 소련이 신탁 통치안을 먼저 제시했다고 주장하면서 반탁 운동 자체를 반소련·반공산주의 운동으로 몰아갑니다. 그렇지 않아도 우리 민족 사이에는 좌우 이념 대립이 첨예했는데 이 사건을 계기로 갈등의 골이 더욱 깊어지게 되지요. 더군다나 좌익 인사들이 처음에는 반탁 운동에 동참했다가 모스크바 협정의 본질이 임시 정부 수립에 있다고 판단하여 협정을 지지하자 좌우의 대립은 극심해집니다. 결과적으로 모스크바 3상 회의는 원래의 취지가 무색하게 좌익과 우익을 분열시켜 통일된 독립 국가를 건설하는 데에 걸림돌로 작용합니다.

우리 민족을 극심한 분열로 치닫게 한 미국과 소련은 모스크바 협정에 따라 1946년과 1947년 두 차례에 걸쳐 미소 공동 위원회를 개최합니다. 하지만 서로 다른 욕망을 지닌 미국과 소련이 쉽게 합의에 이르지는 못했습니다. 두 나라는 임시 정부 수립에 참여할 단체를 두고 팽팽히 맞섭니다. 미국은 모든 정치 단체를 포함할 것을 주장한 반면, 소련은 모스크바 협정을 반대하는 정당이나 단체는 제외해야 한다고 주장합니다. 결국 위원회는 두 차례 모두 아무 소득 없이 결렬되고 맙니다. 단독 정부를 수립하자는 주장이 제기된 것도 이즈음입니다. 특히 이승만은 통일 정부를 바라지만 뜻대로 되지 않으니, 우선 남한만이라도 정부를 수립해야 한다고 주장했지요. 한편, 38도선 이북은 김일성을 중심으로 한 사회주의자들이 소련의 지원을 받아 권력을 장악합니다. 이들은 북조선 임시 인민 위원회를 구성하여 '무상 몰수·무상 분배' 방식의 토지 개혁을 단행하고, 주요 시설을 국유화하면서 사회주의 국가로 나아가고 있었습니다.

제2차 미소 공동 위원회가 결렬되자 미국은 한국 문제를 국제 연합으로 넘깁니다. 그리고 국제 연합에서는 남북한 주민들이 자유롭게 총선거를 실시하여 이를 바탕으로 통일 정부를 구성한다는 안을 결정합니다. 그러나 소련과 북한은 이를 거부하지요. 마침내 유엔은 남한만의 선거를 통해 단독 정부를 구성하는 방안을 내놓게 됩니다.

남과 북이 서로 다른 길을 가고 분단이 점점 현실화되자 김구와 김규식은 단독 선거와 단독 정부 수립을 막기 위한 마지막 노력을 하기에 이릅니다. 이들은 1948년 2월 북한 지도자들에게 편지를 보내 남북이 서로 만나 통일 정부를 구성하기 위해 노력하자고 제안합니다. 그리고 남한의 단독 선거를 한 달 앞두고 평양으로 건너가 남북 연석회의에 참여하지요. 김구는 그곳에서 남한 단독 정부 수립에 반대하며 미국과 소련이 철수한 후에 총선거를 실시하여 통일 정부를 수립하자고 제의하지만 뜻을 이루지 못합니다.

1948년 5월 10일 중도 세력과 사회주의자들이 불참한 가운데 우리나라 최초의 선거가 실시되어 제헌 국회• 의원을 선출합니다. 임기 2년의 의원들은 헌법을 제정하는 역할을 맡아 1948년 7월 17일 대한민국의 첫 헌법을 만들고 이를 공표합니다. 그리고 그해 8월 15일 헌법에

• 제헌 국회 헌정 사상 최초로 구성된 의회. 8·15 광복 후 국제 연합의 감시 아래 1948년 5월 10일 총선거를 실시하여 구성된 국회.

대한민국 정부의 수립　이승만은 1948년 8월 15일 대한민국 정부 수립을 선포하였다.

따라 이승만이 대통령으로 취임하고 대한민국 정부 수립을 선포합니다. 얼마 지나지 않아 북한도 최고인민회의 대의원을 선출하고 1948년 9월 9일 김일성을 수상으로 하는 조선 민주주의 인민 공화국 수립을 선포합니다. 우리 민족이 그토록 바라던 통일 국가의 꿈은 서로 다른 체제의 정부가 들어섬으로써 멀어져 갔던 것입니다.

좌우 대립으로 인한 민족적 손실　남과 북에 서로 다른 정부가 들어서는 동안 우리 민족은 참으로 아픈 일들을 겪어야 했습니다. 먼저 독립운동을 주도적으로 이끌었던 민족 지도자들을 잃었습니다. 임시 정부를 이끌었던 김구와 건국 준비 위원회를 조직했던 여운형 등을 비롯한 민족 지도자들이 정치적인 갈등 속에서 정적들에게 암살당한 것입니다. 그뿐만 아니라 분단 과정에서 남한과 북한은 서로의 체제에 맞지 않는 사람들을 가혹하게 탄압했습니다. 북한에서는 지주, 자본가, 기독교인 들이 무참하게 숙청되었고, 남한에서는 미 군정과 우익으로부터 사회주의자들이 극심한 탄압을 받았습니다. 서로에게 돌이키기 어려운 상처를 남긴 것입니다.

일제에서 벗어나 독립을 얻은 것은 큰 기쁨입니다. 그러나 우리 민족은 좌우의 이념 대립과 갈등으로 역량을 하나로 결집하지 못한 채 통일 조국을 이루는 데 실패하고 말았습니다. 물론 이 모든 일의 근원은 일제가 우리나라를 식민지로 삼았기 때문이라고 할 수 있습니다. 또한 자신들의 이해관계에 따라 정부를 구성하려던 미국과 소련에도 책임을 물을 수 있지요. 하지만 무엇보다도 우리 민족 스스로 갈등과 반목을 해소하지 못했던 것이 분단의 결정적 이유일 것입니다. 따라서 우리 민족의 과제인 통일을 이루려면 과거의 그릇된 역사부터 성찰해야 할 것입니다.

꽃 덤불

신석정

태양을 의논하는 거룩한 이야기는
항상 태양을 등진 곳에서만 비롯하였다.

달빛이 흡사 비 오듯 쏟아지는 밤에도
우리는 헐어진 성터를 헤매이면서
언제 참으로 그 언제 우리 하늘에
오롯한 태양을 모시겠느냐고
가슴을 쥐어뜯으며 이야기하며 이야기하며
가슴을 쥐어뜯지 않았느냐?

그러는 동안에 영영 잃어버린 벗도 있다.
그러는 동안에 멀리 떠나 버린 벗도 있다.
그러는 동안에 몸을 팔아 버린 벗도 있다.
그러는 동안에 맘을 팔아 버린 벗도 있다.

그러는 동안에 드디어 서른여섯 해가 지나갔다.

다시 우러러보는 이 하늘에

겨울밤 달이 아직도 차거니
오는 봄엔 분수처럼 쏟아지는 태양을 안고
그 어느 언덕 꽃 덤불에 아늑히 안겨 보리라.

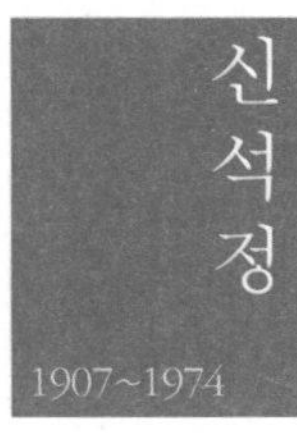

전북 부안 출생. 1931년 『시 문학』에 「선물」을 발표하며 등단하였다. 목가적인 서정시를 주로 발표하였지만 광복 이후에는 현실 참여와 역사의식이 강한 작품도 발표하였다. 시집으로 『촛불』, 『슬픈 목가』, 『대바람 소리』 등이 있다.

1945년 8월 15일 우리 민족은 일본의 식민 지배에서 벗어나 잃어버린 언어를 되찾고 위축되었던 민족정신을 다시 일으킬 수 있었습니다. 해방 직후 우리 문학은 식민지 시대 문학을 청산하고 새로운 민족 문학을 건설해야 하는 과제를 안게 된 것입니다. 하지만 해방 직후 미군과 소련군이 한반도에 주둔하면서 남북 분열이 일어나고 사회적 불안과 혼란이 계속되어 이런 과제를 수행하는 데에 상당한 어려움이 따랐습니다. 가장 아쉬운 것은 해방의 즐거움을 온전히 누리기도 전에 문단이 좌우로 분열되었다는 것입니다. 사회주의 문학 단체와 자유주의 문학 단체가 따로따로 만들어져 서로 경쟁하고 갈등하는 관계가 된 것입니다.

이 시기에 발표된 작품들은 선전·선동적인 작품들이 많습니다. 자신들의 정치적인 주장을 내세우기 위해서였지요. 김기림, 정지용과 같이 해방 이전에는 정치와 거의 무관하게 작품을 창작했던 이들마저도 인민들과 함께 호흡하면서 건국 투쟁에 이바지할 수 있는 시를 써야 한다고 주장했던 것을 보면 당시 작가들이 얼마나 정치적으로 흥분되어 있었는지 알 수 있습니다. 이들 시에 비해서 신석정의 「꽃 덤불」은 해방 정국의 성격을 차분하고도 담담하게 형상화했습니다.

'꽃 덤불', 제목부터 참 화려하다는 생각이 들지 않습니까? 꽃으로 덤불을 이루었으니 얼마나 아름다울까요? 작품의 마지막 행에 "그 어느 언덕 꽃 덤불에 아늑히 안겨 보리라."라는 표현이 있으니 '꽃 덤불'은 시인이 지향하는 세계임이 틀림없습니다. 당시의 시대상을 생각해 본다면 모든 갈등이 사라진 조화로운 세계, 화합된 조국을 의미한다고 볼 수 있지요. 그러나 시인이 살아가던 시절은 꽃 덤불처럼 조화롭지 않았습니다.

작품은 일제 강점기부터 시작합니다. 작품 속에서 '태양'은 밝고 따뜻한 생명력을 의미합니다. 따라서 태양을 의논하는 것은 밝고 따뜻한 세계를 되찾기 위한 노력이라고 볼 수 있습니다. 상징적인 의미를 따져 본다면 조국 광복을 위한 모든 논의를 태양을 의논하는 것으로 표현했다고 할 수 있습니다. 시인은 이 모든 노력이 언제나 태양을 등진 곳, 춥고 어두운 곳에서 비롯하였다는 것을 우리에게 이야기합니다. 태양을 의논하는 모든 이들이 고통을 겪었다는 뜻이지요.

2연에서는 다 함께 어려움을 겪으면서도 간절하게 태양을 원했던 상황이 구체적으로 형상화되어 있습니다. '헐어진 성터'는 빼앗긴 조국의 현실을 의미하고, '오롯한 태양'은 어둠을 몰아내는 것이니 해방을 의미한다고 할 수 있지요. 그리고 '가슴을 쥐어뜯는다'는 표현에서는 해방을 원하는 간절한 마음을 느낄 수가 있지요.

3연의 내용은 비극적입니다. 태양이 없던 시절, 태양에 대한 간절함을 지닌 채 살아가던 이들이 수난을 당하거나 뜻을 버렸으니 말입니다. 3연의 '영영 잃어버린 벗'은 목숨을 잃은 사람들일 것이며, '멀리 떠나 버린 벗'은 국외에서 망명하거나 유랑하는 사람일 것이고, '몸을 팔아 버린 벗'은 변절한 사람, '맘을 팔아 버린 벗'은 전향한 사람을 가리키겠지요. 하지만 시인은 그 누구도 원망하거나 증오하지 않습니다. 감정을 절제한 채 차분하게 사실만을 전달하고 있지요. 왜 이런 태도를 취했을까요? 그 시절에는 그 어떤 선택도 결코 쉽지 않았다는 것을 이해했기 때문일 것입니다. 민족에게 범죄를 저지른 이들을 용서할 수는 없겠지만, 시인은 그 시절을 살아가는 것 자체가 모두에게 비극이었다는 것을 말하고 싶었던 것입니다.

이제 4연을 봅시다. "드디어 서른여섯 해가 지나갔다." 누가 보더라도 '서른여섯'이라는 숫자는 일제 강점기를 의미한다는 것을 알 수 있지요. 따라서 4연은 일제 강점기가 끝나고 해방을 맞이했다는 내용입니다. 그런데 그 감격스러운 순간을 시인은 왜 이렇게 밋밋하게 표현했을까요. '오롯한 태양'이 드디어 떠올랐다는 감격을 표현을 하지 않고 말이지요. 그 까닭은 오롯한 태양이 아직 우리에게 존재하지 않는다는 생각 때문입니다. 우리 민족 스스로 통일된 조국을 만들지 못하고, 미국과 소련의 영향 아래 놓인 채 좌우가 대립하는 시절을 두고 시인은 오롯한 태양이 떠올랐다고 말할 수 없었던 것입니다.

마지막 연에서도 시인은 오롯한 태양이 왔다고 말하지 않습니다. "다시 우러러보는 이 하늘에 / 겨울밤 달이 아직도 차"다는 것은 해방을 맞이한 조국에서 여전히 비극이 일어나고 있음을 의미합니다. 좌우 이념의 갈등에다 외세에 흔들릴 수밖에 없었던 혼란스러운 정국은 태양이 떠 있다고 말할 상황이 아니었던 것이지요. 하지만 시인은 희망을 버리지 않았습니다. 그는 '오는 봄', 그러니까 앞으로 다가올 희망의 시기에는 분수처럼 쏟아지는 태양이 있다고 믿습니다. 그리고 태양이 쏟아지는 그 어느 날, 풍성한 꽃 덤불에 안겨 보겠다는 희망을 품습니다. 이 시가 발표된 지 벌써 60여 년의 세월이 흘렀지만 아직 우리 민족은 시인의 바람처럼 '풍성한 꽃 덤불'을 이루지는 못했습니다. 하지만 우리 민족이 역사 속에서 숱한 난관을 이겨 왔듯이 언젠가는 '꽃 덤불'을 이루리라는 희망을 저버려서는 안 될 것입니다.

민족끼리 전쟁의 상처를 입히다

6·25 전쟁과 전쟁 후의 폐허

한반도를 뒤덮은 전쟁의 기운 해방 후 우리 민족은 통일된 조국을 건설하지 못한 채 남북으로 분단된 상황을 받아들여야 했습니다. 하지만 그 누구도 분단을 인정하지는 않았지요. 분단은 일시적인 과정일 뿐, 곧 통일을 이루어야 한다는 점에 모두들 공감하고 있었습니다. 그런 까닭에 이승만은 북진 통일론•을 주장했고, 김일성은 국토 완정론•을 내세웠습니다. 그러나 이 모두는 평화적인 협상이나 타협이 아니라 무력으로 인한 통일론이었습니다. 안타깝게도 이런 주장은 점차 현실로 나타나고 있었습니다. 1949년 1월부터 6·25 전쟁이 일어날 무

• **북진 통일론** 북한 지역에 무력을 행사하여 통일을 하자는 주장.
• **국토 완정론** 김일성이 내세운 주장으로, 남한을 미국의 지배에서 해방시키고 나라를 완전히 정리하여 통일하겠다는 것.

렵까지 남과 북 사이에 산발적인 전투가 800여 차례나 있었으니까요. 그리고 1950년 6월 25일 북한의 무력 공세로 결국 대규모 전쟁이 일어나고 말았습니다.

북한이 전면전을 벌일 수 있었던 이유로는 이승만 정부의 지지 기반이 취약했던 점을 들 수 있습니다. 쉽게 말하면 당시 이승만 정부는 전쟁 억지력을 갖추지 못했다고 할 수 있지요. 이승만 정부는 출범 당시부터 몇 가지 문제가 있었습니다. 그 첫째는 폭넓은 정치적 지지를 얻지 못했다는 점입니다. 좌익의 반대는 물론이고 우익 진영이던 김구와 김규식으로부터도 외면을 받았을 정도로 정권은 취약했습니다. 대신 반드시 청산했어야 할 친일 지주와 관료들에게 면죄부를 주고 이들을 지지 기반으로 정권을 창출했습니다. 이승만 정부가 반민족 행위 특별 조사 위원회•를 경찰력으로 강제 해산한 것은 정권의 정당성을 크게 훼손시켰지요.

둘째로 일제 강점기에 일본인이 소유했었던 재산을 제대로 처리하지 못한 점과 토지 개혁을 뒤늦게 한 점을 들 수 있습니다. 더군다나 토지 개혁이 농민들의 입장에서 이루어진 것이 아니라 기존에 땅을 소유한 이들에게 유리하게 진행되어 농민들에게 커다란 상실감을 주었지요. 결국 이승만 정부는 대중에게 외면을 받습니다. 210석의 전체 의석수가 걸린 제2대 국회 의원 선거(1950. 5.)에서 이승만의 지지 세

• **반민족 행위 특별 조사 위원회** 친일파의 반민족 행위를 처벌하기 위하여 제헌 국회에 설치되었던 특별 기구.

력이 고작 30여 석밖에 차지하지 못한 것에서도 정권의 취약성이 그대로 드러나지요.

이처럼 취약한 정권은 내우외환에도 시달렸지요. 제주도에서 남한의 단독 정부 수립을 위해 치러진 제헌 국회 의원 선거를 거부하고 미군 철수를 주장하는 민중 항쟁(제주 4·3 사건,• 1948)이 일어나는가 하면, 이를 진압하라는 명령을 받은 군부대는 명령에 불복하고 여순 사건(1948)•을 일으켰습니다. 그뿐만 아니라 지리산, 오대산, 태백산 등 남한 곳곳에서 크고 작은 유격전이 일어나 이승만 정부는 골치를 앓아야 했습니다. 이 와중에 미국의 한반도 정책에도 큰 혼선이 일어납니다. 이승만 정권 성립 후 유엔의 결정에 따라 미군이 철수를 했고, 미국무 장관 애치슨은 태평양 지역의 방위선에서 한반도를 제외한다는 선언을 발표했던 것입니다(1950).

혼란스런 정국이 펼쳐지던 남한에 비해 북한은 상대적으로 정치적인 안정이 빨랐습니다. 또한 경제력도 향상되었습니다. 이런 자신감을 바탕으로 북한은 남북한 총선거를 실시하여 통일 정부를 수립하자는 주장을 펼치는 한편 남한의 빨치산• 투쟁을 지원합니다. 북한은 군

- **제주 4·3 사건** '4·3 제주 민중 항쟁'이라고도 한다. '제주 4·3 사건 진상 규명 및 희생자 명예 회복에 관한 특별법'에 따르면, 제주 4·3 사건은 남한의 단독 선거, 단독 정부 반대를 기치로 1948년 4월 3일 남로당 제주도당 무장대가 봉기한 이후 1954년 9월 21일까지 제주도에서 발생한 무력 충돌과 그 진압 과정에서 주민들이 희생당한 사건을 말한다.
- **여순 사건** 국방군 제14연대 좌익 계열의 일부 군인들이 4·3 제주 민중 항쟁의 진압을 거부하고 무장봉기한 사건.

사력도 크게 강화합니다. 1949년 소련과 경제·문화 협정을 맺는가 하면 중국과 군사 비밀 협정을 맺어 4만여 명에 이르는 조선인 동북 의용군을 인민군에 편입시킵니다. 이후 김일성은 스탈린과 마오쩌둥을 설득하여 전쟁 승인과 군사 원조를 이끌어 냅니다. 중국에서 공산당이 국민당에 승리하여 중화 인민 공화국(1949)이 수립된 점도 김일성 정권을 고무시킨 것으로 보입니다.

6·25 전쟁의 과정과 휴전 협상 1950년 6월 25일, 북한은 38도선 전 지역에서 기습을 감행합니다. 6월 28일 서울이 함락되었고, 전쟁이 시작된 지 한 달도 되지 않아 대전까지 북한군이 점령했습니다. 이승만은 미국에 도움을 요청하였고, 6월 27일 미국은 유엔 안전 보장 이사회의 결의를 통해 유엔군 파견을 이끌어 냅니다. 미군을 중심으로 한 유엔군이 6·25 전쟁에 참전하면서 전쟁은 민족의 내전이 아니라 국제전으로 변모합니다. 세계적으로 보면 소련, 중국을 중심으로 한 사회주의권과 미국을 중심으로 한 자유주의권 사이에 벌어진 최초의 전쟁인 셈이지요.

유엔군은 7월 7일 사령부를 설치하고, 7월 12일 이승만으로부터 한국군의 지휘권을 넘겨받아 본격적인 전투를 시작합니다. 하지만 유엔군과 미군의 개입에도 불구하고 북한군의 남하를 곧바로 저지할 수는

• 빨치산 유격전을 수행하는 비정규군 요원의 별칭. 러시아 어 '파르띠잔(партизáн)'에서 온 말이다.

없었습니다. 7월 말에는 낙동강 일대를 제외한 한반도 전역을 북한군이 점령하기에 이르지요. 전세가 역전된 것은 유엔군이 인천 상륙 작전을 펼치고 난 뒤였습니다. 역전의 기세를 몰아 국군과 유엔군은 9월 28일에 서울을 탈환하고 10월 19일에는 평양까지 점령합니다.

유엔군이 38도선을 넘어 계속 북진하자 중국이 전쟁에 참여합니다. 중공군은 막대한 인원을 동원하여 유엔군을 압박하지요. 결국 국군과 유엔군은 평양, 흥남, 서울에서 차례로 철수합니다. 이후 국군과 유엔군은 다시 반격에 나서 서울을 되찾고 강원도의 철원과 금화 등에서 치열한 교전을 벌입니다. 이때 소련은 유엔을 통해 휴전을 제의하지요. 소련은 유엔군이 북한 땅을 점령하는 것을 막고자 했던 것입니다. 만약 그 당시 유엔군이 북진을 계속했더라면 소련이 전쟁에 참여해서 세계 대전으로 확대되었을지도 모를 일이지요.

이런 맥락에서 미국은 소련의 휴전 제의를 즉시 수용합니다. 만주 지방을 폭격하고 장제스 군대를 전쟁에 투입해야 한다고 주장했던 맥아더가 사령관직에서 해임되고, 1951년 7월 개성에서 휴전 회담이 열립니다. 주요 의제는 군사 분계선 설정과 중립국 감시 기구 구성, 그리고 포로 교환 등이었습니다. 휴전 회담에는 남한을 제외한 미국과 중국, 북한이 참여했고 전쟁의 실질적인 당사자이면서도 작전권이 없던 이승만 정권은 휴전을 반대하며 현실성 없는 북진 통일을 계속 주장했습니다.

휴전 회담에서 가장 큰 쟁점은 휴전선을 어디로 결정할지였습니다. 결과는 기존의 38도선이 아니라 서로 대치하고 있는 위치로 결정이 났습니다. 휴전 협상 중에 양 군대는 더 많은 땅덩어리를 차지하기 위해서 치열한 공방전을 벌였고, 그 과정에서 군인과 민간인이 수없이 희생되었습니다. 회담에서 가장 어려운 것은 포로 교환 문제였습니다. 유엔군 측의 인민군과 중국군 포로는 13만 명이 넘었고, 공산군 측의 한국군 및 유엔군 포로는 1만 명이 조금 넘었습니다. 하지만 인민군 중에는 의용군으로 동원된 사람이 다수 있었지요. 그런 까닭에 유엔군은 포로들에게 개개인의 자유의사에 따라 자신이 가고 싶은 나라를 선택하게 하자고 주장했고, 공산군 측에서는 모든 포로가 본국으로 돌아가야 한다고 맞섰습니다. 각자 자기 쪽에 유리한 방향으로 주장한 것이지요. 결국 휴전 협정은 우여곡절 끝에 회담이 시작된 지 만 2년 만에 체결됩니다(1953. 7.).

전쟁이 남긴 상처와 후유증 전쟁의 상처는 이루 말할 수 없었습니다. 6·25 전쟁은 공식적으로 150만 명의 사망자와 360만 명의 부상자를 냈습니다. 하지만 그 숫자는 양민 학살을 포함한 민간인 피해를 제대로 합산하지 않은 수치였습니다. 2001년 미국 뉴욕에서 열린 코리아 국제 전범 재판 법정에서 클라크 수석 검사가 증언한 내용은 6·25 전쟁의 피해가 얼마나 컸는지를 여실히 보여 줍니다. 그는 전쟁 당시 미군이 수많은 민간인을 학살했다고 증언했지요. 최근 '진실·화해를 위한 과거사 정리 위원회'에서 보고한 국군에 의한 민간인 학살도 지울

전쟁의 상처 6·25 전쟁으로 남북한의 주요 생산 시설과 생활 터전이 파괴되었으며 수많은 사상자와 이산 가족이 발생하였다.

수 없는 상처입니다. 북한군의 양민 학살은 공식적인 기록만으로 12만 명이 넘었다고 하니 얼마나 참혹한 일이 벌어졌는지 가늠할 수 있겠지요. 같은 지역에서 점령군이 바뀔 때마다 민간인들이 학살, 처형, 굶주림 등으로 끔찍한 피해를 입었던 것입니다. 경제적인 피해도 엄청났습니다. 남한은 전쟁이 일어나기 전과 비교할 때 제조업의 48%, 농업의 14.3%, 광업의 3.2%에 해당하는 생산 시설이 파괴되었고, 북한도 공업 생산량의 64%, 농업 생산량의 24%가 줄어들었습니다.

이처럼 전쟁은 서로에게 지울 수 없는 상처를 주었고 상대방에 대한 적개심과 증오를 키우게 했습니다. 서로에 대한 분노와 미움을 표현한 말이 바로 '빨갱이'와 '반동분자'입니다. '빨갱이'는 사회주의 이념을 가진 사람들과 인민군에 부역한 사람들을 일컫는 말이었습니다. 이와 반대로 '반동분자'는 북한이 사회주의 개혁을 추진하면서 숙청의 대상으로 삼았던 사람을 뜻했는데 전쟁 중에는 남한의 군인, 지주, 경찰을 가리키는 말로 쓰였습니다. 이런 말을 듣는 사람들은 제대로 살아갈 수 없었습니다. 결국 전쟁은 승자 없이 서로에게 큰 상처를 남겼던 것이지요. 이는 불행하게도 북한에서는 '반미 항전'을 내세운 김일성 체제를 더욱 견고하게 만들었으며, 남한에서는 반공 이데올로기를 이용한 이승만 정권이 독재를 유지할 수 있게 해 주었습니다. 무력 도발로 통일을 하려던 시도가 결국 분단을 고착화하는 안타까운 상황을 낳았던 것입니다.

초토의 시 8
—적군 묘지 앞에서

구상

오호, 여기 줄지어 누웠는 넋들은
눈도 감지 못하였겠구나.

어제까지 너희의 목숨을 겨눠
방아쇠를 당기던 우리의 그 손으로
썩어 문드러진 살덩이와 뼈를 추려
그래도 양지바른 두메를 골라
고이 파묻어 떼마저 입혔거니
죽음은 이렇듯 미움보다도 사랑보다도
더욱 신비스러운 것이로다.

이곳서 나와 너희의 넋들이
돌아가야 할 고향 땅은 삼십 리면
가로막히고
무주공산(無主空山)의 적막만이
천만 근 나의 가슴을 억누르는데

살아서는 너희가 나와
미움으로 맺혔건만
이제는 오히려 너희의
풀지 못한 원한이
나의 바람 속에 깃들어 있도다.

손에 닿을 듯한 봄 하늘에
구름은 무심히도
북으로 흘러가고,
어디서 울려오는 포성 몇 발
나는 그만 이 은원(恩怨)의 무덤 앞에
목 놓아 버린다.

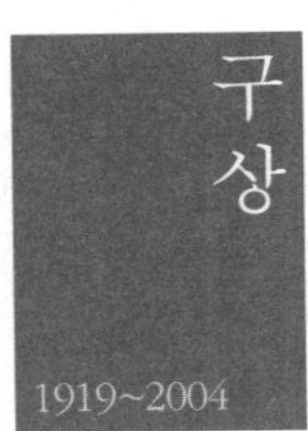

서울 출생. 시인이자 언론인으로 활동하였다. 기독교적 구원 의식을 바탕으로 인간 존재의 의미를 찾는 시를 주로 썼다. 1956년 발표한 연작시 「초토의 시」는 6·25 전쟁을 다루면서도 전쟁의 고통을 초월하여 구원의 세계에 이르는 과정을 표현해 냈다는 평가를 받고 있다. 시집으로 『구상 시집』, 『초토의 시』 등이 있다.

6·25 전쟁은 남과 북, 서로에게 지울 수 없는 큰 상처를 남겼습니다. 전쟁이 일어난 지 벌써 반세기가 훌쩍 지났음에도 여전히 화해가 어려운 것은 그 시절의 상처가 너무나 깊었기 때문일 것입니다. 그간 남북한 정치인들은 서로의 상처를 치유하고 화해하기보다는 서로를 적대시하며 분단 체제를 자신들의 정권 유지에 활용한 측면이 있습니다. 이승만 정권의 반공 이데올로기라든가 김일성의 주체사상 등은 서로에 대한 증오와 적개심만 부풀릴 뿐이었습니다.

따라서 이 시절의 문학과 예술은 무엇보다도 서로의 상처를 치유하고 화해를 이끌어 내는 데로 모여야 했을 것입니다. 그러나 문학인들에게 이런 일은 쉽지 않았습니다. 왜냐하면 전쟁 이후 화해와 평화를 이야기하는 것 자체가 금기시되었기 때문이지요. 평화 통일론을 주장하던 조봉암 선생이 국가 보안법 위반 혐의로 형장의 이슬로 사라진 것은 이를 보여 주는 상징적인 사건입니다. 그렇지만 이런 분위기 속에서도 증오와 적개심 대신 남과 북의 화해를 시적으로 표현한 작품이 전혀 없었던 것은 아닙니다. 앞에 제시한 구상의 「초토(焦土)의 시」가 대표적이지요.

「초토의 시」는 전체 15편의 연작시로 1956년 발표되었습니다. 작품 전체는 작가의 전쟁 체험을 바탕으로 이데올로기의 맹목성을 비판하고 참다운 인간성의 회복을 추구하는 내용으로 구성되어 있습니다. 앞에 제시한 것은 「초토의 시」 중 제8편에 해당하는 작품으로 부제가 '적군 묘지 앞에서'이지요. 적군 묘지 앞에서라니 뭔가 잘못된 것 같은 느낌이 들 수도 있을 것입니다. 전쟁의 아픔과 비극을 표현하기 위해서라면 우리 측의 국군묘지를 대상으로 표현해도 충분할 텐데 하필이면 '적군 묘지'를 소재로 삼았으니 말입니다. 그러므로 이 작품은 누가 가해자이고 피해자인지를 떠나서, 그리고 누구에게 더 큰 책임이 있는지를 떠나서 상처받은 모든 존재를 위로하기 위해 쓰였다고 할 수 있습니다. 비록 그들이 총을 겨눠야만 했던 '적군'이라고 해도 말이지요.

작품은 처음부터 적군 병사에 대한 애도로 시작됩니다. "눈도 감지 못하였겠구나."에는 고향 땅에 묻히지도 못한 채 목숨을 잃어야 했던 적군 병사에 대한 애도가 담겨 있지요. 사람이라면 누구나 죽음을 맞이하는 순간에는 자신이 가장 행복하고 편안했던 나날을 떠올리며 그 시절을 보냈던 곳으로 돌아가기를 원할 것입니다. 자신이 나고 자란 곳, 가족이 있는 곳, 사랑하는 연인이 있고 친구가 있는 곳에서 눈을 감길 바라겠지요. 하지만 적군 묘지에 묻힌 그들은 사람으로서 누릴 수 있는 마지막 권리마저도 제대로 누릴 수가 없었습니다. 시인은 비록 상대가 적군이지만 인간적으로 그들의 원한을 달래 주고 싶었을 것입니다. 참된 인간성을 추구하는 것이 문학이라면 이런 태도는 어쩌면 너무나 당연한지도 모릅니다.

2연에도 전쟁의 참혹한 분위기 속에서 최소한의 인간성을 지키려 했던 사람들의 모습이 그려져 있습니다. 양지바른 두메를 골라서 썩어 문드러진 살덩이와 뼈를 추려 묻고 그럴듯하게 떼마저 입혀 주었으니까요. 만약 적군을 우리와 같은 사람이 아니라 그저 적으로서만 받아들였다면 그들의 시신을 제대로 수습하지 않고 아무렇게나 묻어 버렸을지도 모르지요. 여기서 시인은 한 가지 생각에 빠집니다. 죽음은 미움이라든가, 사랑이라든가 하는 인간의 감정들을 초월하고 있다고 본 것입니다. 생전에는 미움으로 맺혀 있었는데 죽음이 그 미움을 너그럽게 용서해 주었으니 말입니다.

3연에서부터 시상은 조금 달라지기 시작합니다. 1, 2연이 적군에 대한 인간적인 이해를 표현하고 있다면 3연부터는 시적 화자의 현실 인식과 앞으로의 소망이 담겨 있지요. 먼저 3연에서 시인은 남과 북의 분단 현실을 제시합니다. '나'와 '너희의 넋들'이 돌아가야 할 땅, 그곳은 북한 땅입니다. 만약 시인이 '나'는 빠진 채 '너희의 넋들'만을 표현했다면 '너희의 넋'을 영원히 적군으로, 그리고 북한은 함께할 수 없는 완전히 다른 나라로 받아들인다는 의미가 될 수 있습니다. 그러나 시인은 '너희의 넋들'만이 아니라, '나'와 '너희의 넋들'이 돌아가야 할 고향 땅이라고 쓰고 있습니다. 그것은 분단이 우리가 극복해야 할 문제임을 분명히 인식하고 있다는 증거입니다. 그런 까닭에 시인은 민족 분단의 현실에서 천만 근 가슴이 억눌리고 있다는 생각에 이른 것입니다.

4연에서는 분단 극복에 대한 시인의 의지가 우회적으로 드러나 있습니다. "너희의/풀지 못한 원한이/나의 바람 속에 깃들어 있도다."라는 구절의 의미를 같이 새겨봅시다. '너희의 풀지 못한 원한'은 다름 아니라 자기 고향 땅으로 가지 못한 원한을 말합니다. 그런데 그 원한이 '나의 바람' 속에 깃들여 있다는 것은 '나' 역시 북한 땅에 가 보고 싶다는 뜻이거나 그 원한을 풀어 주고 싶다는 뜻이겠지요. 그것은 분단 현실을 극복해야 가능한 일입니다. 그러나 현실은 화자의 소망과는 사뭇 다릅니다. 시인은 냉정한 현실을 인식합니다. 그리고 5연에서 구름은 북(北)으로 흘러갈 수 있지만 자신은 현실적으로 갈 수 없다는 것을 표현하고 있습니다.

마지막 연은 참담한 심정을 느끼게 합니다. 시인은 남과 북이 하루 빨리 화해를 이루어 분단을 극복했으면 하는 마음이 강했을 것입니다. 하지만 현실은 "어디서 울려오는 포성 몇 발" 소리만 들릴 뿐입니다. 포성이 그치지 않는다는 것은 서로에 대한 증오심과 적개심이 사라지지 않았다는 말이고, 통일로 가는 길이 그만큼 멀다는 의미라고 봐야겠지요. 시인은 동포로서의 사랑과 적으로서의 미움 사이에서 목 놓아 울어 버립니다. 동포를 적으로 대할 수밖에 없는 분단 현실에 대해 통한의 감정을 쏟아 놓은 것입니다.

구상의 작품은 분단과 전쟁의 책임이 누구에게 있는지를 묻는 것이 아니라 그것이 왜 문제이며, 또 어째서 그 문제를 극복해야 하는지를 우리에게 제시해 줍니다. 시인은 남북한이 서로 적대시하며 반목을 거듭하던 그때, 분단의 책임 소재를 밝히고 잘못한 쪽을 응징하는 것보다 깨어진 신뢰를 회복하고 서로에 대한 애정과 인간다움을 갖추는 것이 중요하다는 사실을 작품을 통해 말해 준 것이지요.

민주 혁명, 독재 정권을 무너뜨리다

이승만의 독재와 4·19 혁명

정권 유지를 위한 독재 정치 이승만 정부는 출범 초기부터 지지 기반이 취약했습니다. 국민들의 지지를 받지 못하는 정권이 정권 유지를 위해 할 수 있는 일은 국민들의 눈과 귀를 가리고, 비판하는 사람들의 목소리를 막는 것입니다. 이승만 정권도 독재 외에는 달리 방법이 없었지요. 그러나 독재 정권은 세계 어느 나라 역사를 보더라도 혁명에 의해 무너지기 마련입니다. 이승만 정권 역시 4·19 혁명으로 사라집니다. 이번 장에서는 이승만 정권의 독재와 4·19 혁명이 지닌 의미를 살펴보겠습니다.

임기 2년의 제헌 국회가 그 역할을 다한 후 제2대 국회 의원을 선출하는 선거에서 이승만 지지 세력은 참패를 당했습니다. 전체 210석 중에 무려 126석을 무소속 후보가 차지한 것이지요. 당시 무소속에는 김규식과 여운형을 지지하면서 남북 협상•을 주도했던 중도파 세력이 많았는데 이들은 이승만을 비판하던 세력이었습니다. 만약 제헌 헌법에 따라 국회 의원들이 간접 선거로 대통령을 선출했다면 이승만은 절대로 다시 집권할 수 없었을 것입니다. 결국 이승만은 자신의 정치적 생명을 연장하기 위해 6·25 전쟁 중 임시 수도였던 부산에서 정치 파동(1952)을 일으킵니다.

부산 정치 파동은 야당 국회 의원 50여 명이 국제 공산당의 자금을 받았다는 혐의로 헌병대에 체포된 사건이었습니다. 그 당시 빨갱이, 즉 공산주의자로 낙인찍히면 어떤 활동도 하기가 어려웠지요. 이승만은 국회에 경찰들을 배치하여 대통령 직선제를 골자로 하는 발췌 개헌안을 통과시키고 2대 대통령으로 선출됩니다. 하지만 이승만의 정치적 욕심은 그칠 줄 몰랐습니다. 그는 1954년 '초대 대통령 중임 제한 철폐'를 주요 내용으로 한 개헌안을 국회에 다시 제출합니다. 여기서 웃지 못할 희극이 일어납니다. 개헌을 할 수 있는 숫자에서 1표 모자란 135표가 나오자 사사오입을 근거로 개헌 가결선이 135표라고 우긴 것이지요. 부결되었던 개헌안은 하루 만에 통과되었고 이승만은 3대 대통령에 다시 당선됩니다. 당시 선거에서는 민주당 후보 신익희가 갑작스럽게 죽음을 맞았고, 그를 대신했던 조봉암은 선거 이후 평화 통일을 주장하다가 국가 보안법 위반으로 사형을 선고받습니다.

• 남북 협상 1948년 4월 평양에서 열린 남과 북의 정당 사회단체 대표자 회의를 가리킨다. 김구와 김규식이 주도하였다.

이처럼 이승만은 자신의 정치적인 생명을 유지하기 위해 어떤 일도 서슴지 않고 했습니다. 그러나 독재 정권이 부패를 거듭하다 보면 거꾸러질 수밖에 없겠지요. 1960년 제4대 대통령을 뽑는 선거에서 드디어 사건이 터집니다. 당시 대통령 선거에서는 이승만의 상대 후보 조병옥이 사망하여 이승만이 단일 후보가 됩니다. 하지만 자유당이 부통령 선거에서 이기붕을 무리하게 당선시키려 하면서 문제가 일어납니다. 공무원과 경찰을 선거에 동원하고 돈 봉투를 뿌리는가 하면, 사전에 미리 투표를 하거나 3인조, 5인조로 공개 투표를 진행하는 등 온갖 부정을 저질렀지요.

4·19 민주 혁명의 전개 과정 부정을 일삼는 이승만 정권을 더는 참을 수 없었던 청년, 학생, 시민 등은 마산에서 대규모 부정 선거 규탄 시위(1960. 3. 15.)를 벌입니다. 여기에서 경찰의 발포로 7명이 사망하고 70여 명이 부상을 당합니다. 하지만 이승만 정권은 간첩이 연루된 사건이라며 사건을 왜곡하려 했습니다. 그러나 4월 11일 마산 앞바다에 최루탄 파편이 얼굴에 박힌 채 떠오른, 당시 마산 상고 1학년이었던 김주열의 시체를 보고 사람들은 또다시 격분합니다.

마산에서 시작된 2차 시위는 전국으로 확산됩니다. 서울에서 고려대 학생 시위(1960. 4. 18.)가 일어난 직후, 마침내 4월 19일 중고등학생과 대학생, 시민으로 이루어진 시위대가 대통령의 집무실인 경무대로 향합니다. 시위대는 정부의 기관지를 발행하는 서울 신문사와 반공

회관, 경찰 관서 등에 불을 지르며 부정 선거를 규탄했습니다. 이 과정에서 경찰은 시위대에 무차별적인 발포를 합니다. 이날 하루 동안 서울에서만 100여 명이 사망했으며 전국적으로 200여 명이 목숨을 잃었습니다. 그러나 이승만은 계엄령을 선포하고 이기붕을 사퇴시키는 것으로 사태를 수습하고자 하며 끝까지 정권을 유지하려는 욕심을 버리지 않았습니다.

그러나 한 번 타오른 혁명의 기운은 멈추지 않았습니다. 4월 25일 전국 대학교수 대표 258명이 서울 대학교 교수 회관에 모여 3·15 부정 선거와 4·19 발포의 책임자인 대통령, 국회 의원, 대법관의 사퇴를 요구합니다. 이후 대학교수단은 "쓰러진 학생의 피에 보답하라."라는 구호를 내걸고 서울 시내를 행진하며 평화 시위를 벌입니다. 학생들과 시민들은 이들을 절대적으로 지지했고 마침내 이승만은 더는 정권을 유지하기가 어렵다고 판단하고 하야합니다(1960. 4. 26.).

4·19 혁명의 의의와 한계 4·19 혁명은 독재 정권을 민중의 힘으로 무너뜨린 역사적인 사건이었습니다. 혁명에서 희생당한 사람들의 면면을 보면 노동자 61명, 무직자 33명, 고등학생 36명, 대학생 22명 등이었는데, 이는 혁명의 주체가 청년 학생과 도시 빈민층이라는 것을 말해 줍니다. 민중의 힘이 독재 세력을 몰아낸 것이지요. 그러나 아쉽게도 4·19 혁명은 혁명의 주체가 정권을 새롭게 구성하는 데까지 이르지는 못했습니다.

4·19 혁명 당시 시위대의 가두 행진 4·19 혁명은 민중이 독재 정권을 무너뜨린 역사적인 사건이다.

혁명을 통해서 정치적인 이익을 얻은 것은 당시 민주당 세력이었지요. 이승만 대통령의 하야 후 민주당의 주도로 내각 책임제 개헌안이 통과되면서 총선거가 실시됩니다. 민주당은 압승을 거두지요. 장면을 총리로 하는 민주당 정권이 들어선 것입니다. 그러나 민주당은 권력을 두고 당 내부가 극심한 갈등에 빠져 4·19 혁명에서 요구된 정치·사회 개혁을 추진할 새로운 비전을 보여 주지 못했습니다.

민주당은 3·15 부정 선거와 4·19 발포의 책임자를 처벌하는 데에도 소극적이었습니다. 검거된 사람들 중 대부분은 가벼운 처벌을 받거나 무죄 판결을 받았지요. 이후 청년 학생들의 반발과 시위가 지속되자 민주당은 '데모 규제법'과 '반공법' 등을 제정하여 청년 학생들의 민주화 요구를 오히려 억압합니다. 민주당은 혁명 이후의 정치적·사회적 혼란을 전혀 수습하지 못했던 것입니다. 그러다 결국엔 5·16

군사 쿠데타가 일어나면서 민주당 정권은 역사 속으로 사라지는 운명을 맞았지요.

한편 4·19 혁명은 통일 운동에 대한 새로운 계기를 제시한 점에서도 큰 의의를 지닙니다. 정치적인 관심이 자연스럽게 통일 문제로 옮겨 갔던 것입니다. 4·19 이전에는 통일에 대해 논의하기가 어려웠습니다. 이승만은 가능하지도 않은 북진 통일을 부르짖었고, 평화 통일을 주장하는 사람에게는 국가 보안법을 적용했습니다. 통일 문제를 논의하는 것 자체가 불가능했지요. 4·19 이후 통일에 대한 논의는 학생과 혁신적인 정치인 사이에서 자연스럽게 이루어집니다. 이들은 남과 북이 통일되어야 정치가 민주화되고 외세에 의존하지 않는 자립 경제를 이룰 수 있다고 보았습니다.

이들의 노력은 민족 자주 통일 중앙 협의회•를 결성하는 결실을 맺습니다. 이 기구는 민족 통일을 위한 실천 방안으로 즉각적인 남북 협상, 외세 배격, 통일 협의를 위한 남북 대표자 회담 개최 등을 제의합니다. 그리고 그 구체적인 방법도 단계별로 제시합니다. 그 1단계는 남북한 민간단체의 교류와 서신 왕래 및 경제·문화 교류, 2단계는 남북 정권 사이의 경제 발전 계획 및 통일 이후 각 분야의 사업 진행, 3단계는 민주주의적 선거 방법 제정과 자유선거 실시 등이었습니다.

• **민족 자주 통일 중앙 협의회** 북진 통일과 반공 통일만 논의되던 정치적 상황에서 자주, 평화, 민주를 표방했던 첫 통일 운동 단체였다. 짧은 기간이었지만 정당, 사회단체 등을 하나로 조직화해 통일 운동을 전개하였다.

그러나 이런 통일 운동은 5·16 군사 쿠데타가 일어남으로써 일체 불법화되고 맙니다.

흔히 4·19 혁명은 '미완의 혁명'이라고 불립니다. 왜냐하면 혁명을 완수했다고 보기에는 아쉬운 점이 많기 때문입니다. 부패를 척결하지도 못했고, 지배 계급이 바뀌지도 않았으며, 1년 후에 쿠데타로 혁명이 중단되었기 때문이지요. 하지만 4·19 혁명은 우리에게 민중이 독재 정권을 무너뜨렸다는 자신감을 불어넣어 주었고 평화 통일에 대한 논의를 이끌어 냈다는 점에서 현대사에서 그 역사적 의의가 가장 큰 사건이라고 할 수 있습니다.

지울 수 없는 노래
—4·19 21주년 기념 시

김정환

불현듯, 미친 듯이
솟아나는 이름들은 있다
빗속에서 포장도로 위에서
온몸이 젖은 채
불러도 불러도 대답 없던 시절
모든 것은 사랑이라고 했다
모든 것은 죽음이라고 했다
모든 것은 부활이라고 했다
불러도 외쳐 불러도
그것은 떠오르지 않는 이미 옛날
그러나 불현듯, 어느 날 갑자기
미친 듯이 내 가슴에 불을 지르는
그리움은 있다 빗속에서도 활활 솟구쳐 오르는
가슴에 치미는 이름들은 있다
그들은 함성이 되어 불탄다
불탄다. 불탄다. 불탄다. 불탄다.
사라져 버린

그들의 노래는 아직도 있다

그들의 뜨거움은 아직도 있다

그대 눈물빛에, 뜨거움 치미는 목젖에

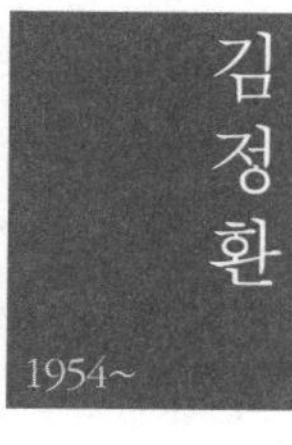

서울 출생. 1980년 『창작과 비평』에 「마포, 강변 동네에서」를 발표하며 등단하였다. 도시적인 감수성을 바탕으로 민중들의 고통과 좌절, 그리고 희망을 그린 시들을 발표하였다. 시집으로는 『지울 수 없는 노래』, 『황색 예수전』, 『드러남과 드러냄』 등이 있다.

4·19 혁명은 우리에게 자유를 안겨 주었지만 그 과정에는 많은 사람의 희생이 있었습니다. 김수영 시인의 표현대로 자유에는 피의 냄새가 섞여 있었습니다. 기득권을 지닌 사람들은 강한 사람들입니다. 그에 반해서 기득권에 맞서는 사람들은 약자일 수밖에 없지요. 약자가 강자를 상대로 승리를 하기 위해서는 어떻게 해야 할까요? 아마도 약자는 자신을 희생하는 것 외의 방법을 찾기는 어려울 것입니다. 4·19 혁명도 학생, 청년, 지식인, 도시 빈민 등 사회적 약자가 정치권력을 쥐고 있는 강자에게 맞섰으니 희생은 피할 수 없었습니다. 시인들은 4·19 혁명에 나섰던 이들의 고귀한 희생을 기리는 작품들을 쏟아 냈습니다. 그리고 그러한 추모의 정신은 세월이 흘러도 변함이 없었지요. 추모의 시를 쓰는 것은 희생당한 이들을 위로하는 동시에 못다 이룬 혁명의 정신을 이어 가려는 의지의 표현이기도 했지요. 그중에 하나인 김정환 시인의 「지울 수 없는 노래」를 함께 감상하겠습니다.

부제에서 보듯이 이 작품은 4·19 혁명 21주년을 맞아 창작되었습니다. 적지 않은 세월이 흘렀지만 시가 창작되던 1980년대에도 우리 사회는 여전히 4·19 혁명이 일어나기 전과 크게 다르지 않았습니다. 자유와 민주주의가 억압받고 있었지요. 1979년 박정희 정권이 막을 내리고 1980년 민주화의 열기가 고조되었지만 소위 신군부가 등장하면서 민주주의가 다시 후퇴했던 것입니다. 신군부는 등장한 지 얼마 안 되어 광주 민주화 운동을 강경 진압했고 군사 독재를 이어 갔습니다. 민주화를 요구하는 시위가 계속되었지만 군사 독재에 억눌려 버리고 말았지요. 그런 까닭에 4·19 혁명 21주년을 맞이하는 사람들의 감회는 사뭇 달랐을 것입니다. 독재 정권을 시민과 학생의 힘으로 무너뜨렸던 4·19 혁명의 경험을 어느 때보다도 깊이 되새기고자 했을 것입니다.

첫 부분에서 시적 화자는 "불현듯, 미친 듯이/솟아나는 이름들"을 떠올립니다. 그들은 "불러도 불러도 대답 없던 시절", 억압적이고 암울했던 때에 "빗속에서 포장도로 위에서/온몸이 젖은 채" '사랑'과 '죽음'과 '부활'을 꿈꾸던 사람들이었습니다. 이 시가 4·19 혁명 21주년을 맞아 쓴 기념 시라는 점을 생각할 때 작품 속의 '사랑'이란 민주주의에 대한 열정으로, '죽음'이란 민주주의를 쟁취하기 위한 숭고한 희생으로 볼 수 있습니다. 그리고 '부활'은 값진 희생으로 얻어 낸 민주주의의 참된 가치로 해석할 수 있습니다. 이처럼 4·19 혁명 당시 사람들은 도처에서 사랑과 죽음과 부활을 노래했습니다. 그리고 민주주의에 대한 순수한 사랑과 희생 덕분에 독재를 끝낼 수 있었지요. 그러나 안타깝게도 그 시절은 "떠오르지 않는 이미 옛날"이 되었습니다. 스무 해가 넘게 지난 과거가 된 것이지요. 또한 현실은 여전히 독재 정치가 판을 치는 형국입니다.

시상의 전환은 11행 '그러나'에서 시작됩니다. 시적 화자가 4·19 혁명을 과거에 갇힌 쓸모없고 해묵은 기억이 아니라 "불현듯, 어느 날 갑자기/미친 듯이 내 가슴에 불을 지르는/그리움"으로 제시하면서 시상의 반전이 일어난 것입니다. 현실이 암울하고 억압적일 때 사람들은 겉으로는 상황에 순응하는 것처럼 보이지요. 그러나 내면에는 현실을 극복하고 싶은 강한 의지와 욕망을 품기 마련입니다.

그 의지와 욕망은 4·19 혁명에 대한 그리움과 만나 "빗속에서도 활활 솟구쳐 오르는/가슴에 치미는 이름들"이 되었고, 함성이 되어 불타는 모습으로까지 변하였습니다. "불탄다. 불탄다. 불탄다. 불탄다."라는 반복적인 시적 진술은 여기저기에 퍼지는 혁명의 함성을 형상화하고 있는 것이지요.

서슬 퍼런 군사 독재 시기에 혁명은 자취마저도 찾기 어려웠습니다. 그러나 시적 화자는 4·19 혁명의 노래와 뜨거움은 여전히 "그대 눈물빛에, 뜨거움 치미는 목젖에" 남아 있다고 말합니다. 이 말은 여전히 민주주의와 자유를 위한 싸움이 끝나지 않았고 혁명의 정신이 녹슬지 않았다는 것을 의미하지요. 혁명이 패배로 끝난 것이 아니라 여전히 현재 진행 중임을 일러 주고 있는 것입니다.

쿠데타, 민주주의를 훼손하다

5·16 군사 정변과 박정희 정권

5·16 군사 정변의 배경 4·19 혁명은 독재 정권을 시민의 힘으로 무너뜨리고 민주주의의 발전을 가져왔습니다. 하지만 4·19 혁명 이후 정권을 잡은 민주당은 시민들의 기대와 요구를 제대로 반영하지 못했습니다. 장면 내각은 시민들의 지지를 받지 못했고 사회적 혼란을 수습하지도 못했습니다. 이런 와중에 민주주의의 최대 위기가 찾아왔습니다. 1961년 5월 16일 군인들이 정변을 일으킨 것이지요.

한 가지 흥미로운 점이 있습니다. 정변을 일으킬 당시 우리나라에서 대규모로 군대를 이동하거나 작전을 수행할 때에는 반드시 미군의 승인을 받아야만 했다는 사실입니다. 한국군의 통제권이 미국에 있었던 이유는 휴전 협정을 맺는 과정에서 이승만 정권이 작전 통제 권한을 미군에게 넘겨주었기 때문입니다. 지금도 전쟁을 수행할 경우, 전시 작전 통제권은 우리나라 군대가 아니라 미군인 한미 연합 사령관에 위임되어 있지요. 1961년 군사 정변이 일어났던 당시에는 전시 작전 통제권은 물론이고 평시 작전 통제권까지 실질적으로 미군이 지니고 있었습니다. 평시 작전 통제권을 한국군이 되돌려 받은 것은 1994년의 일이니까요. 1994년 이전에는 한국 군대가 독자적으로 작전을 시행한다 해도 미국의 승인을 얻지 못하면 곧바로 그만둘 수밖에 없었습니다. 이런 정황으로 보아 정변이 성공한 것은 당시 미국의 묵인이 있었기에 가능했다고 말할 수 있습니다.

그렇다면 미국은 왜 군사 정변을 묵인했던 것일까요. 미국은 이승만 정권이 부산 정치 파동을 일으키고 사사오입 개헌을 하며 시민들의 지지를 잃자 정권이 교체되기를 바랐습니다. 그러던 중에 4·19 혁명이 일어난 것이지요. 미국은 4·19 혁명이 독재 정권을 무너뜨린 것은 반겼지만 혁명 세력이 평화 통일 운동을 진행하며 북한과의 관계를 개선하려 하자 또 다른 위기감을 느꼈던 것 같습니다. 미국의 입장에서는 민주주의를 옹호하는 것보다 공산주의가 확대되는 것을 막는 것이 더 중요했을 것입니다. 그런 까닭에 미국은 반공 의식을 투철하게 내세운 박정희 중심의 정변 세력을 묵인했던 것 같습니다.

5·16 군사 정변의 '혁명 공약'을 살펴볼까요. 첫째는 반공을 국가 이념으로 삼고, 둘째는 미국 등 우방과의 유대를 강화하며, 셋째는 민족정기를 바로잡는다는 것입니다. 또한 넷째는 기아와 굶주림을 해결하고, 다섯째는 통일을 위해 공산주의와 대결할 수 있는 실력을 배양

하며, 마지막은 양심적인 정치 세력에 정권을 이양한다는 것입니다. 한눈에도 반공을 강력히 내세우면서 미국의 승인과 협조를 얻으려 했다는 것을 알 수 있지요. 이에 미국은 겉으로는 합법적인 정부를 지지하겠다고 발표했지만, 결국에는 박정희를 미국으로 초청하기에 이릅니다. 이는 군부를 인정한다는 의미였습니다.

군사 정부의 정치 탄압과 부정 정변이 성공한 뒤 군부는 전국에 비상계엄령을 선포하고 국가 재건 최고 회의•를 구성합니다. 그리고 그 밑에 중앙정보부를 설치하여 군정을 실시하지요. 이들은 1961년 7월 반공법을 만들어 진보 세력을 탄압하기 시작합니다. 4·19 혁명으로 시작된 민주주의, 통일 운동, 사회 운동 등을 무참히 억누른 것이지요. 또한 국회와 지방 의회를 비롯해 15개 정당과 238개 단체도 해산시킵니다. 1962년에는 '정치 활동 정화법'을 만들어 정치인 4,374명의 정치 활동을 금지하고 정부에 비판적이던 신문과 잡지 1,170종을 폐간시킵니다. 심지어는 진보 성향의 『민족 일보』 사장 조용수를 사형에 처하기까지 합니다.

한편 군사 정권은 중앙정보부를 이용해서 은밀하게 민주 공화당을 조직합니다. 민간에 정권을 넘겨주겠다는 혁명 공약을 내건 까닭에 군정을 오랫동안 실시할 수 없었기 때문이었지요. 창당 과정에서 군

• 국가 재건 최고 회의 5·16 군사 정변 직후 정부에 의해 구성된 국가의 최고 통치 기관. 이 기관은 입법권은 물론 행정권의 일부와 사법·행정에 대한 지시·통제권도 장악했었다.

부는 자금을 마련하기 위해 온갖 부정을 저지릅니다. 유령 회사를 설립해서 주가를 조작하는가 하면, 유엔군 병사에게 휴양처를 제공한다며 호화 유흥 시설을 만든 워커힐 사건•도 저질렀습니다. 부패한 권력의 전형적인 모습이었지요.

민주 공화당이 자리를 잡는 시점에 국가 재건 최고 회의는 국민 투표를 통해 강력한 대통령 중심제로 헌법을 개정합니다. 군사 정변을 주도한 소장 박정희는 스스로 육군 대장으로 진급하고 난 뒤 군복을 벗고 공화당 대통령 후보로 나섭니다. 민간에 정권을 돌려주겠다는 말은 진실이 아니었던 것입니다. 결국 1963년 10월 공화당 후보 박정희는 윤보선을 15만여 표 차이로 간신히 따돌리고 대통령으로 당선됩니다. 더욱 안타까운 것은 국회 의원 선거에서 과거 자유당 의원들 중 상당수가 공화당에 입당하여 다시 국회 의원으로 당선되었다는 사실입니다. 4·19 혁명 직후 척결하지 못했던 부패 정치인들이 다시 등장한 것입니다.

베트남 전쟁 참가와 굴욕적인 한일 협정 대통령에 당선된 뒤 박정희는 미국이 개입했던 베트남 전쟁에 파병을 하기로 결정합니다. 처음에는 비전투 부대원을 중심으로 파병하였으나 전쟁에 불리해진 미국이 추

• 워커힐 사건 외화 획득을 구실로 정부 자금으로 주한 유엔군의 휴양지, 워커힐 호텔을 지으면서 비롯된 사건이다. 호텔을 지으면서 막대한 정치 공작 자금을 유용하였다. 군사 정권 시절에는 이 밖에도 증권 파동, 파친코 사건, 새 나라 자동차 사건 등 의혹 사건이 연이어 터졌다.

가 파병을 요구하자 이후 3개 사단 5만여 명에 이르는 대규모 전투 부대를 베트남에 파병하였습니다. 경제를 살려야 한다는 부담을 떠안고 있었던 박정희 정권은 한국군 장비의 현대화와 경제 개발을 위한 차관 제공이라는 미국 측의 조건을 뿌리칠 수가 없었습니다. 경제 발전에 대한 부담을 안고 있었던 박정희 정권에 미국은 또 다른 제안을 합니다. 바로 한국과 일본의 국교 정상화였습니다. 당시 미국은 동북아시아에서 사회주의의 확산을 막고자 했습니다. 1960년대는 사회주의 체제가 전 세계적으로 확산되는 추세였습니다. 동부 유럽 국가들이 소련의 위성 국가로 전락했고, 베트남과 캄보디아가 공산화되었으며, 쿠바에서는 사회주의 혁명이 성공하는 등 사회주의 체제가 퍼져 나가고 있었지요. 동북아시아에서도 한반도 이북에 사회주의 정권이 자리를 잡았으니 미국은 부담을 느낄 수밖에 없었습니다. 그런 까닭에 미국으로서는 한반도 이남에 강력한 반공 정부가 필요했고, 그에 못지않게 한국과 일본의 국교 정상화가 필요했습니다.

박정희 정권도 손해 볼 게 없었습니다. 미국의 지지와 경제 개발에 필요한 자본을 얻을 수 있었으니까요. 하지만 한일 국교 정상화는 간단한 문제가 아니었습니다. 우리 국민들은 일본이 불법적으로 식민 지배를 했다는 사실에 대해 일본 정부가 정중히 사과할 것을 요구했지만 일본은 식민 지배 사실 자체를 부정하는 태도를 보였기 때문입니다. 이런 상황에서 박정희는 1962년 김종필을 일본에 특사로 파견하여 오히려 일본 외상과 비밀리에 합의를 맺습니다. 하지만 국민들

한일 협정 체결 1965년 12월 18일 서울에서 한국의 외무부 장관과 일본 외상 사이에 한일 협정 비준서가 교환되어 한일 협정이 정식으로 발효되었다.

이 원하던 식민 지배에 대한 사과는 협정에서 빠져 있었고, 협정의 주요 내용은 '독립 축하금' 명목으로 무상 3억 달러를, 경제 협력 명목으로 유상 정부 재정 차관 2억 달러를 제공한다는 것이었습니다. 이 사실이 알려지자 흥분한 학생들과 시민들은 굴욕적인 회담이라며 강력하게 반발했습니다(6·3 항쟁, 1964. 6.). 결국 서울에 비상 계엄령이 선포되고 시위는 진압됩니다. 그리고 이후 일어난 많은 반발에도 불구하고 한일 협정이 체결(1965)되고 맙니다.

박정희 정권은 재선 후 독재 체제를 유지하기 위해 3선 개헌•을 합

• 3선 개헌 1969년 박정희 대통령의 3선을 목적으로 추진한 헌법 개정. 개헌안은 야당 의원들을 피해 국회 제3별관에서 새벽에 기습적으로 변칙 통과되었다.

한일 협정 반대 시위　한일 협정은 일본군 위안부, 강제 동원 피해자 등 한일 간의 과거사 문제를 해결하지 못하였고, 이는 오늘날에도 이어지고 있다.

니다. 조국을 근대화하고 민족중흥의 과업을 달성하기 위해서는 강력한 정치적 리더십이 필요하다는 억지 주장을 펼쳤던 것이지요. 야당과 재야 세력, 그리고 시민, 학생의 반대에도 불구하고 박정희 정권은 3선 개헌을 강행합니다. 그 결과 박정희는 당시 신민당 후보였던 김대중을 힘겹게 누르고 제7대 대통령으로 당선됩니다.

군사 정변이 남긴 폐해　5·16 군사 정변은 절대로 있어서는 안 될 사건이었습니다. 아무리 정치적으로 혼란스러웠더라도 정치인과 시민이 대화와 타협을 통해 자발적으로 새로운 민주 질서를 만들어 가야 했습니다. 스스로 문제를 해결해야 정치적인 힘도 길러지고 민주주의도 발전하기 때문입니다. 대화와 타협이 없는 현재의 정치 수준은 어쩌면 오랜 독재의 산물인지 모릅니다. 5·16 군사 정변은 통일 운동을 후퇴시켰다는 점에서도 있어서는 안 될 사건이었습니다. 4·19 혁명 이후 활발하게 전개되었던 통일 운동이 사라지고 대신 반공 이데올로기가 견고하게 자리를 잡았던 까닭에 남북 관계도 더는 나아질 수 없었지요.

5·16 군사 정변과 박정희 정권은 민주주의를 억압하고 자유를 제한했지만 그렇다고 해서 우리 국민이 그것에 완전히 굴복했던 것은 아닙니다. 군정을 연장하려는 시도에 맞서 시위를 벌이기도 했고, 한일 협정에 반발해 전국적인 반대 운동을 일으키기도 했지요. 4·19 혁명을 이루어 냈다는 자신감과 독재에 대한 저항 의식, 그리고 민주주의에 대한 열망은 변함없이 살아 숨 쉬고 있었던 것입니다.

어느 날 고궁을 나오면서

김수영

왜 나는 조그마한 일에만 분개하는가
저 왕궁 대신에 왕궁의 음탕 대신에
50원짜리 갈비가 기름 덩어리만 나왔다고 분개하고
옹졸하게 분개하고 설렁탕집 돼지 같은 주인 년한테 욕을 하고
옹졸하게 욕을 하고

한번 정정당당하게
붙잡혀 간 소설가를 위해서
언론의 자유를 요구하고 월남 파병에 반대하는
자유를 이행하지 못하고
20원을 받으러 세 번씩 네 번씩
찾아오는 야경꾼들만 증오하고 있는가

옹졸한 나의 전통은 유구하고 이제 내 앞에 정서(情緖)로
가로놓여 있다
이를테면 이런 일이 있었다
부산에 포로수용소의 제14야전 병원에 있을 때
정보원이 너스들과 스펀지를 만들고 거즈를

개키고 있는 나를 보고 포로 경찰이 되지 않는다고
남자가 뭐 이런 일을 하고 있느냐고 놀린 일이 있었다
너스들 옆에서

지금도 내가 반항하고 있는 것은 이 스펀지 만들기와
거즈 접고 있는 일과 조금도 다름없다
개의 울음소리를 듣고 그 비명에 지고
머리에 피도 안 마른 애놈의 투정에 진다
떨어지는 은행나무 잎도 내가 밟고 가는 가시밭

아무래도 나는 비켜서 있다 절정 위에는 서 있지
않고 암만해도 조금쯤 옆으로 비켜서 있다
그리고 조금쯤 옆에 서 있는 것이 조금쯤
비겁한 것이라고 알고 있다!

그러니까 이렇게 옹졸하게 반항한다
이발쟁이에게
땅 주인에게는 못하고 이발쟁이에게
구청 직원에게는 못하고 동회 직원에게도 못하고
야경꾼에게 20원 때문에 10원 때문에 1원 때문에
우습지 않으냐 1원 때문에

모래야 나는 얼마큼 작으냐
바람아 먼지야 풀아 나는 얼마큼 작으냐
정말 얼마큼 작으냐……

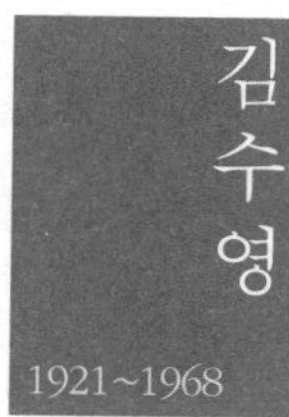

서울 출생. 1945년 『예술 부락』에 「묘정의 노래」를 발표하며 등단하였다. 초기에는 모더니즘적인 성향을 강하게 드러냈지만 점차 현실에 대한 인식이 깊어지면서 저항 정신이 담긴 작품들을 발표하였다. 강렬한 현실 비판 의식은 1960년대 참여 시인들에게 큰 영향을 주었다. 시집으로 『달나라의 장난』과 사후에 출간된 『거대한 뿌리』가 있고, 산문집으로 『시여, 침을 뱉어라』 등이 있다.

5·16 군사 정변과 박정희 정권은 우리 문화·예술계에도 많은 영향을 끼쳤습니다. 권력을 비판하는 모든 언론과 출판을 엄격하게 통제했기 때문에 작가들은 드러내 놓고 군사 독재를 비판할 수 없었습니다. 많은 작가가 현실과는 무관한 관념이나 순수하고 이상적인 세계를 소재로 삼아 작품을 쓰는 등 현실을 외면하였습니다. 문학에서 순수·참여 논쟁이 일어난 까닭도 이런 맥락 때문입니다. 반공 이데올로기가 사회를 지배하고 민주주의와 자유가 실종된 현실에서 문학이 정치와 현실을 외면한다면, 그것은 현실의 모순을 감추는 도구로 전락할 위험이 있겠지요. 문학이 현실에 적극적으로 참여해야 한다는 의견은 이런 까닭에서 나오게 된 것입니다. 그리고 그 중심에 서 있던 작가가 시인 김수영입니다.

군사 독재 시절 시민들은 권력 앞에 바짝 엎드려 살아갈 수밖에 없었습니다. 독재 정권에 맞서다가는 목숨을 잃거나 끔찍한 고통과 억압 속에서 살아야 했기 때문입니다. 그래서 사람들은 아무리 부정한 권력이라고 해도 쉽사리 저항하기가 어려웠습니다. 물론 작가들도 마찬가지였지요. 시인 최하림이 쓴 김수영 평전에는 5·16 군사 정변 당시 조지훈 시인, 서정주 시인이 군인들에게 끌려갔었고, 김수영 시인은 어디론가 사라져 그 행방을 알 수 없었다고 나와 있습니다. 그만큼 군사 권력의 힘은 막강했던 것이지요. 그런 까닭이었을까요. 그 시절 김수영은 다른 작가들과 마찬가지로 5·16 군사 정변을 정면으로 비판하지 못했습니다. 그 대신 자신의 무기력하고 자조적인 느낌들을 시로 쓰기 시작했지요. 그 작품이 바로 「어느 날 고궁을 나오면서」입니다.

이 시의 화자는 자신의 처지를 부끄러워하고 있습니다. "왜 나는 조그마한 일에만 분개하는가" 이 말에는 '큰일'에는 분개하지 못하는 자신의 소심함에 대한 반성이 담겨 있습니다. 그렇다면 왜 조그만 일에만 분개할까요. 그것은 자신의 삶과 생명, 가족, 사회적 지위를 잃을까 두려워해서일 것입니다. 사회적 정의보다는 자신의 안위를 먼저 떠올리는 '소시민성' 때문에 큰일에 분개할 수 없는 것입니다. 하지만 시인은 이 작품을 쓰는 순간 자신의 소시민성에 대해 뼛속 깊은 반성을 하기 시작합니다. 무엇이 큰일이며, 무엇이 사소한 일인지 분명히 밝히면서 자신이 살아왔던 지난날을 반성하는 것이지요.

그렇다면 '큰일'은 무엇일까요. 2연에는 지금까지 화자가 하지 못했던 '큰일'들이 열거되어 있습니다. 붙잡혀 간 소설가를 위하여 정정당당하게 언론의 자유를 요구하고, 베트남 전쟁 파병에 반대하는 자유를 이행하는 것, 그것이 '큰일'이지요. 이 시가 발표된 것은 1965년입니다. 그 시절은 박정희 군사 정권이 언론을 탄압하고 우리 젊은이들을 베트남 전쟁터로 내보내던 시점이었습니다. 하지만 잘못된 현실을 비판하는 목소리는 그다지 크지 못했습니다. 시적 화자 역시 이런 '큰일'을 제대로 하지 못했지요. 다만 화자는 치밀어 오르는 분노를 힘없고 나약한 이들에게 표출하고 맙니다. 종로에서 뺨 맞고 한강에서 화풀이하듯이 '설렁탕집 주인'과 '야경꾼'에게 욕을 해 댄 것입니다.

시적 화자는 자신의 옹졸하고 소심한 성격이 오래전부터 몸에 배어 있었다는 것을 고백합니다. 3연을 볼까요. 그는 젊은 남자인데도 불구하고 경찰이나 군인이 되지 않고 간호사들과 거즈를 개키고 있었습니다. 남자라면 총을 메고 전투에 참여하든가, 아니면 포로라도 지켜야 했지만 옹졸하고 소심하게 간호사의 일을 거들었던 것이지요. 이는 시인 자신의 경험을 바탕으로 하고 있지요. 그는 자신이 얼마나 나약한 존재인지를 다음 연에서 분명히 밝힙니다. '개의 울음소리', '애놈의 투정'에도 질 뿐만 아니라, 심지어 '떨어지는 은행나무 잎'도 가시밭길로 여길 만큼 두려움에 떨고 있지요. 그러면서 드디어 고백합니다. 자신이 절정 위에 서 있지 않고 옆으로 비켜서 있다는 사실과 그것이 비겁하다는 것을 말이지요.

마지막 6연과 7연에서는 자신의 비겁함과 보잘것없는 존재로서의 모습을 더욱 극명하게 보여 줍니다. 구청 직원이나 동회 직원처럼 미미한 권력이나마 행사하는 사람에게는 한없이 약하고, 이발쟁이나 야경꾼처럼 힘없고 약한 자에게는 강한 자신의 비겁한 모습을 그대로 드러낸 것이지요. 그러면서 화자는 자신이 모래보다도, 바람이나 먼지, 풀보다도 작고 보잘것없다는 것을 뼈저리게 반성합니다. 마지막 연에서 연거푸 질문을 던지는 것은 처절한 자기반성이라고 할 수 있지요.

5·16 군사 정변 이후 한동안 숨죽여 지내던 김수영의 자기반성인 이 시는 당시 지식인들과 작가들에게도 적지 않은 영향을 주었습니다. 그러므로 이 시는 시인의 개인적인 반성 차원을 넘어서 4·19 혁명의 정신을 되찾고 권력에 맞서기 위한 작가, 지식인, 소시민의 자기반성으로 볼 수 있을 것입니다. 실제로 이후 김수영을 비롯한 많은 작가가 한일 협정 반대 성명에 참여하고, 문학의 현실 참여를 적극적으로 외치기 시작했지요.

경제 성장의 빛과 그림자

박정희 정권 시기의 경제 성장

대규모 차관으로 이룬 경제 성장 우리는 종종 역대 대통령 중에서 누가 가장 성공한 대통령이었는지를 묻고는 합니다. 특히 선거를 앞둔 시점에는 각 언론사에서 경쟁적으로 여론 조사를 하기도 하지요. 그런데 그 결과를 살펴보면 군사 정변을 일으키고 18년간 독재를 한 박정희 대통령이 1위, 그렇지 않으면 적어도 2위에 오릅니다. 그 이유로는 그가 가난에 시달리던 우리 민족을 잘살게 해 주었다는 점을 들지요. 실제로 그가 집권하던 18년 동안 우리나라는 연평균 8.9%의 높은 경제 성장률을 기록했고 해마다 40.7%의 수출 신장률을 달성했습니다.

박정희 정부는 어떻게 해서 고도의 경제 성장을 이룰 수 있었을까요? 자원도, 숙련된 기술도 없는 상태에서 말이지요. 그러나 아무리 조건이 열악하다 해도 경제 성장이 불가능한 것은 아닙니다. 자본이 없으면 빌리면 되고, 숙련된 기술이 없으면 값싼 노동력을 대거 투입하면 되지요. 결론적으로 말해 박정희 정부가 경제 성장을 이룰 수 있었던 것은 대규모 외국 자본과 값싼 노동력을 동원했기 때문입니다.

박정희 정부가 차관을 들여온 주요 국가는 일본과 미국이었습니다. 앞에서 살펴본 것처럼 박정희 정부는 국교 정상화를 명분으로 일본으로부터 대규모 차관을 들여올 수 있었습니다. 다음으로 미국으로부터도 막대한 차관을 얻을 수 있었는데, 이는 베트남 전쟁과 관련이 깊습니다. 베트남은 우리 민족과 마찬가지로 2차 세계 대전 이후 프랑스의 식민 지배로부터 벗어나는 과정에서 분단이 되었습니다. 그리고 얼마 지나지 않아 전쟁이 일어났지요. 미국은 사회주의 확대를 막기 위해 전쟁에 개입했습니다. 하지만 전쟁이 미국의 의도대로 진행되지는 않았습니다. 갈수록 상황이 악화되자 미국은 동맹국들에 전쟁 참여를 요청합니다. 이에 박정희 정부가 군대를 파병하기로 결정합니다. 이 과정에서 박정희 정부는 한국 군대의 현대화와 대규모 차관 지원을 약속받습니다. 베트남 파병으로 막대한 자금이 들어온 것이지요.

베트남 전쟁은 박정희 정부가 높은 경제 성장을 이루는 데에 상당한 역할을 했습니다. 어려움 없이 대규모 차관을 도입한 데다 군인들이 보내오는 달러로 부족한 외화 사정을 해결할 수 있었으며, 건설 업체를 비롯한 산업체들이 '베트남 특수'를 누릴 수 있었습니다. 정치적으로도 박정희 정권은 잃을 것이 없었습니다. 반공과 안보 이데올로기를 강화하여 국내의 정치적인 비판과 저항을 무력화할 수 있었고,

미국의 강력한 지지마저 얻었으니까요.

정경 유착과 노동자·농민의 희생 박정희 정부는 한일 협정으로 얻은 차관과 베트남 파병의 대가로 얻은 차관을 비롯해 막대한 외채를 꾸준히 들여왔습니다. 그 결과 1964년에 9,900만 달러였던 빚은 1966년에는 2억 6,100만 달러로 급증했고 정권이 끝나던 1979년에는 무려 237억 달러의 외채를 안게 되었지요. 해외에서 들여온 막대한 차관은 주로 수출 산업에 투자되었습니다. 정부는 기업들이 수출을 한다고 하면 온갖 특혜를 베풀었습니다. 수출 산업 기금을 조성하여 값싼 이자로 돈을 빌려 주는가 하면 조세 감면 규제법을 마련해서 특정 산업 분야에 세금을 덜어 주는 등 수출 촉진 정책은 어떤 견제도 받지 않고 시행되었습니다. 이 과정에서 자유롭고 공정한 경쟁 체제는 무너지고 정치권력과 기업이 서로의 이익을 챙겨 주는 정경 유착•의 악습이 생겨났습니다. 그뿐만 아니라 외채를 얻어서 덩치가 커진 재벌이 중소 규모의 기업들을 합병하여 재벌 중심의 경제 구조를 만들었습니다. 박정희 정부 말기였던 1979년에는 대기업의 비중이 수적으로는 2%밖에 안 되었지만 우리나라 전체 생산액의 55%를 차지할 정도였습니다.

높은 경제 성장률과 가파르게 상승했던 수출률 증가에는 많은 희생이 따라야 했습니다. 우리나라의 기술력은 당시 높지 않았습니다.

• **정경 유착** 정치인과 경제인이 결탁하는 것. 정치인이 경제인으로부터 정치 자금을 지원받고, 그 경제인에게 특혜를 주는 것.

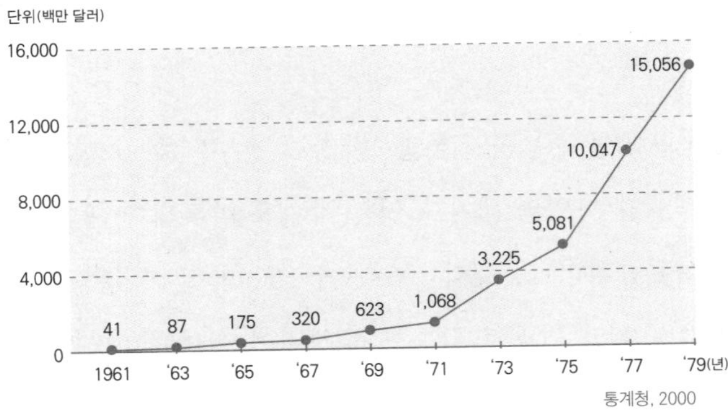

1960~1970년대의 수출 증가율 정부는 수출 촉진 정책을 펴면서 노동자·농민에게 희생을 강요하였고, 재벌 중심의 기형적인 경제 구조를 만들었다.

경제가 성장하려면 토지, 자본, 노동과 같은 생산 요소 외에 기술력이라든가 생산성 향상이 뒷받침되어야 합니다. 하지만 당시 우리나라에서 동원할 수 있는 것은 값싼 노동력과 외채뿐이었습니다. 1962~1972년 사이의 경제 성장 기여도를 살펴보면 노동 기여도가 37%, 자본 기여도가 14%입니다. 노동이 우리나라의 경제 성장에 결정적인 역할을 했다고 볼 수 있지요. 그러나 노동자들은 그에 상응하는 대가를 받지 못했습니다. 수출을 늘리기 위해서 제품 가격을 낮게 책정할 수밖에 없었고 그러다 보니 노동자들의 임금도 높일 수 없었지요. 또한 초과 이윤이 발생해도 기업은 이를 노동자에게 분배한 것이 아니라 대부분 설비 투자에 사용했습니다. 그래야만 기업이 성장할 수 있기 때문이었지요. 결국 노동자들은 경제가 성장하는 데에 가장 큰 기여를 하고도 가장 적은 보상을 받을 수밖에 없었습니다.

희생은 노동자에게만 국한된 것이 아니었습니다. 노동자들의 저임금을 유지하기 위해서는 무엇보다도 쌀값이 저렴해야 했습니다. 노동자들이 저임금으로 기초적인 생활을 하려면 쌀값이 싸야 했기 때문입니다. 이런 맥락에서 정부는 물가 상승률에도 한참 미치지 못하는 저곡가 정책•을 폈습니다. 그 까닭에 농가의 소득은 도시 노동자의 절반을 조금 넘는 수준으로 떨어졌지요. 결국 이 정책은 농민들이 농촌을 떠나 도시를 떠돌게 만들었습니다. 1960년대 농업 인구는 전체 인구 중 56%를 차지하고 있었지만 1975년에는 37.5%, 1980년에는 28.4%로 차츰차츰 줄어들었습니다. 비룟값도 안 나오는 농사를 더 이상 지을 수가 없어 오랜 삶의 터전을 떠나온 농민들은 도시 외곽에서 '달동네', '판자촌'을 이루며 빈민으로 전락했던 것입니다.

박정희 정권의 농업 정책에는 또 한 가지 큰 문제가 있었습니다. 값싼 쌀 가격을 유지하기 위해 쌀의 공급을 늘릴 필요가 있었고 이를 위해서 보리와 같은 다른 작물 농사는 크게 위축시켰습니다. 그리고 모자란 작물은 수입에 의존하기 시작했지요. 결국 쌀의 자급률은 시간이 지날수록 높아졌지만 전체적인 식량 자급률은 해마다 떨어졌습니다. 1965년의 식량 자급률은 94%에 이르렀지만 1975년에는 73%, 1980년에는 56%로 점점 낮아졌습니다. 농촌을 떠나는 이들이 갈수록 늘어나고, 쌀농사를 중심으로 삼았으니 전체적인 식량 자급률이 떨어

• 저곡가 정책　쌀값을 인위적으로 낮게 유지하는 정책.

지는 것은 당연했습니다.

박정희 정권은 1970년대부터 기존의 경공업 중심의 공업화 정책에서 벗어나 중화학 공업을 육성하기 시작했습니다. 철강, 조선, 석유 화학, 기계, 전자 등의 업종을 집중적으로 지원했지요. 이 시기에도 딱히 기술력이 없었기 때문에 주로 노동 집약적인 조선업과 선진국들이 꺼리던 공해 산업을 육성할 수밖에 없었습니다. 정부는 중화학 공업 제품을 수출하는 기업에 소득세와 법인세를 50% 감면하는 등 온갖 특혜를 주었습니다. 그 혜택은 결국 대규모 설비를 감당할 수 있는 재벌 기업에 돌아갔지요. 이러한 특혜와 지원으로 우리나라의 재벌은 짧은 기간에 고도성장을 할 수 있었습니다.

고도성장의 이면에 내재한 모순 해마다 고속 성장을 거듭하던 한국 경제는 1978년에 들어 그 성장세가 둔화되기 시작했습니다. 미국과 일본에서 물가가 상승하고 실업률이 증가하자 우리나라의 수출 길에도 문제가 생겼던 것입니다. 세계 경제가 불황에 빠지자 수출로 성장을 유지했던 우리 경제는 곤두박질치기 시작했지요. 외채를 갚아야 하는 문제도 박정희 정권에 큰 부담이었습니다. 여기에 제2차 석유 파동•을 겪으면서 국내의 물가도 가파르게 상승했습니다. 수많은 기

• **제2차 석유 파동** 1978년 10월부터 1981년 12월 사이에 중동 국가가 석유 생산을 감축하고 수출을 중단하여 원유 가격이 폭등한 사건. 선진국의 경제 성장률이 4%에서 2.9%로 낮아졌고, 물가 상승률 역시 선진국 10%, 개발 도상국 32%로 급격한 상승을 보였다.

업이 도산했고 실업률이 급격히 상승하여 1980년에는 마이너스 성장을 기록하게 됩니다. 겉으로는 높은 성장률을 기록하는 등 숨 가쁘게 발전해 온 것 같았지만 사실은 경제 구조가 허약했던 것입니다.

박정희 정권 시절 우리나라 경제는 고도성장을 이룩했습니다. 우리나라가 비교적 높은 경제 수준에 이를 수 있었던 것은 1970년대 고도성장이 있었기 때문입니다. 하지만 그 이면에는 노동자, 농민의 희생 같은 모순이 존재합니다. 당시 희생을 강요받았던 노동자, 농민은 지금도 여전히 '국익'이라는 명분 아래 억눌리고 있지요. 재벌 중심의 경제 구조가 고착되어 중소기업의 활동이 위축된 것도 안타까운 일입니다. 이 밖에도 국토의 불균형한 개발이 지역감정을 불러왔으며, 중화학 공업에 대한 과잉 투자는 환경을 훼손하고 공해 문제를 불러오기도 했습니다. 이렇게 볼 때 외형적인 경제 성장을 이루었다는 것만으로 박정희 정권을 높이 평가하는 것은 다시 생각할 필요가 있습니다.

정님이

이시영

용산 역전 늦은 밤거리
내 팔을 끌다 화들짝 손을 놓고 사라진 여인
운동회 때마다 동네 대항 릴레이에서 늘 일등을 하여 밥솥을 타던
정님이 누나가 아닐는지 몰라
이마의 흉터를 가린 긴 머리, 날랜 발
학교도 못 다녔으면서
운동회 때만 되면 나보다 더 좋아라 좋아라
머슴 만득이 지게에서 점심을 빼앗아 이고 달려오던 누나
수수밭을 매다가도 새를 보다가도 나만 보면
흙 묻은 손으로 달려와 청색 책보를
단단히 동여매 주던 소녀
콩깍지를 털어 주며 맛있니 맛있니
하늘을 보고 웃던 하이얀 목
아버지도 없고 어머니도 없지만
슬프지 않다고 잡았던 메뚜기를 날리며 말했다
어느 해 봄엔 높은 산으로 나물 캐러 갔다가
산 뱀에 허벅지를 물려 이웃 처녀들에게 업혀 와서도
머리맡으로 내 손을 찾아 산다래를 쥐여 주더니

왜 가 버렸는지 몰라
목화를 따고 물레를 잣고
여름밤이 오면 하얀 무릎 위에
정성껏 삼을 삼더니
동지섣달 긴긴밤 베틀에 고개 숙여
달그당 잘그당 무명을 잘도 짜더니
왜 바람처럼 가 버렸는지 몰라
빈 정지 문 열면 서글서글한 눈망울로
이내 달려 나올 것만 같더니
한 번 가 왜 다시 오지 않았는지 몰라
식모 산다는 소문도 들렸고
방직 공장에 취직했다는 말도 들렸고
영등포 색싯집에서 누나를 보았다는 사람도 있었지만
어머니는 끝내 대답이 없었다
용산 역전 밤 열한 시 반
통금에 쫓기던 내 팔 붙잡다
날랜 발, 밤거리로 사라진 여인

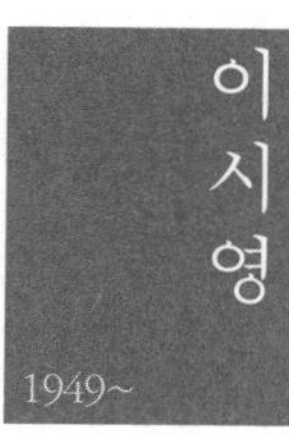

전남 구례 출생. 1969년 『월간 문학』 신인상에 「채탄」 외 1편이 당선되어 등단하였다. 사회 현실에 관심이 많았고 대체로 민중의 현실에 바탕을 둔 현실 비판적인 작품들을 발표하였다. 시집으로 『만월』, 『바람 속으로』, 『사이』 등이 있다.

1970년대 우리 문학은 급속한 산업화와 도시화를 주요 소재로 다룹니다. 황석영의 「삼포 가는 길」처럼 산업화로 고향을 잃고 정처 없이 떠도는 사람들의 이야기를 그리는가 하면, 김승옥의 「서울, 1964년 겨울」처럼 산업화된 도시에서 소외된 인간에 주목한 작품도 있었습니다. 도시 재개발 과정에서 벼랑으로 내몰린 사람들의 소망과 좌절을 다룬 조세희의 「난장이가 쏘아 올린 작은 공」도 빼놓을 수 없는 작품이지요. 시에서는 농촌의 쓸쓸한 정서를 반영한 신경림의 「농무」라든가 노동자의 비애를 담은 정희성의 「저문 강에 삽을 씻고」와 같은 작품이 발표되기도 했습니다. 당시 문학은 순수한 아름다움이라든가 언어적인 형식미를 추구하기보다는 현실을 생생하게 드러내 주는 성향이 강했습니다. 그러다 보니 1930년대 백석이나 이용악의 작품처럼 사실적인 이야기가 시의 전체적인 구조를 이루고 있는 경우가 있었지요. 이시영 시인의 「정님이」는 이런 이야기 시의 전형적인 모습을 잘 보여 주고 있습니다.

이 작품의 시간적·공간적 배경은 1행과 마지막 부분에 제시되어 있습니다. '용산 역전 통금에 쫓기던 열한 시 반'이 그것입니다. '통금'이라는 말이 조금 생소할지도 모르겠네요. 이 말은 '통행금지'의 줄임말입니다. 우리나라에는 해방 이후 1982년 1월까지 밤 12시가 되기 전에 모든 시민이 귀가해야 하는 법령이 있었습니다. 이 법령은 군사 정권 시절 국민을 통제하는 수단으로 활용되기도 했지요. 그러므로 '통금'은 군사 독재 시절을 상징하는 시어라고 할 수 있습니다.

'용산'은 어떤 곳인가요. 용산은 전략적으로 중요한 곳이어서 외국군이 오랫동안 주둔했던 곳입니다. 고려 시대에는 몽고군의 병참 기지로 활용되었고, 청일 전쟁 전후에는 청나라와 일본 군대가 주둔했던 곳이기도 했지요. 일제 강점기에는 일본의 병영이 있었으며, 해방 이후에는 주한 미군이 주둔하고 있었습니다. 그런 까닭에 용산은 1970년대까지 서울의 변두리인 듯한 인상이 강했지요. 시의 화자는 1970년대 서울의 변두리에서 어떤 여자에게 팔을 붙잡힙니다. 그런데 이상하게도 여자는 화들짝 놀라 '나'의 손을 놓고 사라집니다. '나'는 그 여자를 보며 '정님이 누나'가 아닐까 생각에 잠기게 되지요.

5행부터 시의 화자는 천천히 '정님이 누나'를 회상하기 시작합니다. 그녀의 외모부터 떠올리며, 학교에 다닐 수 없었던 사정과 자기를 좋아해 주던 다정한 성품을 생각합니다. 한편으로 시인은 정님이 누나를 통해 순박하고 쾌활하게 살아가던 농촌의 모습을 제시하기도 하지요. 화자는 정님이 누나가 메뚜기를 날리고, 산나물을 캐고, 목화를 따며, 물레를 잣고, 삼을 삼고, 베틀에 고개 숙여 무명을 짜던 모습들을 하나하나 떠올립니다. 이 모든 것은 우리 농촌의 토속적인 아름다움을 생동감 있게 전해 줍니다. '정님이 누나'는 아름다운 농촌 공동체의 상징이었던 셈이지요.

그러나 정님이 누나는 어느 날 가 버렸습니다. 바람처럼 가 버린 채 다시 오지 않았습니다. 들려오는 소문으로 그녀는 식모가 되었고, 방직 공장 여공이 되었고, 색싯집의 종업원이 되었다고 합니다. 하지만 시인은 이런 사실을 도저히 받아들이기 어려웠을 것입니다. 그런 까닭에 시적 화자는 "왜 가 버렸는지 몰라", "왜 바람처럼 가 버렸는지 몰라", "한 번 가 왜 다시 오지 않았는지 몰라"와 같은 반복과 점층을 활용합니다. 그러나 정말로 시적 화자는 그녀가 다시 오지 않는 이유를 몰랐던 것일까요. 시의 문맥으로 보면 화자는 이유를 몰랐던 것이 아니라 그녀가 돌아오지 못한다는 사실을 너무나 잘 알고 있었기에, 그럼에도 그 사실을 받아들일 수 없었기에 '몰라'라는 반어적인 표현을 했다고 보는 것이 적절할 것입니다.

그렇다면 명랑하고 순박하던 '정님이 누나'는 어째서 삶의 나락으로 떨어져 버린 것일까요. 작품 속에는 그 어디에도 분명한 이유가 나타나 있지 않습니다. 다만 우리는 '용산'이라는 도시 변두리와 1970년대의 시대적인 상황을 떠올려 볼 수밖에 없지요. 1970년대의 도시 변두리는 저곡가에 허덕이며 더 이상 농사를 지을 수 없는 소작농들이 하나둘씩 모였던 공간입니다. 그들은 배운 기술도 없고 지식도 없어 좋은 일자리를 구하는 것이 처음부터 불가능했을 것입니다. 그들이 애써 구한 일자리는 노동 조건이 극도로 열악한 도시 변두리의 공장 아니면 날품팔이가 고작이었겠지요. 여성들은 남의 집 식모살이와 같은 허드렛일을 하다가 끝내는 빚에 허덕이며 거리의 여자로 떨어지기도 했을 것입니다. 이처럼 '정님이 누나'의 몰락은 농촌 공동체의 붕괴와 도시 빈민의 삶을 사실적으로 보여 줍니다.

국가주의의 덫에 걸리다

국가주의 및 반공 이데올로기와 그에 맞선 저항

독재 유지를 위한 간첩단 사건 1960~1970년대 박정희 정권은 '반공'을 국시로 내걸었습니다. 우리 국민들 상당수는 소위 '빨갱이'에 대한 부정적인 생각을 지니고 있었습니다. 서로에게 총부리를 겨누고 지울 수 없는 상처를 남긴 6·25 전쟁의 상처가 치유되지 않았기 때문이었지요. 그런 까닭에 '반공'은 그 어떤 법률보다도 강력한 심리적 규범으로 자리 잡았습니다. '빨갱이'라는 낙인이 찍히는 순간, 그 대상은 사회적 사망 선고를 받은 것이나 다름없었지요. 박정희 정권은 이런 심리적인 규범을 시민의 자유를 억압하고 사상을 통제하는 수단으로 삼았습니다. 또한 정치적으로 위기가 오거나 독재를 유지하기 위해서 종종 간첩단 사건을 터뜨려 국민들의 관심을 다른 곳으로 돌려놓기도 했지요. 당시 일어났던 대표적인 간첩단 사건인 동백림 사건을 살펴볼까요?

동백림은 '동베를린'을 한자로 바꾸어 표기한 것입니다. 동베를린은 사회주의 국가였던 옛 동독의 수도였습니다. 1967년 7월 당시 중앙정보부는 서독과 프랑스로 건너간 유학생과 교민 일부가 북한에서 제공하는 자금을 받고 간첩 교육을 받았다고 발표합니다. 그 숫자는 무려 194명에 이르렀습니다. 이때 간첩 혐의를 받았던 이들은 중앙정보부 요원에 의해서 국내로 강제 소환을 당해야 했습니다. 이 중에는 작곡가 윤이상과 이응노 화백이 포함되어 있었지요. 또 사건의 주모자와 평소에 친하게 지냈다는 이유로 천상병 시인도 잡혀가 모진 고문을 당했습니다. 정부는 마치 대규모 간첩단처럼 사건을 왜곡했지만 관련자 194명 중 유죄 판결을 받은 사람은 34명에 불과했고 간첩 혐의는 최종심에서 모두 무죄로 처리되었지요.

그런데 흥미로운 것은 동백림 사건이 있기 한 달 전, 제7대 국회 의원을 뽑는 선거가 있었다는 것입니다. 이 선거는 공정하지 않았습니다. 관권이 동원되었고 금품이 살포되었으며, 무더기 표가 속출했고 대리 투표의 행태마저 보였지요. 야당과 학생들은 당시 선거를 부정선거로 규정짓고 무효 처리를 강력히 주장했습니다. 시위는 걷잡을 수 없이 번졌고 전국 30개 대학과 148개 고등학교에는 휴교령이 떨어졌습니다. 이처럼 혼란스러운 정국에서 동백림 사건이 터진 것입니다. 따라서 동백림 사건은 독재 정권이 자신들의 정치적인 위기를 벗어나기 위해 꾸몄거나 부풀린 사건이라고 볼 수 있지요.

국가 이데올로기의 억압 독재 정권은 체제 유지를 위해 국가주의[•] 이데올로기도 적극적으로 활용합니다. 그 대표적인 것 중 하나가 국민 교육 헌장입니다. 국민 교육 헌장은 3선 개헌을 앞둔 1968년 12월에 반포됩니다. 겉으로 내세운 국민 교육 헌장의 반포 취지는 조상의 전통과 유산을 계승하여 발전시키고 정신적 가치관을 올바로 세우며, 국가 의식과 사회의식의 약화를 보완하기 위한 것이었습니다. 그러나 이 헌장에는 개인의 자유와 권리를 주장하기 전에 온 국민이 새로운 국가 건설에 이바지해야 한다는 식의 논리가 드리워져 있습니다. "우리는 민족중흥의 역사적 사명을 띠고 이 땅에 태어났다."라든가, "반공 민주 정신에 투철한 애국 애족이 우리의 삶의 길"이라는 내용을 반복적으로 외운다면 자연스럽게 국가가 최우선이라는 생각을 하게 되겠지요.

국민 교육 헌장에서 내세웠던 민족 문화는 사실 봉건적인 유교 윤리였던 '충효'가 바탕을 이루고 있습니다. 따라서 '충효'를 바탕으로 한 내용이 담겨 있지 않으면 아무리 창조적인 문화 활동이라 하더라도 탄압을 피하기가 어려웠습니다. 미풍양속을 해친다는 명목으로 머리 길이와 치마 길이를 제한하고, 적지 않은 대중가요를 금지곡으로 지정하며, 출판물과 영상물을 철저히 검열하는 것이 모두 '민족중흥의 역사적 사명'을 수행하기 위한 것으로 합리화되었던 것입니다. 이

• **국가주의** 국가의 이익을 개인의 이익보다 절대적으로 우선하는 사상 원리.

장발 단속 1976년 거리를 지나던 시민이 경찰에게 장발 검사를 받고 있다. 정부가 개인의 머리 길이에까지 제재를 가했던 것이다.

렇게 보면 국민 교육 헌장이란 인간의 자유로운 생각과 사고를 국가주의, 민족주의로 통제하려는 정치적인 욕구의 산물이었다고 할 수 있습니다.

10월 유신과 시민들의 저항 1969년 3선 개헌에 성공하자 박정희는 1971년 제7대 대통령 선거에서 야당 후보 김대중을 94만 표 차이로 누르고 다시 당선됩니다. 당시의 선거 풍토를 생각해 본다면 김대중 후보의 지지율은 큰 파괴력을 지닌 것이었습니다. 뒤이은 제8대 국회 의원 선거에서는 야당인 신민당 국회 의원이 44석에서 89석으로 늘어나 박정희 정권을 위협하기에 이르지요. 위기감을 느낀 탓인지 아니면 종신 집권을 꿈꾸었던 것인지 박정희는 1971년 갑자기 국가 비상

사태를 선언하여 집회와 시위를 규제하고 출판과 신문, 통신을 사전에 검열하기 시작했습니다. 그리고 이듬해에 갑자기 국회를 해산하고 전국에 계엄령을 선포하여 마침내 10월 유신•을 단행합니다.

유신 헌법의 가장 큰 특징은 대통령에 관한 부분입니다. 우선 중임을 제한하는 조항이 사라져 영구 집권이 가능하게 되었고, 대통령 선출도 직접 투표가 아니라 통일 주체 국민 회의•의 간접 선거로 하게 했습니다. 국회 의원의 1/3을 대통령이 추천하여 간접 선출하게 만들었으며, 법관의 임명권을 대통령이 행사할 수 있도록 바꾸었습니다. 입법, 사법, 행정 3권을 대통령이 모두 장악한 것입니다. 유신 헌법에는 국민의 권리를 제한하는 내용도 적지 않았습니다. 노동 3권(단결권·단체 교섭권·단체 행동권)을 제한했고, 피의자의 자백만으로 처벌을 할 수 있게 했으며, 긴급 조치권•을 두어 무고한 시민의 인권을 유린했습니다.

유신 체제에 대한 저항은 격렬했습니다. 당시 일본으로 건너가 유

• **10월 유신** 1972년 10월 17일 대통령 박정희가 장기 집권을 목적으로 단행한 초헌법적 비상 조치. 한국적 민주주의라는 미명 아래 언론 탄압, 의회의 권한 제한, 인권 유린 등이 이루어졌다.

• **통일 주체 국민 회의** 1972년 조국의 평화적 통일을 추진한다는 명목으로 유신 헌법에 의해 설치된 헌법 기관. 통일 분야와는 상관없이 대통령 선출을 위한 정치적 수단으로 이용되었다. 박정희 독재 정권의 산물이다.

• **긴급 조치권** 유신 헌법에 규정되어 있던 초헌법적 효력을 가진 특별 조치. 국민의 자유와 권리에 대해 무제한의 제약을 가할 수 있는 초헌법적 권한으로 당시 유신 체제에 저항하던 국민들을 탄압하는 데 활용되었다.

발걸음을 멈춘 시민들　1974년 1월 7일 박정희 대통령은 긴급 조치권을 발동해 유신 헌법에 대한 개헌 논의를 금지하였다. 그다음 날 시민들이 이를 알리는 내용을 보고 있다.

신 체제 반대 운동을 이끌던 김대중이 납치되자 전국에서 대학생들의 시위가 끊이질 않았습니다. 광복군 출신이던 장준하 등 지식인 30명이 유신 헌법 개정 운동을 벌이기도 했지요. 이에 맞서 박정희는 유신 헌법을 부정하거나 비방하는 일을 금지하는 긴급 조치 1호를 선포합니다. 시위는 그치지 않았고, 박정희 정권은 최대의 위기를 맞이합니다. 하지만 박정희에게는 '반공 이데올로기'라는 강력한 무기가 있었습니다. 바로 민청학련(전국 민주 청년 학생 총연맹) 사건과 인혁당(인민 혁명당) 사건을 발표해 국민들의 관심을 다른 곳으로 돌려놓은 것입니다.

민청학련 사건은 반독재·반유신 운동을 국가 전복을 노린 사회주의 혁명으로 왜곡한 사건입니다. 1974년 대학생들의 저항이 확산되자 박정희 정권은 긴급 조치 4호를 선포하여 학생들의 동맹 휴업과 단체 행동을 일절 금지합니다. 학생 단체인 민청학련이 불순한 세력에게 조종당하고 있다는 이유를 들었지요. 그 후 중앙정보부는 긴급 조치 위반자를 조사하여 180명을 구속하고 기소합니다. 기소의 이유는 학생들이 인민 혁명당의 공산 세력과 반정부 세력, 용공 세력과 연합하여 정부를 전복하고 공산 정권 수립을 기도했다는 것이었습니다. 반독재·반유신 운동을 공산주의 운동으로 몰아붙여 정치적인 위기에서 벗어나려 했던 것입니다.

인혁당 사건은 민청학련의 배후로 지목된 인혁당 관련자 23명을 체포하여 그중 8명을 사형에 처하고 15명을 징역형에 처한 사건입니다. 사건이 조작되었음은 분명했지만 당시 사법부는 합리적인 판결을 내리지 않았습니다. 고문에 의한 허위 자백임이 명백했음에도 자백만으로 처벌할 수 있는 유신 헌법에 따라 사형을 선고했던 것입니다. 더욱 안타까운 일은 사형 선고를 받은 8명이 대법원 판결이 내려진 지 불과 18시간 만에 형장의 이슬로 사라졌다는 사실입니다. 사법 살인이라고까지 불리는 이 사건은 박정희 정권 시절의 대표적인 인권 침해 사례로 국제 법학자 협회는 사형이 집행된 1975년 4월 9일을 '사법 사상 암흑의 날'로 선포하기까지 했습니다.

부마 항쟁을 비롯한 반독재 시위 제2차 석유 파동이 일어나고 경기가 급속히 침체되자 박정희 정권은 또다시 노동자와 농민에게 희생을 강요했습니다. 그러자 노동자와 농민까지 반정부 투쟁에 나섭니다. 1979년 8월 YH 무역 노동자 200여 명은 생존권 보장을 요구하며 당시 야당이었던 신민당 당사에 들어가 농성을 하지요. 정부는 한밤중에 경찰 천여 명을 신민당 당사에 투입하여 노동자를 강제 해산합니다. 이 과정에서 여성 노동자 김경숙이 의문의 죽음을 당하고 당시 신민당 총재 김영삼은 총재직과 의원직을 박탈당합니다. 시민들의 반발심은 극에 달했습니다. 결국 김영삼 총재의 정치적 본거지였던 부산에서 대규모 반독재 시위가 일어납니다. 부산 대학교 학생 수천 명이 '유신 철폐, 야당 탄압 중지, 빈부 격차 해소'를 내걸고 가두시위를 벌였던 것입니다. 이에 노동자와 일반 시민까지 시위에 합세했으며, 시위는 마산에까지 전파됩니다. 이 사건이 바로 부마 항쟁(1979)입니다. 당황한 정부는 계엄령을 선포하고 군대를 투입하여 시위를 진압합니다. 시위가 진압되고 난 지 며칠 후, 박정희는 자신의 심복이었던 김재규 중앙정보부장에게 암살당합니다.

독재 정권이 온갖 수단과 방법을 동원해 시민의 자유와 권리를 억압해도 시민들은 굴복하지 않았습니다. 민주화에 대한 열망을 포기하지 않았고 자유를 향한 외침을 그치지 않았습니다. 아쉬운 점은 독재 정권이 시민의 힘으로 무너지지 않았다는 것입니다. 시민의 힘으로 독재 정권이 무너지고 곧이어 민주 정부가 세워졌더라면 또 다른 독재 정권의 출현을 막았을 수도 있었을 텐데 말입니다.

식칼론 4

조태일

내 가슴속의 어린 어둠 앞에서도
한 번 꼿꼿이 서더니 퍼런빛을 사방에 쏟으면서
그 어린 어둠을 한 칼에 비집고 나와서
정정당당하게 어디고 누구나 보이게 운다.
자유가 끝나는 저쪽에도 능히 보이게,
목소리가 못 닿는 저쪽에도 능히 들리게
한 번 번뜩이고 한 번 울고
번개다! 빨리 여러 번 번뜩이고
천둥이다! 크게 한 번 울고
낮과 밤을 동시에 동등하게 울고
과거와 현재와 까마득한 미래까지를
단 한 번에 울고 칼끝이 뛴다.
만나지 않는 내 가슴과 너희들의
벼랑을 건너뛰는 이 무적(無敵)의 칼빛은
나와 너희들의 가슴과 정신을
단 한 번에 꿰뚫어 한 줄로 꿰서 쓰러뜨렸다가
다시 일으키고, 쓰러뜨리고, 다시 일으키고
메마른 땅 위에 누운 나와 너희들의 국가(國家) 위에서

아직 오지 않은 미래를 끌어다 놓고
더욱 퍼런빛을 사방에 쏟으면서
천둥보다 번개보다 더 신나게 운다
독재보다도 더 매웁게 운다.

조태일
1941~1999

전남 곡성 출생. 1964년 『경향 신문』 신춘문예에 「아침 선박」이 당선되어 등단하였다. 주로 진실을 은폐하려는 권력에 맞서 민중적인 연대의식을 획득하고자 하는 시를 발표하였다. 1970년대 참여시의 성과로 주목받은 「식칼론」은 제도권의 폭력에 맞선 시인의 역사의식이 잘 드러나는 작품이다. 시집으로 『국토』, 『가거도』, 『자유가 시인더러』 등이 있다.

식칼론 4
■
조태일

1960~1970년대 독재 정권 시절 문화 예술은 혹독한 위기를 겪어야 했습니다. 어쩌면 일제 강점기 못지않게 표현의 자유를 억압당했다고 해도 틀린 말은 아닐 것입니다. 그런 까닭에 이 시기 문화 예술은 사회 비판적인 내용을 담고 싶어도 마음 놓고 표현할 수 없었습니다. 그런 까닭에 비유적인 언어들을 활용하여 시대를 그려 나갔지요. 그중 하나가 조태일 시인의 「식칼론」 연작시입니다. 앞의 시는 연작 중 네 번째에 해당하는 작품이지요.

'식칼'이라는 단어를 보면 사람들은 대개 어떤 것을 떠올릴까요? 섬뜩함, 초조함, 날카로움, 위험, 불안과 같은 것이 떠오르겠지요. 칼이란 대개 위험한 물건이니까요. 그렇다면 어째서 시인은 '식칼'을 시의 소재로 삼았을까요? 그것은 독재와 유신에 길들어 가는 나약한 정신을 일깨우기 위해서라고 생각할 수 있습니다. 사실 '식칼'은 우리의 일상 속에서 흔히 볼 수 있는 것입니다. '칼'이지만 군인이나 경찰이 사용하는 총칼이 아닙니다. 식칼은 무기가 아니지요. 남을 해치거나 제압하기 위한 것이 아니라 생활에 필요한 도구인 것입니다. 따라서 식칼은 자유로운 생활을 위해 우리가 지녀야 할 태도라든지 마음가짐을 비유적으로 표현한 것이라고 생각할 수 있지요. 자, 이제 '식칼'에 대한 선입견이 좀 수그러들었나요?

그렇다면 '식칼'은 우리에게 어떤 태도를 지닐 것을 암시하고 있을까요? 식칼과 대립되는 시어를 찾아보면 한결 쉽게 이해가 될 것입니다. 먼저 시의 첫 행에서 4행까지를 살펴보면 식칼은 "내 가슴속의 어린 어둠" 앞에서 "꼿꼿이 서더니 퍼런빛을 사방에 쏟"고 있습니다. "가슴속의 어린 어둠"은 무엇일까요. 작품의 마지막 행을 살펴보면 '어둠'이 '독재'와 관련되어 있음을 어렵지 않게 알 수 있습니다. 따라서 "가슴속의 어린 어둠"이란 독재에 대한 두려움이나 불안, 공포라고 볼 수 있고, 이와 반대로 '식칼'은 두려움과 공포, 불안을 한칼에 비집고 나오는 '용기 있는 외침'이라고 할 수 있지요.

어둠을 비집고 나온 식칼은 "자유가 끝나는 저쪽"과 "목소리가 못 닿는 저쪽"까지 그 존재를 분명히 알립니다. "자유가 끝나는 저쪽"과 "목소리가 못 닿는 저쪽"은 어디일까요? 그곳은 어둠과 침묵이 지배하는 곳이겠지요. 어떤 빛깔도 없고 어떤 소리도 들리지 않는 곳이니까요. 독재에 길들여져 저항할 의지가 꺾인 채 자신의 자유를 포기하며 살아가는 사람들이 존재하는 공간을 의미할 것입니다. 식칼은 이들에게까지 번개처럼 빨리 여러 번 번뜩이고, 천둥처럼 크게 한 번 웁니다. 그 누구라도 식칼의 존재를 알 수 있게 말이지요. 그러고 보니 식칼의 빛깔은 번개의 푸른빛을 닮았고, 그 단호함은 천둥소리처럼 느껴집니다.

그렇다면 식칼이 "낮과 밤을 동시에 동등하게 울고/과거와 현재와 까마득한 미래까지를" 울린다는 말은 무슨 뜻일까요? 낮과 밤을 동시에 동등하게 울린다는 말은 식칼이 계층과 지역, 성별, 나이와 관계없이 이 땅에 살아가는 모두에게 울린다는 뜻으로 해석할 수 있습니다. 또한 "과거와 현재와 까마득한 미래까지를" 울린다는 시구는 '식칼'로 상징되는 저항 정신이 과거부터 현재, 그리고 미래까지 지속될 것임을 의미하고 있습니다.

식칼은 독재로 인해 분열된 시민들에게 하나로 단결할 것을 주문하기도 합니다. 강력한 독재 정권 앞에서 시민들은 분열하기 마련입니다. 정권이 시민들의 분열을 유도하고 서로 단결할 수 없도록 방해하기 때문이지요. 그러나 식칼은 "만나지 않는 내 가슴과 너희들의/벼랑을" 건너뜁니다. 그리고는 "나와 너희들의 가슴과 정신"을 단 한 번에 한 줄로 꿰어 냅니다. 서로를 이어 주는 것이지요. 서로가 같은 처지이고 함께 위기를 극복해야 한다는 메시지를 식칼이 주는 것입니다.

마지막으로 식칼은 "아직 오지 않은 미래"를 "메마른 땅 위에 누운 나와 너희들"에게 끌어다 놓습니다. 이 시가 발표된 것이 1970년대이므로 발표 당시의 사회적 상황을 생각해 본다면 "아직 오지 않은 미래"란 독재에서 벗어난 '자유로운 세계'를 뜻할 것입니다. 그리고 그 세계를 위해 식칼은 '퍼런빛'을 사방에 쏟으며 독재보다도 더 맵게 웁니다. 아무리 독재가 세상을 지배하고 있다 해도 자유를 향한 의지보다 더 강할 수는 없다는 의미를 담고 있는 것입니다.

조태일 시인의 「식칼론」은 저항적인 메시지를 담고 있는 작품입니다. 하지만 이 작품은 독재가 어떻게 이루어지고 있는지, 또 민중이 무엇을 지향해야 하는지를 분명하게 표현하지는 않았습니다. 그 까닭은 시로서 문학적인 표현을 추구했기 때문일 수도, 탄압을 의식했기 때문일 수도 있습니다. 실제로 이 작품이 실렸던 시집 『국토』는 출간되자마자 긴급 조치 9호에 의해 판매 금지를 당했으니까요. 하지만 독재 정권에 대한 이와 같은 저항은 시인들에게서 끊이질 않았습니다.

3부

민주주의의 꽃을 피우고 통일을 향해 가다

민주주의를 위한 숭고한 희생
민주화와 노동 운동을 전개하다
삶을 위한 교육을 꿈꾸던 날들
풍요와 빈곤을 함께 맛본 1990년대
화해와 관용으로 공존과 평화를 꿈꾸다
낭만은 떠나고 경쟁만 남은 세대
인종과 국경을 넘어서 다문화 사회로

1979년 10월 26일 박정희의 죽음으로 독재가 막을 내리는 것 같았지요. 그러나 국민들의 바람과는 달리 권력은 또다시 전두환, 노태우 같은 군인들에게 돌아갔습니다. 이들은 12·12 군사 쿠데타와 5·17 군사 쿠데타를 일으켜 정권을 장악합니다. 국민들은 분노했고 저항했습니다. 하지만 정권을 잡은 이들은 저항하는 국민들에게 또다시 '빨갱이' 혐의를 붙여 억압합니다. 그 대표적인 사건이 광주 민주화 운동이지요. 사건의 진상은 왜곡되었고, 시민들의 희생을 발판으로 전두환은 대통령에 취임합니다.

시민과 학생들은 광주 민주화 운동의 진실을 알리기 위해 숱한 노력을 기울입니다. 그 대표적인 것이 미 문화원 사건입니다. 비록 폭력적인 방법이 사용되었지만 미 문화원 사건은 국민들에게 광주 민주화 운동의 진실을 알리는 데에 상당한 기여를 했습니다.

1987년 1월, 서울대 언어학과 박종철 학생이 경찰의 물고문으로 사망합니다. 시위는 들불처럼 번졌고, 그해 6월 연세대 이한열 학생이 최루탄에 맞아 숨지는 사건이 터지자 독재 정권에 대한 저항은 전국으로 확산됩니다. 6월 29일, 마침내 독재 정권은 대통령 직선제 개헌안을 발표합니다. 시민의 힘으로 독재 정권을 다시 한 번 무너뜨리고 민주화로 나아간 사건이었지요. 이후 우리나라는 민주 질서를 회복하고 경제 성장을 차근차근 이루어 갑니다. 그러던 중 1997년 외환 위기가 찾아옵니다. IMF 관리 체제 이후에 노동 환경은 급속도로 악화되었고 2000년대 이후 우리나라의 청년 실업은 사회 문제가 되고 있습니다. 이른바 88만 원 세대가 등장한 것이지요. 젊은 세대가 살아가기에 가혹한 사회 구조가 된 것입니다.

우리가 3부에서 살펴볼 내용은 1980년 광주 민주화 운동부터 현재까지입니다. 이 시기에 우리는 민주화와 경제 성장을 동시에 이루어냈지요. 그러나 여전히 해결해야 할 몇 가지 숙제가 남아 있습니다. 먼저, 분단을 극복해야 할 것입니다. 또한 우리 사회가 다양한 집단이 함께 하는 다문화 사회로 나아가고 있는 점도 주목해야 합니다. 그런데 이에 대한 인식은 아직 미흡합니다. 진정한 다문화 사회가 되기 위한 여러 노력이 필요한 시점이지요.

3부에서는 1980년 광주 민주화 운동을 표현한 김남주의 「학살 2」, 6월 민주 항쟁과 노동 운동을 살펴볼 수 있는 박노해의 「지문을 부른다」, 교육 민주화 운동과 관련해 나희덕의 「나무 한 그루」를 함께 읽을 것입니다. 1990년대 초 경제적 풍요는 장정일의 「하숙」으로, 통일 운동은 최두석의 「머머리 섬」을 통해 살펴보겠습니다. 또한 청년 실업과 다문화 사회에 관련해서는 각각 백상웅의 「봄의 계급」, 하종오의 「야외 공동 식사」를 감상하겠습니다.

민주주의를 위한 숭고한 희생

광주 민주화 운동과 미 문화원 사건

신군부의 쿠데타와 서울의 봄 1979년 10월 26일 대통령 박정희의 죽음으로 오랜 독재는 막을 내렸습니다. 그러나 아쉽게도 그것은 시민의 힘이 아니라 암살에 의한 것이었습니다. 그런 까닭에 권력의 공백 상태를 시민의 힘으로 메울 수 없었지요. 이를 틈타 그해 12월 12일 또다시 쿠데타가 일어났습니다. 그 주역은 보안 사령관 전두환을 중심으로 한 신군부 세력이었습니다. 신군부는 우리나라 정규 육사• 출신으로 구성된 군인들로 박정희 정부 시절 커다란 신임을 받았고 정치에도 관심이 많았습니다. 이들은 '하나회'라는 사조직을 만들어 군

• **정규 육사** 국군 창설 당시에는 군 간부 요원을 신속하게 충당하고자 육군 사관 학교에서 단기 훈련으로 장교를 배출하였다. 그 후 육군 사관 학교는 1949년에 정규 과정으로 개편되었으나 6·25 전쟁으로 일시 휴교를 해, 1951년부터 4년제 정규 육사 과정이 운영되었다. 전두환, 노태우는 육사 11기이며, 정규 육사 1기이다.

대에서 요직을 차지하고 있었습니다. 특히 전두환은 보안 사령관이어서 대통령 암살을 조사하는 막강한 권한을 지니고 있었지요. 이들이 쿠데타에 성공했던 것은 군대를 움직일 수 있는 실질적인 힘이 있었기 때문입니다.

신군부의 쿠데타가 있었지만 1980년 서울은 민주화에 대한 열기로 가득 차 있었습니다. 유신 시절의 피해자들이 사면 복권되었고, 재야와 정치권에서는 새로운 민선 정부가 꾸려지기를 기대했습니다. 언론계 안팎에서는 자유 언론 실천 운동을 벌이며 언론에 대한 검열 철폐와 편집권 독립, 그리고 해직 기자들의 조속한 복직을 요구했지요. 학생 운동도 활발하게 진행되었습니다. 1980년 4월 24일 서울 시내 14개 대학 361명의 교수들이 학원 민주화를 요구하는 성명을 발표했고, 그에 앞서 4월 9일에는 대학생들이 병영 집체 훈련을 거부하며 '계엄령 해제, 언론 자유 보장, 유신 잔당 퇴진 운동'을 벌였습니다.

1980년 5월 15일, 계엄령 해제와 유신 잔당 퇴진을 외치던 학생 시위대는 급기야 10만 명을 넘어섰습니다. 이들은 서울역 광장에 모여 신군부를 성토했습니다. 하지만 아쉽게도 시위는 거기까지였습니다. 학생 운동을 이끌었던 지도부가 시위대의 해산을 자진해서 결정하고 만 것입니다. 시위대가 해산을 결정한 이유는 신군부가 언론을 장악한 채 북한의 남침설을 흘리며 시민들의 호응을 봉쇄했기 때문이었습니다. 신군부는 시위대가 흩어진 틈을 타서 5월 17일 24시를 기해 전국으로 계엄령을 확대하고 국회를 폐쇄했으며 대학에 휴교령을 내

1980년 '서울의 봄' 당시 서울역 주변에 모인 군중들 서울역 앞에 모인 학생 10만여 명과 시민 5만여 명은 계엄 해제와 조기 개헌을 요구했다.

렸습니다. 또한 모든 정치 활동을 정지시켰고 언론과 출판, 방송을 사전에 검열하기 시작했습니다. 10·26 사건 이후 민주 사회를 꿈꾸었던 '서울의 봄'이 막을 내린 것이지요.

광주 민주화 운동의 전개 과정 가장 비극적인 사건은 계엄령이 전국으로 확대된 지 하루가 지난 5월 18일 광주에서 일어났습니다. 신군부는 시민들과 학생들이 크게 반발할 것을 예상하고 시위 진압 부대를 각 도시 주변에 배치해 두었습니다. 특히 광주에는 17일 밤부터 특전사 7공수 여단이 무장을 한 채 대학교를 점거하고 있었습니다. 5월

18일 전남 대학교 정문 앞에 모인 학생들은 학교를 점거하고 있던 공수 부대원들과 대치합니다. 누군가의 주장에 의하면 당시 공수 부대원들은 시위 진압 전에 공산당을 때려잡는 이른바 충정 훈련•을 받았고, 베트남 전쟁에 참여했던 이들도 적지 않았으며, 시위 진압 당시 식사를 제때 못한 채 술을 마신 상태였다고 합니다.

공수 부대원들은 시위대를 인간으로 대하지 않았습니다. 군홧발로 짓이기고, 곤봉으로 머리를 부수며, 대검으로 찌르기까지 했습니다. 한 나라의 군인이 자신이 지켜야 할 국민을 보호하지 않고 오히려 폭력을 행사한 것입니다. 소설가 황석영의 기록에 의하면, 어느 할아버지는 "일제 때 무서운 순사들도 많이 보고, 6·25 때 공산당도 겪었지만 저렇게 잔인하게 죽이는 놈들은 처음 보았다. 학생들이 무슨 죄가 있길래 저러는가. 저놈들은 국군의 탈을 쓴 악귀들이야." 하면서 통곡했다고 하고, 어느 중년의 사내는 "나는 월남전에서 베트콩도 죽여 봤지만, 저렇게 잔인하지는 않았다. 저런 식으로 죽일 바엔 그냥 총으로 쏴 죽이지."라며 공수 부대의 잔인함에 치를 떨었다고 합니다.

시위는 학생 운동에서 어느덧 시민 항쟁으로 변모했습니다. 공수 부대원들의 무차별 폭력을 목격한 시민들이 시위에 합세한 것입니다. 5월 20일 시위대의 숫자는 어느덧 10만여 명을 훌쩍 넘어섰습니다. 택

• **충정 훈련** 시위 진압을 위해 군대에서 실시한 공세적 진압 교육 훈련이다. 1980년 초부터 신군부는 특전 부대를 중심으로 대도시 부근 일반 부대까지 강도 높게 충정 훈련을 실시하였다.

1980년 5월의 광주　광주 민주화 운동 당시 광주에는 무장한 군인들이 투입되어 시민 시위대를 진압하였다.

시 기사들의 차량 시위를 계기로 노동자, 회사원, 도시 빈민까지 시위에 적극적으로 가담했지요. 5월 21일은 더욱 치열했습니다. 일부 시위대가 자동차 공장에서 장갑차를 가져와 공수 부대와 대치하자 군인들이 사격을 가한 것이었습니다. 이때 시위대 54명이 목숨을 잃었지요. 계엄군의 발포에 분노한 시위대는 더욱 과감해졌습니다. 광주 인근 지역의 경찰서, 파출소에 있던 소총으로 무장한 것입니다. 이들 시민군은 계엄군과의 총격전 끝에 전남 도청을 점거합니다. 이날 계엄사령관은 광주에서 '고정간첩 및 불순분자'가 폭동을 일으켰다고 발표합니다. 이승만 이래 역대 정권에서 이용했던 반공 이데올로기를 다시 꺼내어 시민군에게 '빨갱이' 딱지를 붙이고 광주 민주화 운동을 왜곡한 것입니다.

광주 시내를 장악한 시민군과 시위 군중은 5·18 수습 대책 위원회를 결성하여 계엄군과 협상을 시도합니다. 그리고 그 와중에 상당수의 무기를 자진해서 반납합니다. 하지만 협상은 제대로 이루어지지 않았고, 5월 26일 계엄군은 시내로 재진입한 뒤 무기를 반납하지 않으면 공격한다는 엄포를 놓습니다. 5월 27일 새벽, 4천 명의 군인들이 일방적인 공격으로 시위 진압 작전을 개시합니다. 그리고 4시간 만에 작전을 마무리합니다. 열흘 동안 벌어진 광주 민주화 운동이 끝을 맺었던 것입니다. 이후 신군부는 거칠 것 없이 권력을 장악했지요.

광주 민주화 운동을 알린 미 문화원 사건 신군부가 권력을 장악하는 과정과 광주 민주화 운동을 살펴보면 납득하기 어려운 부분이 있습니다. 바로 미국의 태도입니다. 당시만 해도 우리 국민에게 미국은 자유민주주의의 수호자이면서 정의로운 국가였습니다. 그런데 이런 미국이 민주주의를 유린하고 민간인을 학살한 신군부를 지지한 것입니다. 미국의 레이건 대통령은 취임하자마자 전두환 대통령을 초청하여 그에 대한 지지를 표했지요. 미국의 이와 같은 행동은 동북아시아에서 사회주의 국가가 더 이상 나오지 못하도록 하기 위한 것이었습니다. 그런 까닭에 미국은 반공을 외치면 그 어떤 정권이라도 승인해 주었지요.

미국의 이런 태도를 가장 먼저 눈치챈 것은 광주 민주화 운동을 이끌던 이들이었습니다. 광주 민주화 운동이 진압되기 직전, 광주의 대학생들은 시민들에게 "지금 부산 앞바다에는 미 항공모함 두 대가 정박해 있습니다. 잔인무도한 저들의 살육이 계속되는 것을 방지하고 광주 시민을 지원하기 위해 왔습니다."라는 가두방송을 했지요. 그러나 미국은 광주에서 일어난 학살에는 눈을 감은 채 전두환 정부의 성립을 인정해 주는 듯한 태도를 보일 뿐이었습니다. 이때부터 시민들은 미국에 대해 분노와 배신감을 느끼기 시작했습니다.

1980년 12월 9일, 광주 시내에 있던 광주 미 문화원에 불길이 솟았습니다. 전남 지역 농민회 회원과 대학생들이 미 문화원에 휘발유를 뿌린 뒤 불을 지른 것입니다. 이들이 미 문화원에 불을 지른 까닭은 방화 가담자였던 임종수의 항소 이유서에 잘 드러나 있습니다. 그는 미 문화원 방화는 5·18 광주 민주화 운동의 역사적 의의와 분리해서 파악할 수 없으며 인권 유린에 대한 고발과 광주 민주화 운동의 숭고한 이념을 만천하에 표방하는 수단이었다고 밝힙니다. 불을 지른 것은 잘못이지만 그래야만 사회적으로 광주 민주화 운동을 알릴 수 있었던 것입니다. 그러나 이 사건은 사회적 파장을 일으키지 못한 채 단순 방화 사건으로 처리되고 말았습니다.

1982년 3월, 이번에는 부산 미 문화원에서 화재가 일어납니다. 고신대 학생 문부식을 비롯한 부산 지역 대학생 10여 명이 미 문화원 건물에 불을 질렀지요. 이 사건 역시 광주 학살의 원흉이던 독재 정권과 그들을 묵인한 미국에 대한 분노로 일어난 것이었습니다. 이 사건은 비교적 널리 알려졌습니다. 한 달 동안이나 각종 뉴스에서 이 사건을 다루었고, 해외 언론에서조차 톱뉴스로 보도했으니까요. 방화라는 과격한 행동이 정당화될 수는 없지만 미국의 실체와 1980년 5월의 광주를 알리는 데에 미 문화원 방화 사건은 적지 않은 기여를 했습니다.

부산 미 문화원 사건이 일어난 지 3년 후 이번에는 서울에서 미 문화원 점거 농성이 일어납니다. 1985년 5월 23일, 서울 지역 5개 대학 학생 73명은 미 문화원 도서관을 기습 점거합니다. 이들은 미국이 광주 학살을 책임지고 사과하라는 구호를 외치며 전두환 독재 정권에 대한 미국의 지지 철회를 요구합니다. 이들은 과격한 행동 대신 단식 농성을 하면서 내외신 기자들에게 자신들의 주장을 펼쳐 보입니다. 이들 주장의 요지는 1980년 5월 한미 연합 사령부의 지휘 아래 있던 한국군이 광주로 병력을 이동한 것을 미국이 승인하거나 묵인한 것에 대해 책임을 지라는 것이었습니다. 물론 미국은 그들의 요구를 받아들이지 않았지요.

결과를 놓고 보면 미 문화원 점거 농성은 실패라고 할 수 있습니다. 그러나 수도 서울에서 수많은 기자의 시선을 받으며 미 문화원을 3일 동안 점거했다는 사실은 그 자체만으로도 의미 있는 일이었습니다. 3일 동안 국내외 언론의 주목을 받으며 광주의 진실을 말할 수 있었으니까요. 이 사건을 계기로 국회에서는 광주 민주화 운동의 진상이 무엇인지를 두고 여야 간 공방이 일어났고, 두려움과 공포 속에 침묵하던 시민들과 학생들이 민주화를 위해 용기 있는 발언을 하기 시작합니다.

1980년대에는 서울의 봄과 광주 민주화 운동을 시작으로 곳곳에서 반독재 투쟁이 거세게 일어났습니다. 그와 동시에 반미 운동도 함께 일어났지요. 한때 우리 경제를 원조했었고, 6·25 전쟁에 참전하여 많은 희생을 치렀으며, 자유 민주주의의 수호자라는 이미지를 지녔던 미국에 대해 의심을 하기 시작한 것입니다. 미국은 한국의 민주주의보다 자신의 국제적 이익을 더 중시하는 나라라는 생각이 시민과 학생 사이에서 생겨났던 것입니다.

학살 2

김남주

몸매가 작아 내 누이 같고
허리가 길어 내 여인 같은 나라여
누구의 하늘도 침노한 적이 없고
누구의 영토도 넘본 적이 없는
비둘기와 황소의 나라 내 조국이여
누가 너를 남과 북으로 갈라놓았느냐
누가 네 마을과 네 도시를
아비규환의 아수라로 만들어 놓았느냐
누가 허리 꺾인 네 상처에
꽃잎 대신 철가시 바늘을 꽂아 놓았느냐
판문점에서 너를 대표한 자 누구이며
도마 위에 너를 올려놓고 초 치고 장 치고 포 치고 차 치고
내 조국의 운명을 요리하는 자 누구냐
입으로는 자유와 평화를 사랑하고
뒷전에서는 원격 조종의 끄나풀로 꼭두각시를 앞장세워
제 조국의 해방과 독립을 위해 싸우는 민중들을
계획적으로 학살하는 아메리카여
보아다오, 너희들과 너희들 똘마니들이 저질러 놓은 범죄를

보아다오, 음모와 착취로 뒤덮인 이 땅을

보아다오, 너희들이 팔아먹은 탄환으로 벌집투성이가 된 내 조국의 심장을.

김남주

1946~1994

전남 해남 출생. 1974년 『창작과 비평』에 「잿더미」를 발표하며 등단하였다. 그는 부당한 정치권력에 대한 저항을 시로 승화시키고 시를 변혁의 무기로 삼아 투쟁하였다. 시집으로 『나의 칼 나의 피』, 『조국은 하나다』, 『사상의 거처』 등이 있다.

한국 현대 시에서 반미 감정이 표현된 것은 1960년대부터였습니다. 6·25 전쟁 전후만 하더라도 미국은 자유 민주주의 수호자로서의 이미지를 지니고 있었습니다. 그러나 미군의 주둔이 장기화되면서 양공주와 혼혈아 문제가 발생하였고, 미국이 독재 정권을 감싸면서 반미 감정이 표출되기 시작했습니다. 신동엽 시인의 「금강」과 김수영 시인의 「가다오 나가다오」와 같은 작품에는 이미 미국에 대한 비판적인 의식이 표현되어 있었습니다. 하지만 이 작품들은 시민과 학생으로부터 큰 공감을 얻지는 못했습니다. 역사에서 살펴보았듯이 반미 정서가 사회적으로 확산되고 시적으로 뚜렷이 표현된 것은 1980년 광주 민주화 운동 이후였습니다. 이제 김남주 시인의 「학살 2」를 감상하면서 광주 민주화 운동과 반미의 정서가 어떻게 시에 수용되었는지 살펴보겠습니다.

김남주 시인은 소위 남민전 사건에 연루되어 옥고를 치른 시인입니다. 남민전(남조선 민족 해방 전선 준비 위원회)은 박정희 유신 체제를 반대하고 민주주의를 추구했으며, 한편으로 미국을 중심으로 한 제국주의적인 질서를 비판하고 민족 해방 운동을 목표로 했던 비밀 단체였습니다. 처음부터 김남주 시인은 반미 성향이 강한 시인이었습니다. 1980년 미국의 묵인 아래 광주에서 공수 부대가 시민들을 학살하고 있을 때, 시인은 감옥에 있었습니다. 하지만 그는 광주의 소식을 접했고 누구보다 뜨거운 마음으로 광주의 현실을 「학살」 연작으로 고발합니다.

시인은 「학살 1」에서 광주의 참상을 스페인 내전 중 민간인 2천여 명이 부상이나 학살을 당했던 게르니카의 상황과 비교합니다. 게르니카는 스페인 바스크 지역의 작은 도시 이름입니다. 그런데 이곳에 갑자기 독일군 비행기들이 나타나 무차별적으로 폭격을 감행, 민간인을 대량 살상하는 일이 벌어집니다. 김남주 시인은 1980년의 광주가 게르니카보다 끔찍했음을 고발합니다. 처녀와 아이마저 아무런 이유 없이 군인들의 총칼에 죽임을 당했으니 그 어떤 학살보다도 잔인했다고 할 수 있지요.

이제 본격적으로 「학살 2」를 볼까요. 시의 첫 구절을 보면 시인이 조국을 얼마나 살뜰하게 대했는지 나타납니다. 1행과 2행에서 조국은 각각 '내 누이'와 '내 여인'으로 표현되는데 남자들에게 '누이'란 어머니의 또 다른 모습입니다. 따뜻하고 포근하며 정겨운 이미지를 느낄 수 있지요. 2행의 '내 여인'은 사랑하는 연인이겠지요. 시인은 자신의 조국을 누이와 여인처럼 살갑게 대했습니다. 그리고 그 조국은 비둘기처럼 평화롭고, 황소처럼 역동적이었습니다. 그런데 이처럼 살가운 조국은 누군가에 의해서 남북으로 갈라집니다. 또한 그 누군가에 의해 아비규환의 전쟁터로 변합니다. 그들은 우리를 대신해서 판문점에서 전후 협상을 벌이기도 했습니다. 누군가 조국의 운명을 도마 위에 올려놓고 요리해 버린 것이지요. 그렇다면 판문점에서 우리를 대신했던 자가 누구일까요? 휴전 협정을 맺은 실제 당사자가 누구일까요? 그것은 다름 아닌 미국이었습니다. 시인은 미국이 전쟁과 분단의 책임을 져야 한다고 보았던 것입니다.

14행의 "입으로는 자유와 평화를 사랑하고"라는 구절에서 우리는 자유 민주주의 수호자를 자처하는 미국의 이미지를 쉽게 떠올릴 수 있습니다. 미국은 그들의 표현대로 세계 곳곳에서 자유 민주주의를 수호하기 위해, 불량 국가를 혼내 주기 위해 전쟁을 벌여 왔으니 말이지요. 하지만 시인은 실제로는 미국이 뒷전에서 원격 조종의 끄나풀로 꼭두각시를 앞장세운다고 말합니다. 그리고 그들로 하여금 조국의 해방과 독립을 위해 싸우는 민중들을 학살하게 한다고 말합니다. 여기서 꼭두각시란 전두환 독재 정권을 의미할 것이며, 학살된 민중은 광주 민주화 운동의 희생자들을 의미할 것입니다. 결국 '학살'의 책임에서 미국도 자유로울 수 없다는 점을 밝히고 있는 것이지요.

그 당시 김남주 시인은 시인보다 전사(戰士)로 불리기를 원했다고 합니다. 엄혹한 현실을 직시하고 이를 고발할 때는 곱게 걸러진 서정적인 목소리보다는 거칠고 직설적인 목소리가 더욱 효과적이겠지요. 그런 까닭에 김남주의 작품은 시를 읽는다기보다 선동적인 구호를 보는 듯한 인상을 주기도 합니다.

김남주 시인이 살던 시대에 그저 아름답기만 한 서정시는 어떤 의미가 있었을까요. 모순덩어리인 세상을 곱고 아름답게만 표현한다면 그것이 오히려 거짓일 수 있겠지요. 게르니카의 참상을 그린 피카소의 작품 「게르니카」를 보세요. 흰색, 검은색, 황토색 등을 이용하여 마치 흑백 사진과 같은 느낌을 전달해 줄 뿐, 결코 서정적인 아름다움을 지니고 있지 않습니다. 그러나 그 그림은 어떤 그림보다도 진한 감동과 함께 전쟁의 참혹함을 우리에게 일깨웁니다. 김남주 시인의 「학살」 연작도 마찬가지입니다. 문학적인 기교와 아름다움은 덜하겠지만 담백하고 솔직한 언어는 우리의 가슴을 움직입니다.

민주화와 노동 운동을 전개하다

1987년 6월 민주 항쟁과 노동 운동

1987년 6월 민주 항쟁의 배경　우리나라는 아시아에서 시민 스스로 민주화를 이룬 몇 안 되는 나라입니다. 중국은 여전히 권위주의적인 공산당 정부가 집권하고 있고, 일본은 시민 스스로 민주화를 이루었다고 보기 어려우며, 태국이나 미얀마 같은 동남아시아 국가들은 여전히 정치적인 혼란을 겪고 있습니다. 중동 지역에 있는 사우디아라비아라든가 오만, 바레인 같은 국가는 아직도 군주가 다스리는 나라이지요. 그러고 보면 우리나라가 민주화를 이룬 것은 아시아적인 사건이라고 말할 수 있습니다. 일제의 식민 지배와 분단의 시련을 겪으면서도 시민 스스로 민주화를 이루었으니 그 의미는 더 클 것입니다. 비록 정치인의 수준은 높다고 말할 수 없지만 시민의 정치적인 역량은 세계 최고 수준이라고 할 수 있습니다. 이런 역량은 4·19 혁명으로 폭발한 뒤 광주 민주화 운동으로 이어졌고, 1987년 6월 민주 항쟁으로 계승되었지요. 그렇다면 6월 민주 항쟁은 어떤 과정을 통해 일어났던 것일까요.

우리가 앞에서 살펴본 1985년 서울 미 문화원 점거 농성은 이른바 '민주화 추진 위원회'에 참여한 학생들이 주도했습니다. 민주화 추진 위원회는 '민족 통일, 민중 해방, 민주 쟁취'를 목표로 내걸고 서울 대학교 학생을 주축으로 활동을 해 왔습니다. 물론 이 단체는 얼마 못 가서 전두환 정권에 발각되어 관련자 26명이 체포되고 해체됩니다. 그러나 학생들은 또다시 여러 조직을 만들어 활동합니다. 그러던 중, 서울대 언어학과 3학년 학생 박종철이 경찰에 연행당하는 일이 벌어집니다. 수사관들은 그에게 당시 학생 운동 조직을 이끌던 박종운이 어디에 있는지 알아내고자 했지요. 하지만 박종철은 끝내 입을 열지 않았고 가혹한 물고문으로 숨을 거둡니다(1987. 1.). 경찰의 고문으로 앞날이 창창한 젊은 청년이 목숨을 잃은 것입니다.

6월 민주 항쟁의 전개 과정 경찰은 사건을 은폐하기 위해 '탁! 치니 억! 하고 죽었다.'는 말도 안 되는 수사 결과를 내놓습니다. 그러나 경찰의 발표를 믿을 사람은 아무도 없었지요. 그 당시 사회적 분위기는 이미 전두환 정권에 등을 돌린 지 오래였으니까요. 정권 후반기였던 1985년에는 각계각층으로 나뉘어 있던 민주화 운동 단체들이 '민주 통일 민중 운동 연합'[●]을 결성하여서 한목소리를 내고 있었고, 1986년

2월에는 대통령 직선제 개헌 1천만 명 서명 운동도 전국적으로 뜨겁게 일어나고 있었습니다. 대학교수 700여 명도 시국 선언을 통해 개헌을 지지했지요. 이런 열기 속에서 박종철 사망 사건을 은폐하려던 전두환 정권의 시도는 불난 집에 기름을 끼얹는 격이었습니다.

시민들은 흥분했습니다. 수만 명의 시민, 학생들은 '박종철 추모대회'와 '고문 추방 민주화 대행진'을 벌이면서 '대통령 직선제 개헌'과 '독재 정권 타도'를 외쳤습니다. 전두환 정권은 다급해졌습니다. 임기가 얼마 남지 않았고, 자신의 후계자로 노태우를 예정해 둔 상황에서 시위가 들불처럼 번졌으니까요. 전두환은 그해 4월 13일 호헌 조치를 발표합니다. 호헌 조치는 기존의 헌법을 유지한다는 것으로, 대통령 직선제로 개헌하자는 모든 논의를 중단시키는 조치였습니다.

시민들은 거세게 반발했습니다. 당시 야당과 민주 통일 민중 운동 연합은 공동으로 '민주 헌법 쟁취 국민운동 본부'를 구성(1987. 5.)하여 각 지역에서 시위를 주도합니다. 하지만 전두환 정권은 시민들의 요구에 아랑곳하지 않고 그해 6월 10일 서울 잠실 체육관에서 대통령 후보 선출을 위한 전당 대회를 치릅니다. 그런데 노태우가 대통령 후보로 선출되기 만 하루 전인 6월 9일, 또 한 명의 젊은 청년이 목숨을 잃었습니다. 바로 연세대생 이한열입니다. 시위 도중 경찰이 쏜 최루

• **민주 통일 민중 운동 연합** 약칭 '민통련'이라고 하며, 1985년 3월에 25개 재야 민주 운동 단체들이 연합하여 발족한 단체이다. 노동자, 농민, 청년, 언론 등 사회 각 분야의 민주화 운동 단체가 두루 참여해 결성하였다.

1987년 6월 9일 최루탄에 맞아 피를 흘리는 이한열 이 사진은 다음 날 주요 일간지 사회 면에 실렸고, 사진을 본 시민들은 거리로 나와 시위대에 합류하였다.

탄에 맞아 숨을 거둔 것입니다. 최루탄에 맞아 피 흘리며 동료에게 의지하고 있는 이한열의 사진은 다음 날 『중앙 일보』 사회 면에 실렸고 시위는 전국적으로 확산되었습니다. 서울, 광주, 부산, 대전, 인천 등 전국 18개 도시에서 시민들과 학생들이 호헌 조치 철폐, 군사 독재 타도, 민주 헌법 쟁취, 미국의 간섭 반대 등을 외치며 격렬하게 시위를 벌였습니다. 경찰은 무차별적으로 최루탄을 쏘며 시위를 봉쇄했지만 성난 시위대를 막을 수는 없었습니다. 시위대는 전국적으로 50만여 명을 넘어섰으며 경찰에 연행된 사람만 3천8백 명에 이르렀습니다.

그전까지 시위가 주로 학생 중심으로 이루어진 데 비해서, 이해 6월의 민주 항쟁은 시민 대다수가 적극적으로 나선 민주화 투쟁이었습니다. 청년 학생뿐만 아니라 사무직 노동자, 생산직 노동자, 도시 소상인, 자영업자, 농민 등 광범위한 사회 계층으로 이루어진 반독재 투쟁의 성격을 띠고 있었지요. 특정한 계층이 자신의 이익을 위해 벌였던 행동이 아니라 공동체를 위해 모든 계층이 하나를 이루었기에 6월 민주 항쟁은 큰 의미가 있습니다.

시위는 멈추지 않고 계속되었습니다. 6월 18일 최루탄 추방 대회에는 20만 명의 시민, 학생이 참여했고, 6월 26일 민주 헌법 쟁취 국민 평화 대행진에는 전국 34개 시에서 130만여 명이 시위에 가담했습니다. 6월 10일 이후 전국에서 열린 시위는 모두 2,145회에 이르렀지요. 아무리 전두환 정권이라고 해도 국민적인 대규모 저항 앞에서는 고개를 떨구지 않을 수 없었습니다. 마침내 민정당 대통령 후보 노태우는

6·29 선언을 하게 됩니다. 그 내용은 여야 합의에 의한 대통령 직선제 개헌, 공명선거 실시, 김대중 사면·복권 및 시국 관련 사범 석방, 지방 의회 구성, 대학 자율화와 교육 자치 실현 등이었습니다.

노동 운동의 전개와 그에 대한 탄압 6·29 선언으로 민주화의 열기가 고조되던 때에 이번에는 노동자들이 파업 투쟁을 일으켰습니다. 1987년 7, 8월 노동자 대투쟁이 그것입니다. 우리나라의 노동자들은 오랫동안 저임금에 시달려야 했습니다. 기업은 잠재적인 소비층인 노동자들에게 이윤을 고루 분배한 것이 아니라 수출을 통해서 덩치를 키워 왔습니다. 또한 국가도 기업들에 수출을 적극 권장해 왔습니다. 이런 구조 속에서 노동자들의 열악한 노동 조건은 개선되지 않았습니다. 노동자들도 유교적인 윤리에 바탕을 둔 체제 순응적인 태도에서 벗어나기가 어려웠고요. 그러나 자신들에게 희생을 강요하던 정부가 부도덕한 정권이라는 것이 드러나면서 상황이 달라졌습니다. 부도덕한 정부의 요구를 더 이상 받아들일 이유가 없었기에 억눌렸던 노동자의 여러 요구를 분출하기 시작했습니다. 아무리 힘없는 시민이라 하더라도 서로 뭉쳐서 연대하면 독재 정권도 무너뜨릴 수 있다는 것을 보여 준 6월 항쟁의 경험도 힘이 되었지요.

1987년 7월부터 10월까지 총 3,311건의 노동 쟁의가 발생했고, 120만 명 이상이 파업에 가담했습니다. 노동조합의 숫자도 기하급수적으로 늘어났습니다. 시민이 연대하여 독재를 물리쳤듯이 노동조합으로 연대해 사업주의 횡포에 맞서고자 했기 때문이지요. 노동자들이 조직화되자 정부는 언론을 이용해서 노동자 단체에 좌경 용공 세력이 침투했고 불순 세력이 개입되었다며 노동 운동을 탄압했습니다. 아쉽게도 노동자들의 시위는 계속되기 어려웠습니다. 사상 최대의 호황 속에서 중산층은 노동 운동에 등을 돌렸고 시민, 학생, 지식인도 적극적인 지지를 보내지 않았지요.

6월 민주 항쟁과 노동 운동의 의의와 한계 1987년 민주화 운동과 노동 운동에서 가장 아쉬운 점은 시민들이 힘겹게 얻은 성과를 정치인들이 지켜 내지 못했다는 사실입니다. 시민들의 정치적인 성숙에 비해 정치인들의 역량이 부족했던 것입니다. 당시 야당을 대표하던 세력은 통일 민주당의 김영삼 지지 세력과 평화 민주당의 김대중 지지 세력으로 양분되어 있었습니다. 이들은 대통령 후보 단일화에 실패한 채 민정당 대통령 후보였던 노태우를 상대로 서로 다투게 됩니다. 결국 6·29 선언 등을 통해 이미지를 쇄신한 노태우가 단일화에 실패한 야당 후보들을 누르고 대통령으로 당선되었지요. 12·12 군사 쿠데타를 일으키고 광주 민주화 운동을 무력으로 탄압한 주역이 대통령이 된 것입니다.

비록 아쉬움이 없지는 않지만 1987년 6월 민주 항쟁은 시민의 힘으로 독재 정권을 무너뜨리고 민주주의를 발전시킨 사건입니다. 또한 노동 운동의 성과 역시 역사적인 의미가 있습니다. 비록 당시에는 시민들의 호응을 얻는 데 어려움을 겪었지만 이후 지속적인 노동 운동을 통해서 1995년 전국 민주 노동조합 총연맹(민주노총)을 성립시킬 수 있었습니다. 2000년에는 '민주 노동당'의 창당을 통해 노동자들이 정치적인 역량을 발휘할 수 있는 정치 조직을 갖추었지요.

20세기 후반 민주 혁명을 이룬 나라는 세계적으로도 드뭅니다. 이런 점을 돌이켜 보면 우리 국민의 힘은 대단하다고 평가할 수 있습니다. 무고한 시민들을 반공 이데올로기로 옭아매고 빨갱이 누명을 씌우던 분단국가에서 민주주의를 이끌어 낸 6월 민주 항쟁과 노동 운동은 자랑스러운 우리 역사입니다.

지문을 부른다

박노해

진눈깨비 속을
웅크려 헤쳐 나가며 작업 시간에
가끔 이렇게 일 보러 나오면
참말 좋겠다고 웃음 나누며
우리는 동회로 들어선다

초라한 스물아홉 사내의
사진 껍질을 벗기며
가리봉동 공단에 묻힌 지가
어언 육 년, 세월은 밤낮으로 흘러
뜻도 없이 죽음처럼 노동 속에 흘러
한 번쯤은 똑같은 국민임을 확인하며
주민 등록 갱신을 한다

평생토록 죄진 적 없이
이 손으로 우리 식구 먹여 살리고
수출품을 생산해 온
검고 투박한 자랑스런 손을 들어

지문을 찍는다
아
없어, 선명하게
없어,
노동 속에 문드러져
너와 나 사람마다 다르다는
지문이 나오지를 않아
없어, 정 형도 이 형도 문 형도
사라져 버렸어
임석 경찰은 화를 내도
긴 노동 속에
물 건너간 수출품 속에 묻혀
지문도, 청춘도, 존재마저
사라져 버렸나 봐

몇 번이고 찍어 보다
끝내 지문이 나오지 않는 화공 약품 공장
아가씨들은 끝내 울음이 북받치고
줄지어 나오는, 지문 나오지 않는 사람들끼리
우리는 존재조차 없어
강도질해도 흔적도 남지 않을 거라며
정 형이 농 지껄여도

더 이상 아무도 웃지 않는다

지문 없는 우리들은
얼어붙은 침묵으로
똑같은 국민임을 되뇌이며
파편으로 내리꽂히는 진눈깨비 속을 헤쳐
공단 속으로 묻혀져 간다
선명하게 되살아날
지문을 부르며
노동자의 푸르른 생명을 부르며
되살아날
너와 나의 존재
노동자의 새봄을
부르며 부르며
진눈깨비 속으로,
타오르는 갈망으로 간다

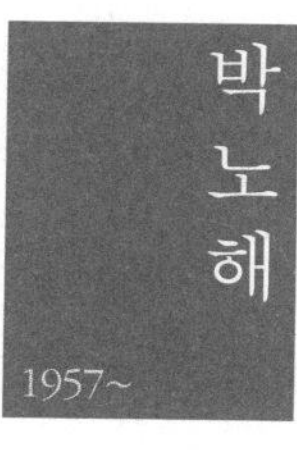

전남 함평 출생. 1983년 『시와 경제』에 「시다의 꿈」 등을 발표하며 등단하였다. 섬유, 화학, 건설, 금속, 운수 노동자로 일했으며, 노동 현실에 관심을 갖고 이와 관련된 시를 주로 발표하였다. 시집으로 『노동의 새벽』, 『참된 시작』 등이 있다.

1987년은 우리나라 근현대사에서 아주 중요한 시기였습니다. 이때 시민 사회는 대통령 직선제 개헌을 이끌어 내는 등 민주주의를 한층 발전시킬 토대를 마련했지요. 1987년은 노동 운동에도 획기적인 전환점이었습니다. 이전까지 노동자들은 수출 역군이라고 불리면서도 온갖 희생을 감수해야 했습니다. 수출을 해야 경제가 성장한다는 논리 아래 저임금, 장시간 노동에 시달렸던 것이지요. 그러면서도 노동자들은 자신들의 권리를 정당하게 누리지 못했습니다. 1987년, 노동자들은 일어섰습니다. 부도덕한 정부와 기업의 요구를 더 이상 들어줄 수 없었던 것입니다. 이처럼 노동자들이 저항을 하게 된 데에는 자신들의 처지를 정확히 일깨우던 이들이 있었기에 가능했습니다. 박노해 시인도 그중 한 사람이지요. 그는 주로 열악한 노동 현장을 시로 표현하여 노동자들의 의식을 각성시켰습니다. 그의 작품 중에서 「지문을 부른다」를 감상하겠습니다.

우리나라에는 시민들이 주민 등록을 갱신하는 제도가 있습니다. 주민 등록이 말살되거나 잘못되었을 경우를 생각해서 만든 제도이지요. 주민 등록증을 처음 발급받거나 갱신할 때에는 지문을 주민 센터에 남겨야 합니다. 어떻게 보면 이 제도는 일반 시민들을 잠재적인 범죄자로 간주한다고도 볼 수 있습니다. 지문을 채취하는 것은 대개 범죄자들을 식별하기 위해서니까요. 어찌 되었든 간에 우리나라 국민이라면 누구든 주민 등록을 갱신할 때 지문을 찍지요.

작품 속에서 노동자들이 경찰 앞에서 지문을 찍고 있습니다. 화자는 이 행위를 노동자들도 한 번쯤은 똑같은 국민임을 확인하는 행위로 받아들이고 있습니다. 험한 일을 하면서도 제대로 대우받아 본 적이 없어서 언제나 차별받는다고 느끼는데 지문을 찍을 때만큼은 평등해지기 때문이었지요. 그런데 문제가 생겼습니다. 아무리 지문을 찍으려고 해도 지문이 찍히지 않는 일이 벌어진 것입니다. '정 형', '이 형', '문 형', 너나 할 것 없이 모두 지문이 사라져 버린 것입니다. 지문이 없다? 그 이유는 화공 약품 공장에서 지문이 닳아 없어질 때까지 험한 일을 했기 때문입니다.

지문이 없다는 것이 노동자들에게 어떤 의미였을까요? 지문이 없다는 것은 자신을 증명할 수 없다는 의미이고, 그것은 일상적인 사람의 자격을 지니지 못한다는 뜻으로 해석될 수 있습니다. "지문도, 청춘도, 존재마저/사라져 버렸나 봐"라는 구절에는 고된 노동으로 고통받는 삶뿐만 아니라 인간으로서의 존엄마저 잃어 가는 비극적인 현실에 대한 안타까움도 함께 표현되어 있습니다. 아가씨들이 끝내 울음이 북받쳤던 것은 존재의 의미조차 지닐 수 없는 자신들의 처지를 떠올렸기 때문일 것입니다.

이쯤에서 작품이 마무리되어도 이 시는 노동자들의 열악한 환경을 고발한 의의를 지닐 것입니다. 노동자 스스로 자신의 삶을 각성하는 계기를 충분히 제시했으니까요. 그러나 시인은 여기에서 멈추지 않고 이 시의 마지막 연에서 희망을 드러냅니다. 일단 그들은 침묵의 시위를 벌입니다. "얼어붙은 침묵으로/똑같은 국민임을 되뇌이며"라는 구절에서 그동안 억압받고 차별받았던 노동자들의 삶이 고스란히 느껴지네요. 이들은 작품의 제목처럼 선명하게 되살아날 '지문을 부르며' 앞으로 나아갑니다. "너와 나의 존재/노동자의 새봄을/부르며 부르며/진눈깨비 속으로,/타오르는 갈망으로" 나아갑니다. 언젠가는 노동의 진정한 가치를 인정받는 날이 오리라는 기대를 느낄 수 있지요.

이처럼 박노해 시인은 노동 현실을 구체화하는 동시에 노동자들이 희망으로 연대하는 모습을 지속적으로 형상화해 왔습니다. 그의 시는 1980년대에 노동 문학을 꽃피우는 계기가 되었고, 문학 전반에 노동자의 삶에 관심을 가지도록 자극을 주었습니다.

삶을 위한 교육을 꿈꾸던 날들

교육 민주화 운동

교육 민주화 운동의 배경 군사 정부가 집권하던 시절, 권위주의적인 사회 분위기가 곳곳에 만연해 있었습니다. 상부의 명령에 복종하는 군사 문화가 널리 퍼져 있었던 것입니다. 정부에서 내려온 지침이나 대통령의 말 한마디는 비판적인 검토 없이 받아들여야만 했습니다. 심지어 지성의 전당이라고 하는 대학에서마저도 일부 어용 교수들이 정부의 명령에 따라 학생 시위를 막는 데에 나서기도 했지요. 하지만 이에 대한 저항도 만만치 않았습니다. 이번 장에서 살펴볼 내용은 그러한 저항 중 하나였던 교육 민주화 운동입니다.

교육 민주화 운동은 긴 역사를 지니고 있습니다. 1960년, 이승만 정권이 3·15 부정 선거를 저질렀을 때 교수와 교사는 부정 선거 규탄 집회에 적극적으로 참여합니다. 그러면서 이들은 교직원의 이해를 대변

할 집단의 필요성을 느낍니다. 그래서 1960년 4월, 대구 지역에서 중등 교원 노조가 결성됩니다. 그리고 한 달이 채 안 되어 '전국 교원 노조 연맹'으로 발전합니다. 하지만 4·19 혁명 이후 성립된 과도 정부는 교원 노조 운동을 불법으로 규정하고 관련자들을 파면하고 해임했지요. 이후 군사 정권이 들어서면서 교육 민주화 운동은 한동안 주춤할 수밖에 없었습니다.

체제 유지 수단으로서의 교육 역대 군사 정권은 교육을 효율적으로 활용해 왔습니다. 사회학자 루이 알튀세르는 학교를 이데올로기적 국가 기구로 보았습니다. 그에 의하면 국가를 통치하는 기구에는 크게 두 가지가 있습니다. 첫째는 경찰과 군대처럼 강력한 힘을 바탕으로 명령과 처벌을 수행하는 억압적 국가 기구이고, 둘째는 시민들의 생각을 지배하는 이데올로기적 국가 기구입니다. 종교, 정치, 문화와 같이 사람들의 생각이나 사고에 영향을 미치는 것이 여기에 해당합니다. 교육도 이데올로기적 국가 기구입니다. 아직 가치관과 세계관이 정립되지 않은 학생들에게 특정한 가치관을 심어 줄 수 있기 때문이지요. 역대 군사 정권은 교육의 이런 측면을 효율적으로 활용해 왔습니다.

가장 대표적인 것은 박정희 정권 시절의 국민 교육 헌장입니다. 학생들은 이 헌장을 기계적으로 외우면서 개인의 자유와 권리보다 집단적인 가치가 더 중요하다는 것을 자신도 모르게 내면화했지요. 정부는 의도적으로 체제에 순응하는 인간을 만들어 냈던 것입니다. 국민 교육 헌장 못지않게 월요일 아침 운동장에서 행해지던 애국 조회도 집단주의적이고 획일적인 문화를 만들어 내는 기능을 했습니다. 이 밖에도 『국민 윤리』를 비롯한 교과서 내용도 학생들이 집단적 가치를 받아들이도록 만들었지요. 이런 관습들은 전두환, 노태우 정권 시절에도 착실하게 이어져 교육이 체제 순응적인 인간을 길러 내는 도구로 쓰일 수 있음을 단적으로 보여 주었습니다.

『민중 교육』 사건과 교육 민주화 선언 한동안 숨죽였던 교육 민주화 운동에 다시 불이 붙게 된 것은 1985년에 있었던 소위 『민중 교육』 사건 때문입니다. 『민중 교육』은 '교육의 민주화를 위하여'라는 부제를 달고 나온 잡지였습니다. 이 책은 일선 학교에서 벌어지는 문제와 학교에서 무엇을 가르칠 것인지에 대한 고민을 담아내고 있었습니다. 교사 김진경, 윤재철 등이 주도했던 이 잡지의 집필진은 대개 일선 학교 교사들이었습니다. 특히 YMCA 중등 교육자 협회 교사들이 주를 이루었지요. 이들은 논문과 좌담, 시, 교육 사례를 통해 권위주의적인 교육, 입시 위주의 교육, 정권 유지의 도구가 된 교육을 비판했습니다. 그런데 이 잡지는 누군가의 제보로 서울시 교육 위원회에서 불온서적으로 낙인찍혔고 급기야 관련 교사들이 경찰서에 연행되어 조사를 받습니다. 때마침 MBC와 KBS는 「민중 교육, 당신의 자녀를 노린다」와 같은 프로그램을 통해 이들이 마치 북한과 연관된 것처럼 보도해 여론을 조작했습니다. 이 당시만 해도 언론이 정권으로부터 자유로울 수 없던 시절이었지요. 결국 『민중 교육』을 주도했던 교사 김진경, 윤재철과 『민중 교육』을 발간한 실천 문학사 주간 송기원이 국가 보안법 위반으로 구속됩니다. 그리고 함께 조사를 받았던 20명의 교사는 파면을 당합니다.

당국은 관련 교사들을 파면하면 모든 사건이 종결될 것이라고 믿었지만 결과는 정반대였습니다. 해직 교사들을 위해 일선 교사들이 모금 운동을 벌이는 등 『민중 교육』 사건은 교육계에 커다란 반향을 이끌어 냅니다. 숨죽여 지내던 교사들이 이곳저곳에서 모임을 하기 시작한 것도 이 사건 이후였습니다. 교사에 대한 파면 조치가 오히려 교사 운동이 확산되는 계기가 된 것입니다. 각계에서 모인 후원금이 해직 교사들에게 전달되자 이들은 이 후원금을 교육 관련 출판 사업을 벌이는 데에 활용합니다. 그리고 교육 운동을 위해 보다 전문적이고 공개적인 기구를 만들 것을 제안하기에 이르지요.

『민중 교육』 사건 이후 정부는 교사들의 교육 운동을 지속적으로 감시합니다. 민주화 교육을 실천하는 교사들에게는 학생들에게 의식화 교육을 했다며 다른 학교로 발령을 내거나 각서를 받는 등 인사상의 불이익을 주는 일도 적지 않았습니다. 교사들은 이에 반발하여 1986년 5월 10일 서울, 부산, 광주, 춘천에서 '제1회 교사의 날' 집회를 열고 교육 민주화 선언을 발표하기에 이릅니다. 이날 행사장에는 800여 명의 교사가 참석했고 그중 500여 명의 교사가 서명에 참여합니다.

교육 민주화 선언의 주요 내용은 다음과 같습니다. 첫째, 교육의 정치적 중립성이 실질적으로 보장되어야 한다는 것이었습니다. 교육이 정권 유지를 위한 수단이 되거나 정권을 홍보하는 등의 특정한 정치적 이익을 위해 활용되어서는 안 된다는 것이지요. 둘째, 교사의 교육권과 시민적 권리는 침해되어서는 안 되며 학생과 학부모의 교육권도 보장되어야 한다는 것이었습니다. 정부의 부당한 간섭이 없어야 한다는 의미였지요. 셋째, 교육 행정의 비민주성과 관료성이 배제되고 교육의 자율성을 확립하여 교육 자치체를 조속히 실현하자는 것, 넷째, 자주적인 교원 단체의 설립과 활동의 자유를 전면 보장하자는 것, 다섯째, 정상적인 교육 활동을 방해하는 보충 수업과 비인간화를 조장하는 심야 학습이 철폐되어야 한다는 것 등이었습니다.

참교육을 표방한 전국 교직원 노동조합의 성립 교육 민주화 선언에 대한 각계각층의 호응은 뜨거웠습니다. 일선 교사와 학생, 재야 단체에 이르기까지 교육 민주화를 요구하는 성명이 잇따라 발표되었지요. 그리고 마침내 1987년 8월 전국적인 교사 운동 조직체인 '민주 교육 추진 전국 교사 협의회'를 결성하기에 이릅니다. 전교협은 민족·민주·인간화 교육을 표방하고 참교육의 실천을 내세웠습니다. 창립 1년 만에 전국 평교사의 10%에 달하는 3만 명의 회원이 이 단체에 가입했고, 이후 '전국 교직원 노동조합(전교조)'으로 발전하기에 이르지요.

1989년 전국 교직원 노동조합의 성립은 교육 민주화 운동의 정점

거리 행진에 나선 교사들　1989년 교사들은 전교조 탄압 저지와 참교육 실천을 위한 범국민 서명 운동의 발대식을 가진 뒤 현수막을 앞세우고 거리 행진에 나섰다.

이었습니다. 이 단체는 역대 독재 정권이 자신을 합리화하기 위해 교육을 악용해 왔다는 사실을 밝히고 교육이 이기적이고 순응적인 인간을 기르는 데에 동원되었던 점을 반성하면서 교육의 참된 가치를 실현할 것임을 내세웠습니다. 그러나 이 단체의 앞길은 순탄하지 않았습니다. 오랜 시간 불법 단체로 머물러 있다가 1999년에 이르러서야 교원의 노동조합 설립 및 운영 등에 관한 법률이 국회를 통과하면서 비로소 합법화되었지요. 현재의 전교조 활동에 대해서는 입장이나 견해에 따라 충분히 엇갈린 해석을 할 수 있습니다. 과거에 정치권력이 교육을 수단화했듯이 전교조도 교육을 수단화한다는 비판을 받을 수 있는 것입니다.

교육 민주화 운동 후로 우리나라 교육은 과거보다 상대적으로 다양해졌습니다. 제도권 교육으로부터 자유로운 대안 학교들이 속속 등장했으며 그 안에서 다양한 교육 프로그램이 실천되고 있습니다. 최근에는 논란이 있기는 하지만 학생 인권 조례와 같이 학생의 존엄과 가치를 보장하고자 하는 움직임도 일부 나타나고 있습니다. 이처럼 교육 민주화 운동은 우리 사회 곳곳에 만연된 권위주의와 폐쇄성, 그리고 반민주성을 해소하는 데에 상당한 기여를 했다고 평가할 수 있습니다.

나무 한 그루

나희덕

학교 뜰에 서 있는 나무 한 그루
뿌리를 거세당한 채 기울어 간다
세상에 이럴 수가,
교장 선생님은 얼굴까지 붉히며 열을 올린다
잔인하게도 학생이 이런 일을 할 수가,
학교 뜰의 나무 줄기에
누군가 칼로 긁어 상처를 냈다는 것이다
그런 학생이 사회에 나가면
흉악범이나 될 게 분명하다며
누군지 밝혀내어
마땅한 처분이 있어야 할 것이라고 한다
싹수가 노란 것은 미리미리 잘라 내야
선량한 나무들이 벌레 먹지 않는다고 한다
쓸쓸한 마음으로 나와
시들어 가는 나무 한 그루 쓰다듬으니
바람결에 우우우 소리 내어 운다
퇴색해 버린 이파리,
난자당한 줄기보다 더 아픈 것은

묶여진 이 뿌리, 때문이에요
울고 또 울어도 듣는 이 없어
나무 한 그루 조금씩 조금씩 기울어 간다

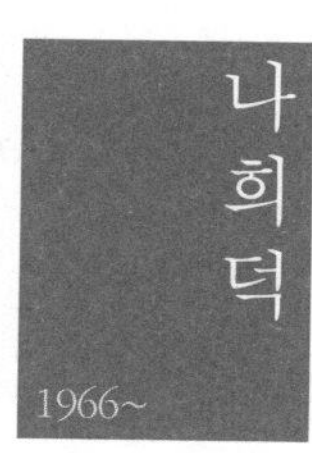

충남 논산 출생. 1989년 『중앙 일보』 신춘문예에 「뿌리에게」가 당선되어 등단하였다. 자연과 인간이 교감을 나누는 작품을 주로 창작하고 있으며 초기에는 자신의 체험에서 우러나오는 교육 관련 작품도 창작하였다. 시집으로 『뿌리에게』, 『그 말이 잎을 물들였다』, 『어두워진다는 것』 등이 있다.

「나무 한 그루」의 작가인 나희덕 시인은 수원의 한 고등학교에서 현직 교사로 근무한 적이 있습니다. 지금은 유명한 시인이 되었고 대학 강단에 서 있지만 한때 교육 현장에 몸담았던 교사였습니다. 시인이 처음 교단에 선 것이 1988년이고 우리 나이로 스물세 살 때였으니 젊고 순수한 열정을 간직하고 있었을 것입니다. 그 시절 시인은 교육 현장의 안타까운 모습을 목격하게 됩니다. 어느 날 교장 선생님이 화가 잔뜩 나서 말합니다. 나무에 상처를 낸 학생을 찾아 싹수를 잘라야 한다고 말이지요. 나무에 상처를 낸 것은 분명히 잘못된 행동입니다. 그런 일을 한 학생은 마땅히 자신의 잘못을 깨닫고 행동을 고쳐야겠지요. 교육이 보다 나은 삶을 지향한다면 말입니다. 그런데 교장 선생님의 대응은 전혀 교육적이지 않았습니다.

그는 이른바 '선량한 나무들'을 위해 싹수가 노란 것을 미리 잘라 내는 강력한 처벌이 있어야 한다고 말합니다. 싹수가 노랗다는 것은 어떤 의미일까요? 그것은 앞으로 잘될 가능성이 없다는 뜻입니다. 잘될 가능성이 없으니 미리 잘라 내는 것은 어쩌면 당연한 일인지도 모릅니다. 그러나 교육이란 잘못된 것을 바로잡아 가는 일이기도 합니다. 그리고 아직 성인이 되지 않은 아이들은 얼마든지 변화할 가능성이 있습니다. 나무에 상처를 입힌 아이가 나중에 자신의 잘못을 깨닫고 나무를 사랑할 수도 있지요. 참다운 교육이란 변화의 가능성을 생각하고 아이들을 지도하는 일이니까요.

그러나 작품 속에 등장하는 교장 선생님은 잘못을 저지른 학생에게 교육자의 입장에서 지도를 하는 것이 아닙니다. 다만 싹수가 노란 것들이 선량한 나무를 병들게 하기 전에 미리 쳐 낼 것을 제시하지요. 교장 선생님은 잘못된 학생을 바르게 교육하는 데에 아무 관심이 없었던 것입니다. 어떻게 이런 비교육적인 발상이 가능했을까요? 그것은 교육을 사랑으로 가르치는 행위로 본 것이 아니라 학생을 관리하는 수단으로 보았기 때문입니다.

관리자의 입장에서 보면 싹수가 노란 것이 가장 위험합니다. 왜냐하면 우선 관리하는 데에 많은 에너지가 소모되고 행여 관리를 잘못했을 경우에 다른 것들에게도 피해를 줄 수 있기 때문입니다. 따라서 관리자에게는 모든 것이 규격화되고 획일화되어 있는 것이 좋습니다. 그래야 관리하기가 편하지요. 학생들을 그저 관리의 대상으로 보면 학생들도 획일화되어 있는 것이 관리자의 입장에서는 가장 편합니다. 하지만 사람은 누구나 자신의 개성을 지니고 있고, 그것은 학생도 마찬가지입니다. 그 개성이 잘못 나타날 가능성 역시 누구에게나 있는 것이지요. 그때마다 싹수가 노랗다고 잘라 낸다면 우리 교육 현장에는 규격화되고 획일화된 아이들만 남게 될 것입니다.

작품 후반부에서 시적 화자는 교장 선생님의 말을 듣고 건물 밖으로 나와 '시들어 가는 나무'를 바라봅니다. 시적 화자가 나무를 쓰다듬었더니 나무는 우우우 소리를 내어 울지요. 그 울음 속에서 시적 화자는 나무가 고통을 느끼는 까닭이 칼로 긁혀서가 아니라 '묶여진 뿌리' 때문이라는 것을 알게 됩니다. '묶여진 뿌리'란 무엇을 의미할까요? 사람들은 나무의 뿌리를 왜 묶어 두는 것일까요? 아마도 그것은 나무가 제멋대로 성장하지 못하도록 한 조치이겠지요. 뿌리가 뻗어 나가지 못하면 성장을 할 수 없으니까요. 아마도 관리를 위해서 나무들을 똑같이 자라게 했을 것입니다. 그렇다면 '묶여진 뿌리'는 성장이 억압당한 상태를 상징한다고 할 수 있을 것입니다.

현실에서 '묶여진 뿌리'는 어떤 것일까요? 도대체 무엇이 성장하는 아이들의 뿌리를 묶어 놓은 것일까요? 주위를 둘러보면 답은 너무나 분명합니다. 아직도 우리나라의 청소년들은 획일화된 입시 위주의 교육과 가혹한 입시 경쟁 속에서 자유로운 성장을 억압당한 채 살아가고 있습니다. 부모의 과잉된 교육열과 승자 독식의 사회 구조가 청소년들의 자유롭고 창의적인 성장을 가로막고 있는 것입니다. 우리나라 교육은 과거에 비해 나아진 점이 많습니다. 하지만 여전히 대학 입시를 위해 모든 것이 집중되어 있고 그러다 보니 여러 모순이 그 안에 존재할 수밖에 없지요. 시인은 학생들의 잘못된 습관이나 태도가 문제인 것이 아니라 아이들을 옭아매는 온갖 억압이 교육을 왜곡한다고 본 것입니다.

풍요와 빈곤을 함께 맛본 1990년대

소비주의 문화와 IMF, 그리고 신자유주의

민주주의와 경제 성장을 이룬 1990년대 1987년 6월 민주 항쟁은 대통령 직선제를 얻어 냈습니다. 그러나 민주 세력의 분열로 정권을 얻는 데에는 실패했지요. 하지만 노태우 정권은 자신들의 권력이 곧 끝나리라는 것을 잘 알고 있었습니다. 1990년 대통령 노태우는 당시 야당이었던 통일 민주당, 신민주 공화당과 3당 합당•을 합니다. 그리고 1992년 김영삼이 대통령에 당선되지요. 군인 출신의 권력자가 물러나고 민간인 출신의 대통령이 탄생했습니다. 이른바 문민정부가 들어선 것이지요. 김영삼 대통령은 정권 초기에 금융 실명제•를 전격적으로

• 3당 합당 민주 정의당, 통일 민주당, 신민주 공화당이 합당해서 민주 자유당(한나라당 전신)을 출범시킨 것을 말한다. 1988년 13대 총선거에서 민주 정의당이 과반수 의석 확보에 실패하자 노태우 정권은 내각제 개헌을 조건으로 합당을 추진하였다.

실시하고, 정치군인을 퇴출시켰으며, 지방 자치제를 실시하는 등 여러 개혁으로 국민들의 지지를 받았습니다. 김영삼 대통령은 오랜 세월 민주화를 위해 투쟁했고 군사 정부 시절의 문제들을 잘 알고 있었기에 거침없이 개혁을 진행할 수 있었지요.

김영삼 정부 초기에는 경제적으로도 여유가 있었습니다. 1995년에는 수출이 천억 달러를 넘어섰고 국민 소득도 만 달러를 넘어섰습니다. 아마도 이런 자신감에서 김영삼 정부는 1996년 경제 협력 개발 기구(OECD)에 가입했을 것입니다. 젊은 세대를 중심으로 소비주의 문화가 활짝 꽃을 피운 것도 이 시점입니다. 이른바 오렌지족이 등장하던 때가 1990년대 초였으니까요. 오렌지족은 서울 강남에 거주하면서 부자 부모를 두고 화려한 소비 생활을 하던 20대 청년들을 가리킵니다. 이들은 부모가 주는 넉넉한 용돈으로 해외 명품 브랜드를 소비하고 값비싼 자가용을 타고 다니며 유흥을 즐겼습니다. 이처럼 김영삼 정권 초기에는 전례 없던 풍요를 누렸습니다.

노동 환경의 악화와 국가 부도의 위기 김영삼 정권은 집권 후반기부터 문제를 드러내기 시작했습니다. 1996년 12월 김영삼 정부는 노동 시장 유연화•를 내세우며 국회에서 노동법을 날치기로 통과시켰습니

• **금융 실명제** 금융 기관에서 금융 거래를 할 때에 가명 혹은 무기명에 의한 거래를 금지하고 실명임을 확인한 후에만 금융 거래를 할 수 있게 한 제도. 각종 금융 비리 사건과 부정부패 사건의 해결을 위해 도입되었다.

다. 이 법안에는 변형 근로 시간제, 정리 해고제 등이 포함되어 있었습니다. 노동자의 권리가 매우 악화된 것이지요. 김영삼 정부가 이러한 조치를 취했던 까닭은 OECD의 요구 수준에 맞추기 위한 것이었다고 볼 수 있는데, 사실 OECD는 고용 보험과 같은 사회 안전망을 충분히 갖춘 상태에서 노동 시장의 유연화가 필요하다고 본 것이지 일방적으로 기업의 편만 들었던 것은 아니었습니다. 그러나 당시 우리나라는 고용 보험이라든가 재교육, 재취업 등의 사회 안전망이 갖추어지지 않은 상태였지요. 점점 더 열악해지는 노동 조건에 노동자들은 거세게 반발했고 대규모 파업과 시위가 끊이지 않았으며 사회는 점점 불안해져 갔습니다.

1997년에 들어와서는 자산 순위 재계 14위였던 한보 그룹이 대규모 제철소를 지으려던 과정에서 최종 부도 처리되는 사건이 벌어집니다. 한보 그룹은 부채 비율이 1900%나 되는 엄청난 부실을 안고 있었습니다. 자기 자본이 2,200억 원밖에 안 되는 기업이 6조 원에 달하는 비용을 들여 세계 5위 규모의 제철소를 지으려 했다는 것 자체가 상식에 맞지 않았지요. 부도 사태는 한보 그룹에서 끝나지 않았습니다. 얼마 후 삼미 그룹, 진로 그룹, 해태 그룹 등 12개 대기업이 부도 처리되었고, 재계 8위였던 기아 그룹마저도 허무하게 무너졌습니다. 기업

• **노동 시장 유연화** 노동 시장이 사회·경제적 변화에 발맞추어 변화해야 한다는 것. 불필요하거나 비효율적인 인력을 정리 해고하고, 인력을 재배치하며, 생산성을 높이는 것이 주요 목적이다.

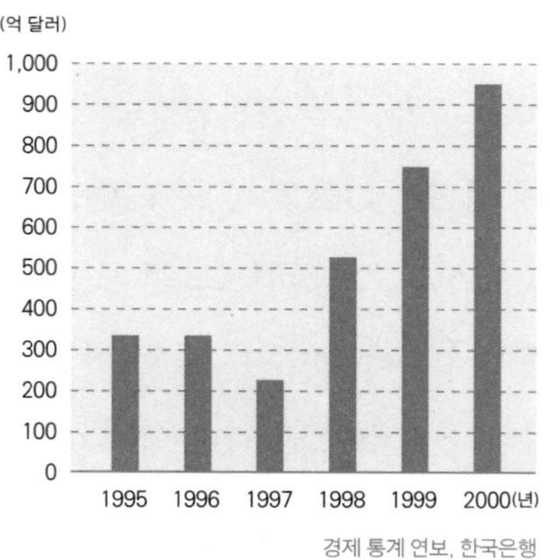

1997년, 바닥을 드러낸 외환 보유액 동남아시아 지역에서 시작된 외환 위기는 곧 우리나라를 덮쳤고 외국인 투자자들은 투자금을 회수하기 시작하였다.

이 부도가 나자 이번에는 기업에 자금을 대출해 준 금융 기관들이 부실해졌습니다. 이자를 못 받거나 원금을 돌려받을 수 없는 돈이 무려 28조가 넘었으니 은행들도 문을 닫을 수밖에 없었지요. 그렇다면 은행은 왜 부실기업에 대출을 해 주었을까요? 그것은 한국 사회의 고질적인 질병으로, 정치권력이 금융 기관에 부당하게 대출 압력을 행사했기 때문이었습니다.

대외적인 상황도 좋지 않았습니다. 1996년 경상 수지 적자는 230억 달러로 세계 2위 수준으로까지 악화되었고, 외채의 규모도 340억 달러로 늘어났습니다. 그럼에도 불구하고 국민들은 국민 소득 만 달러와 OECD 가입을 만끽하며 1997년 7, 8월 두 달 동안 해외여행 경비로만 15억 달러를 물 쓰듯이 낭비했습니다.

결정적인 일이 터졌습니다. 홍콩에서 시작된 동남아시아 지역의 외환 위기•가 인도네시아와 태국을 거쳐 우리나라로 번져 왔던 것입니다. 외국의 투자자들은 한국 시장에 대해 불안감에 휩싸였고 자신들이 투자했던 돈을 서둘러 거둬들이기 시작했습니다. 일본 투자자들만 해도 1997년 11월 한 달 동안 무려 70억 달러를 인출해 갔습니다. 결국 그해 10월 223억 달러였던 우리나라의 외환 보유고는 11월 말 79억 달러로 급감합니다. 국가의 총부채는 1,500억 달러가 넘었는데 말입니다.

IMF 관리 체제와 신자유주의의 영향 마침내 김영삼 정부는 국제 통화 기금(IMF)에 구제 금융 지원을 요청합니다. IMF는 경제 위기 국가의 도산을 막기 위해 정책적으로 금융을 지원하는 국제 기구입니다. 치욕스럽지만 경제 주권을 스스로 IMF에 내놓을 수밖에 없었지요. IMF와 세계은행, 아시아 개발은행, 미국, 일본 등 13개국에서 긴급 자금을 지원했고, 모두 580억 달러로 사상 최대 규모였습니다. 자금 지원 조건은 부실 금융 기관 정리와 긴축 재정, 고금리 유지 등이었습니다. 고난이 시작되었습니다. IMF는 금융, 기업, 노동, 공공 부문에서 신자유주의적인 구조 조정을 요구했고 수많은 노동자가 일터에서 거리로 쫓겨나게 되었습니다. 1998년 우리나라는 경제 성장률 -5.5%에

• 외환 위기 외환 보유고가 하락하여 외환 지급 불능 사태에 이른 국가적 위기를 가리킨다. 1990년 신흥 시장에 대한 과도한 투자가 동남아시아의 외환 위기를 초래했고, 이는 도미노처럼 번져 갔다.

국민 소득이 6,300달러로 떨어져 세계 40위권 밖으로 처졌지요.

이런 상황에서 역사적인 평화적 정권 교체가 이루어집니다. 1997년 대통령 선거에서 야권의 후보였던 김대중이 당선된 것입니다. 그러나 정권 교체에 성공한 김대중 정부도 IMF가 제시한 구제 금융 조건을 따를 수밖에 없었습니다. 당시 IMF가 제시했던 조건은 신자유주의적인 요소가 많았습니다. 신자유주의란 기업의 자유로운 활동을 무엇보다도 중요하게 여기는 이데올로기입니다. 국가의 간섭과 규제를 줄이고 기업의 효율성과 생산성을 극대화하는 것이 핵심이지요. IMF는 우리 정부에 각종 규제 완화를 요구하는 한편, 순차적으로 시장을 개방해서 자본의 자유로운 이동이 가능하게 만듭니다. 외국인이 우리 기업이나 시장에 적극적으로 투자하도록 유도한 것이지요. 이전까지는 국가에서 외국인의 투자를 일정하게 규제했지만 IMF 관리 체제 이후로는 그런 규제들이 사라지거나 대폭 완화되었습니다. 기업의 인수 합병•이 활발하게 일어났고, 우리나라의 알짜 기업과 은행들이 외국 자본에 헐값으로 넘어가는 일도 있었지요.

가장 끔찍한 일은 노동 시장이 급속도로 악화된 것입니다. 신자유주의는 기업의 효율성을 높이는 데에 초점을 맞추기 때문에 IMF는 인건비의 비중을 낮추는 정책들을 제시하였습니다. 가장 대표적인 것이 구조 조정이라는 이름으로 추진된 인력 감축이었고, 그 결과 비정

• **인수 합병** '인수'는 하나의 기업이 다른 기업의 경영권을 얻는 것이고, '합병'은 둘 이상의 기업들이 하나의 기업으로 합쳐지는 것이다.

규직 노동 형태가 크게 늘어났습니다. 불필요한 인력을 줄이고 노동력을 효율적으로 배치하여 생산성을 향상하려는 것이 목적이었지만 노동 상황은 악화되었지요. 정규직과 비정규직 사이에 차별이 없고, 고용 보험과 재취업을 위한 시스템이 갖추어져야 했지만 우리나라는 그렇지 못했습니다. 노동자들은 아무 대책 없이 거리로 내몰려야 했지요.

1998년 12월 실업률은 8%에 이르렀고 이듬해에는 10%를 넘어섰습니다. 기업의 부가 가치 총액에서 인건비가 차지하는 비중은 1996년 53%에서 1998년 45.7%로 지속적으로 떨어졌습니다. 노동자들이 일자리를 잃거나 불안정한 비정규직으로 내몰린 것이지요. 1997년부터 2000년 사이에 전체 노동자 가운데 비정규직의 비율은 46.8%에서 52.3%로 크게 늘어났습니다. 노동 시간도 늘어나서 1999년 제조업 노동자의 노동 시간은 50.5시간으로, 국제 노동 기구의 평균인 41.7시간보다 9시간이나 더 많았습니다.

노동자들의 희생 아래 김대중 정권은 IMF 관리 체제를 짧은 기간에 벗어날 수 있었습니다. 1998년 -6.9%였던 국내 총생산 증가율이 1999년과 2000년에는 9%에 이를 만큼 높은 성장률을 기록했습니다. 그러나 경제가 성장한 만큼 분배가 잘 이루어지지는 않았습니다. 기업들은 고용과 투자에 소극적이었고, 양질의 일자리는 급격하게 줄어들었습니다. 고소득층과 저소득층 사이의 소득 격차는 갈수록 심화되어 이른바 양극화 현상이 일어난 것도 이 시점이었습니다. 소득 상위 20%가 전체 부의 80%를 차지하는 20 대 80의 사회가 되어 버린 것이지요. 더 큰 문제는 이와 같은 현상이 당분간은 개선될 여지가 별로 없다는 것입니다. 그 까닭은 우리 경제가 IMF 관리 체제를 겪는 동안 신자유주의적인 체제로 변모했기 때문입니다.

신자유주의를 역사적으로 평가하는 것은 아직 이릅니다. 현재도 여전히 진행 중이니까요. 하지만 자산가와 대기업 등에만 유리하고 사회의 양극화를 심화시킨 신자유주의 질서의 문제점은 이미 드러났습니다. 민주화에 성공하고 경제 위기도 극복했지만 우리 사회가 여전히 불안한 것은 이런 까닭에서일 것입니다.

하숙

장정일

녀석의 하숙방 벽에는 리바이스 청바지 정장이 걸려 있고
책상 위에는 쓰다 만 사립대 영문과 리포트가 있고 영한사전이 있고
재떨이엔 필터만 남은 켄트 꽁초가 있고 씹다 버린 셀렘이 있고
서랍 안에는 묶은 『플레이보이』가 숨겨져 있고
방 모서리에는 파이오니아 앰프가 모셔져 있고
레코드 꽂이에는 레오나드 코헨, 존 레논, 에릭 클랩튼이 꽂혀 있고
방바닥엔 음악 감상실에서 얻은 최신 빌보드 차트가 팽개쳐 있고
쓰레기통엔 코카 콜라와 조니 워커 빈 병이 쑤셔 박혀 있고
그 하숙방에,
녀석은 혼곤히 취해 대자로 누워 있고
…………
…………
죽었는지 살았는지, 꼼짝도 않고

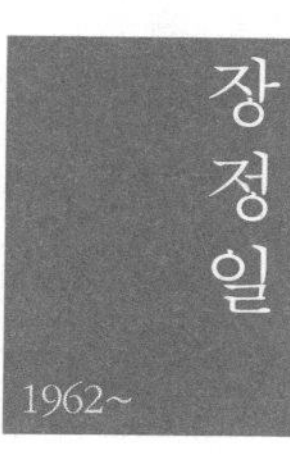
장정일
1962~

경북 달성 출생. 1984년 『언어의 세계』에 「강정 간다」 외 4편을 발표하면서 작품 활동을 시작하였다. 우리 사회의 위악성을 폭로하면서 독자들에게 의도적인 불편함을 조성하기도 하였다. 시집으로는 『햄버거에 대한 명상』, 『길안에서의 택시 잡기』 등이 있다.

1990년대에 우리나라에는 소비주의 문화가 널리 확산되었습니다. 소비주의 문화의 상징과도 같은 자동차가 천만 대를 훌쩍 넘어섰으며 대학생들을 비롯한 젊은층은 자신을 개성적으로 표현하려고 해외 유명 브랜드와 같은 차별화된 명품을 소비하기 시작했습니다. 자신을 타인과 구별 짓기 위해 소비주의 문화를 선택했던 것이지요. 장정일의 「하숙」은 이런 세태를 아주 잘 보여 주는 작품입니다.

이 시에서 시적 화자는 한 사내의 하숙방 풍경을 묘사하고 있습니다. '녀석'이라는 표현을 보면 시적 화자가 사내를 긍정적으로 보지는 않은 것 같네요. 하지만 화자는 최대한 자신의 감정을 절제한 채 눈앞에 펼쳐진 풍경을 객관적으로 전달하고자 합니다. 사내의 정체는 2행을 보면 쉽게 짐작할 수 있습니다. 책상 위에 쓰다 만 사립대 영문과 리포트가 놓여 있으니 말입니다. 사내는 대학생입니다. 그것도 사립 대학을 다니는 친구이지요. 이 시가 쓰였던 1990년대에도 사립 대학의 등록금은 비싼 편이었습니다. 가난한 학생들은 입학하기가 쉽지 않았지요. 한마디로 이 친구는 중산층 이상의 부모를 둔 대학생일 가능성이 높습니다. 우리의 예상이 틀리지 않은 것 같네요. 하숙방에 펼쳐진 사물들이 가난한 학생으로서는 누리기 어려운 값비싼 제품들이니까요.

'리바이스 청바지'는 캐주얼 의류로는 지금도 꽤 비싼 제품입니다. 아마도 작품 속에서 '정장'이라는 말은 진품을 의미하는 것 같네요. 그리고 뒤이어 나오는 '켄트'와 '셀렘'은 모두 담배의 브랜드입니다. 모두 당시로써는 비싼 수입 담배들이었습니다. 이 밖에도 사내는 값비싼 '파이오니아 앰프'를 모셔 놓았고, '조니 워커'처럼 대학생이 접하기 어려운 양주도 마셨던 것 같습니다. 사내는 평범한 사람들이 누리기 어려운 것들을 아무렇지 않게 소비하는 사람인 것이지요. 그는 필요에 따라 상품을 소비했다기보다는 자신을 다른 사람과 구별하기 위한 소비를 했다고 할 수 있습니다. 이른바 오렌지족의 습성을 여실하게 보여 주는 것입니다.

사내의 소비 유형을 보면, 모두가 외국 제품이라는 사실을 알 수 있습니다. 우리나라 제품은 그 어디에서도 찾아볼 수가 없네요. 대학도 영문과이고, 즐겨 듣는 음악도 레오나드 코헨, 존 레논, 에릭 클랩튼이고, 그가 관심을 갖는 것도 우리나라 음악 차트가 아니라 미국의 음악 차트인 '빌보드'입니다. 이국적인 취향을 통해서 대중들 가운데 자신을 분명하게 나타내고 싶었겠지요. 또 한 가지 지나칠 수 없는 것은 사내가 소비한 상품들이 퇴폐적이고 향락적인 특징을 지니고 있다는 것입니다. 외국산 담배를 피우는 것은 그렇다 해도 성을 상품화하는 『플레이보이』 잡지를 숨겨 놓았다거나 조니 워커와 같은 양주를 마신 채 혼곤히 취해서 대자로 누웠다는 것은 사내가 말초적인 쾌락에 푹 빠져 버렸다고 밖에 볼 수 없지요. 시적 화자는 소비문화에 탐닉한 한 청년을 여과 없이 보여 줍니다. "죽었는지 살았는지, 꼼짝도 않고"라는 시행은 소비문화에 중독된 채 생기를 잃어버린 젊은이를 비판하는 것이지요.

1990년대 젊은이들은 더 이상 거리의 시위대일 필요가 없었습니다. 1987년 민주 항쟁으로 민주주의가 어느 정도 자리를 잡았고 산업화에도 성공한 것처럼 보였으니까요. 따라서 젊은이들은 자신들의 정체성을 기존의 방식과 다르게 추구해야 했습니다. 그중 가장 손쉬웠던 방법이 남들과 다른 소비의 패턴을 보여 주는 것이었지요. 불특정한 다수, 개성 없는 대중과 차별된 특성을 드러내기 위해서 이들에게는 세련되고 고급스러운 소비가 필요했던 것입니다.

소비에 대한 사회적 인식이 너그러워진 점도 젊은 세대의 소비문화가 확산되는 데에 기여했습니다. 1990년대에 우리 경제가 어느 정도 궤도에 오르자 교역 상대국들은 무역 수지 불균형 해소를 요구하는 한편 시장 개방을 줄기차게 요구했지요. 이런 맥락에서 소비에 대한 사회적 인식이 너그러워질 수밖에 없었습니다. 이 밖에도 1990년대에 젊은 취향의 대중문화가 급속히 확산된 것도 소비문화가 정착하는 데에 영향을 주었을 것입니다. 시인은 「하숙」에서 이러한 소비문화에 빠진 한 젊은이의 모습을 전면에 내세워 풍자함으로써 읽는 이로 하여금 자기 성찰을 유도하고 있는 것입니다.

화해와 관용으로 공존과 평화를 꿈꾸다

통일 운동의 과정

분단으로 인한 민족적 손실 우리 민족은 근대 국가를 수립하는 과정에서 큰 어려움을 겪었습니다. 일본 제국주의의 침략을 막아 내지 못해 적지 않은 시간 동안 식민 통치를 경험했으며, 해방 이후에도 정치적인 혼란과 강대국의 이해관계 때문에 통일된 민족 국가를 만들지 못하고 분단이 되어 버렸지요. 그리고 얼마 지나지 않아서 전쟁을 경험했고 서로에게 씻기 어려운 상처를 주었습니다. 이후 남과 북은 오랫동안 긴장 관계를 유지해 왔습니다.

분단의 현실은 민족 전체로 보았을 때 매우 큰 손실입니다. 가장 안타까운 것은 이념과 체제 때문에 사랑하는 가족과 생이별을 해야 하는 것입니다. 60여 년이 넘도록 부모 형제와 편지조차 자유롭게 주고받을 수 없는 상황이니 이산가족들은 이 현실이 얼마나 괴로울까요?

둘째로 분단은 남북 양측 모두에게 정치 발전의 장애물로 작용했습니다. 지금도 북한이 부패와 독재로 얼룩진 세습 독재 체제를 유지할 수 있는 것은 분단 현실을 이용한 점이 적지 않습니다. 미 제국주의와 그를 따르는 남조선에 맞서야 한다는 선동적인 주장을 하며 독재를 유지한 것입니다. 남한도 한때 독재 정권이 정권 유지를 위해 비판적인 정치인들을 빨갱이로 내몰았지요. 분단 현실은 남과 북, 양측 모두에게 학문이나 사상을 추구하는 데에도 상당한 걸림돌이었습니다. 물론 폐쇄적인 북한 사회는 그 정도가 훨씬 심했지요.

분단이 가져온 또 다른 피해는 막대한 분단 비용 지출입니다. 우리나라의 군사력 규모는 세계적으로 매우 높은 수준입니다. 남북한 모두 엄청난 규모의 국방비를 소모하고 있지요. 2008년 통계에 따르면 남한군은 65만 명, 북한군은 119만 명 규모의 군대를 유지하고 있습니다. 지상군 규모로는 세계적인 수준입니다. 이웃 나라 일본이 20만 자위대를 지닌 것과 비교되지요. 만약 우리나라가 통일 국가였다면 이런 힘을 국가를 발전시키는 데에 활용할 수 있었을 것입니다.

마지막으로 분단 체제가 유지되는 한 우리나라는 외세의 영향으로부터 자유로울 수 없습니다. 우리나라는 근대화 과정에서 중국, 미국, 러시아, 일본의 영향을 받았습니다. 하지만 우리 역사가 언제나 그랬던 것은 아닙니다. 정치적으로 안정되고 국력이 강했을 때는 오히려 중국, 일본에 강력한 영향력을 행사한 적도 있었지요. 그러나 지금처럼 분단된 현실에서는 강대국들의 영향력에서 벗어나는 것이 결코 쉽지 않을 것입니다. 민족의 문제를 민족 스스로 해결하지 못하고 다른 나라의 입장까지 고려해야 한다는 것은 안타까운 일이지요.

7·4 남북 공동 성명의 성과와 한계 분단으로 인한 현실의 모순을 해결하기 위해서는 반드시 통일을 이루어야 합니다. 하지만 분단 직후 민족끼리 전쟁을 치른 탓에 통일로 가는 길은 쉽지가 않습니다. 더군다나 1970년대 이전까지 세계는 자유주의와 사회주의로 나뉘어 냉전 중이었고 그런 탓에 우리 민족은 서로 북침, 남침 통일론을 내세우며 날카롭게 대립각을 세우기 바빴지요. 평화 통일을 주장하는 것만으로도 빨갱이로 몰리던 시절이었으니까요.

1970년대 들어 세계가 데탕트 시대를 맞아 자본주의 진영과 사회주의 진영의 긴장이 완화되고 평화와 공존을 향해 나아가자 한반도에도 따뜻한 기운이 감돌기 시작했습니다. 1971년 대한 적십자사는 북측에 남북 이산가족 찾기 회담을 제의했고 북측이 이에 동의하면서 그에 대한 예비회담이 판문점에서 개최되었습니다. 그 후 당국자 간에 긴밀한 연락을 주고받은 끝에 1972년 7월 4일, 역사적인 남북 공동 성명이 발표되기에 이릅니다. 이 성명을 통해 남과 북은 모두 평화 통일에 대한 의지를 확인하였습니다. 회담의 주요 내용은 통일은 외세에 의존하거나 외세의 간섭 없이 자주적으로 해야 한다는 것과 서로 상대방을 반대하는 무력행사에 의거하지 않고 평화적 방법으로 통일을 실현해야 한다는 것, 사상과 이념, 제도의 차이를 초월하여 하나의 민족으로서 민족적 대단결을 도모하자는 것이었습니다. 공동 성명 후 판문점, 서울, 평양을 차례로 돌면서 남과 북 당국자들 사이에 활발하게 회의가 이루어졌지요.

그러나 이 시기에 남과 북은 모두 내부적으로는 독재를 강화해 갔습니다. 1972년, 박정희 정권은 종신 집권을 향한 유신(10. 17.)을 단행했으며, 북한의 김일성 정권도 사회주의 헌법을 제정(12. 27.)하여 1인 독재 체제를 강화합니다. 그러면서 북한은 일방적으로 회담 중단을 선언하기에 이릅니다. 그 후로 북한은 연이은 테러로 남북 관계를 크게 후퇴시킵니다. 1974년에는 대통령 영부인이 살해되었고, 1976년에는 미군 장교가 판문점에서 도끼로 살해당하는 사건이 발생했지요. 이런 분위기는 아웅 산 묘소 폭발 사건(1983. 10.)을 계기로 정점으로 치닫습니다. 미얀마의 아웅 산 묘소에서 참배 행사를 하려던 한국의 외교 사절을 대상으로 북한의 테러범이 폭발물을 터트린 것입니다. 이 폭발로 부총리를 포함한 17명의 정부 인사가 목숨을 잃었습니다.

통일 운동의 전개와 남북 정상 회담 분위기가 반전된 것은 우리 사회의 민주화가 어느 정도 자리를 잡기 시작하던 때였습니다. 노태우 정권은 비록 군인 출신이었지만 대통령 직선제에 의해 성립된 이상 평화 통일을 향한 시민의 요구를 무시할 수 없었습니다. 1989년에는 당시 한국 외국어 대학교 4학년생이던 임수경이 전국 대학생 대표자 협의회의 대표 자격으로 평양 세계 청년 학생 축전에 비밀리에 참석하

손을 맞잡은 남북 두 정상 2000년 6월 화해와 협력의 분위기 속에 남북 정상 회담이 개최되었다.

기도 했지요. 이 밖에도 민간 차원에서 문익환 목사, 문규현 신부 등이 주도한 통일 운동은 그 어느 때보다도 활발했습니다. 이에 노태우 정부는 1988년 7월에 '민족자존과 통일 번영을 위한 대통령 특별 선언', 이른바 7·7 선언을 발표하였고, 1990년 9월에는 남북 고위급 총리 회담이 서울에서 개최되기에 이릅니다. 그리고 1991년 12월 역사적인 '남북 사이의 화해와 불가침 및 교류·협력에 관한 합의서'가 교환되고 이듬해 1월 '한반도 비핵화 공동 선언'이 이루어집니다.

하지만 이런 노력에도 불구하고 북한은 다시 핵 개발에 나섰고, 노태우 정부는 미군과의 군사 훈련을 재개했습니다. 게다가 1993년 북한이 핵 확산 금지 조약(NPT)● 탈퇴를 선언함으로써 이듬해 한반도에는 전쟁의 기운마저 감돌았습니다. 당시 김영삼 정부는 위기를 타개하기 위해 남북 정상 회담을 추진하지만 김일성의 갑작스러운 사망으로 그마저도 수포로 돌아가고 맙니다. 정권이 또다시 바뀌고 김대중 정부가 들어서면서 남북 관계에 막혔던 물꼬가 트이기 시작했습니다. 그 시작은 1998년 정주영 현대 그룹 명예 회장이 두 차례에 걸쳐 소 떼를 몰고 북한을 방문하면서부터입니다. 이후 현대 아산을 중심으로 금강산 관광 사업이 시작되었고 각계에서 남북의 교류가 활발하게 이루어졌습니다.

김대중 정부는 대북 정책으로 흡수 통일을 배제하고, 소위 햇볕 정책을 구사하기 시작합니다. 경제 협력 활성화 조치를 비롯한 대북 유화 정책을 통해 남과 북의 군사적 긴장을 완화하고 북한을 개혁·개방으로 이끌 수 있다고 생각했던 것이지요. 김대중 정부의 햇볕 정책은 여전히 논란 중입니다. 퍼 주기 식이었다고 비판하는 이도 있고, 가장 현실적인 대안이었다고 평가하는 이들도 있습니다. 어찌 되었든 햇볕 정책으로 남북의 긴장이 완화된 것은 사실입니다. 김대중 정부는 이러한 화해와 협력의 분위기 속에서 2000년 6월 역사적인 남북 정상 회담을 개최합니다. 남과 북의 정상이 분단 이후 처음으로 자리를 함께한 것이지요. 이 회담을 통해 남과 북은 통일 문제의 자주적 해결,

• **핵 확산 금지 조약** 비핵보유국이 새로 핵무기를 보유하는 것과 보유국이 비보유국에 대하여 핵무기를 공급하는 것을 금지하는 조약. 한국은 1975년 4월 23일 정식 비준국이 되었으며, 북한은 1985년 12월 12일 가입했으나 1993년 3월 12일 탈퇴를 선언하고, 1994년 6월 13일 국제 원자력 기구(IAEA)에 탈퇴 선언을 제출하였다.

이산가족 방문단 교환, 경제 협력을 통한 균형적 발전, 각 분야의 교류 협력 등을 약속합니다. 구체적으로는 경의선 복구와 개성 공단 설치 같은 것들에 대해 합의를 합니다. 이런 정책들은 다음 정권이던 노무현 정부에도 큰 수정 없이 계승되었지요.

이명박 정부를 거치면서 남과 북의 관계는 큰 진전을 이루지 못한 채 다시 대립과 긴장 상태로 되돌아갑니다. 더군다나 2010년에는 천안함 사건과 연평도 포격 사건이 일어나기도 했습니다. 6·25 전쟁 이후 가장 큰 피해가 한 해 동안 발생한 것입니다. 이런 상황이니 통일은 점점 어려워지는 것이 아닌가 생각하기 쉽지요. 하지만 오히려 그런 까닭에 우리는 통일을 향한 걸음을 쉬지 말아야 합니다.

우리 민족은 분단된 후에 늘 불안감 속에서 살았습니다. 불안 속에서 우리는 같은 민족을 서로 믿지 못한 채 타인의 말에 귀를 기울여야 했습니다. 그러다 보니 알게 모르게 우리가 지닌 역량과 재능을 마음껏 펼쳐 보일 수 없었습니다. 통일은 어려운 일입니다. 그러나 그렇다고 그것을 포기할 수는 없지요. 앞서 살펴본 것처럼 우리 민족은 분단 상황에서 많은 희생을 치르고 있습니다. 따라서 지금의 갈등 관계를 하루빨리 청산하고 화해의 분위기로 나아갈 필요가 있습니다. 서로가 관용적인 태도로 신뢰를 조금씩 쌓아 간다면 언젠가는 깊게 파인 상처가 치유될 날이 올 것입니다. 이 시점에서 가장 중요한 것은 반드시 통일을 이룰 수 있다는 믿음일 것입니다.

머머리 섬

최두석

한강과 임진강이 합류하여
감돌아 흐르다가
밀물에 밀려 다시 회돌아 흐르는 섬

한강과 임진강이 몸을 섞는
격정의 강물 위에 떠올라
서해로 가는 물결 하염없이 배웅하는 섬

바위 틈새마다 소나무 참나무
버드나무 길러 숲 속에 온갖 산새 물새
알 품게 하는 뜻은 무엇인가

품속에서 기른 온갖 산새 물새
해마다 남녘으로 북녘으로
날려 보내는 의미는 무엇인가

남녘의 소유권도
북녘의 통치권도 미치지 못하는 강물에

흥건히 몸을 적시며

아무도 넘볼 수 없게
자신의 자리 오롯이 지키면서
세월의 물살 고스란히 받아넘기는 이여

내 자유롭게 훨훨
남북을 오가고 싶은 소망의 새 한 마리
가슴에 품어 살뜰히 길러다오.

전남 담양 출생. 1980년 『심상』에 「김통정」 등을 발표하며 등단하였다. 사실성과 서정성을 결합하여 작품을 창작하였으며 '이야기 시론' 등 리얼리즘 시론을 펼치기도 하였다. 시집에 『대꽃』, 『임진강』, 『성에꽃』, 『사람들 사이에 꽃이 필 때』, 『꽃에게 길을 묻는다』 등이 있다.

머머리 섬
■
최두석

경기도 김포군 최북단 보구곶리 강 한가운데에는 '유도'라는 섬이 있습니다. 유도는 강물을 따라서 섬 하나가 떠내려오다가 바다에 빠지지 않고 강 끄트머리에 자리를 잡고 머물렀다고 해서 일명 '머머리 섬'이라고도 부릅니다. 그리고 '머머리 섬'에서부터 시작해서 경기도 파주 앞까지 흐르는 강을 사람들은 흔히 조강(祖江), 즉 할애비 강이라고 부릅니다. 이 강을 할애비 강이라고 부르는 까닭은 이곳으로 여러 갈래의 강물들이 합쳐졌다 흐르기 때문입니다. 한탄강은 임진강을 거쳐 조강으로 흐르고 남한강과 북한강은 한강에서 한 물결을 이루어 다시 조강으로 흘러듭니다. 이렇게 볼 때 조강은 할아버지, 임진강과 한강은 아버지, 한탄강과 남한강, 북한강은 아들 강이 됩니다. 서로 나뉘어 흐르던 강들이 조강에 이르러 비로소 하나를 이루어 서해라는 너른 바다로 나가는 것입니다.

이곳에 오면 누구나 우리 민족이 처한 현실을 생각하지 않을 수 없습니다. 북녘에서 오든 남녘에서 오든 강물은 하나로 합해져 너른 바다로 향하고 그 위에 떠 있는 머머리 섬에는 다양한 생물들이 아무 다툼 없이 조화롭게 살아가는데 정작 인간의 삶은 그렇지 않기 때문이지요. 머머리 섬은 군사적으로 통제되고 있어서 민간인이 그 안에 들어갈 수 없습니다. 그리고 그 건너편은 북녘땅이어서 접근조차 불가능하지요. 우리 민족이 분단되었다는 현실을 이곳에 오면 새삼 다시 느끼게 됩니다. 시인 최두석이 머머리 섬을 두고서 분단에 대한 아쉬움과 통일에 대한 염원을 표현한 것도 이런 맥락에서입니다.

시인은 시의 1연에서 작품의 주요 소재가 되는 머머리 섬이 한강과 임진강이 서로 만나는 할애비 강 위에 떠 있음을 제시하고 있습니다. 2연에서는 시상을 좀 더 발전시켜 머머리 섬이 한강과 임진강이 몸을 섞는 격정의 강물 위에 떠올랐다고 표현하고 있습니다. 한강과 임진강을 의인화해서 남북한 사람들이 서로에 대한 애정과 그리움을 간직하고 있음을 나타냈지요. 오랜 그리움이 있기에 두 강물이 격정적으로 만나는 것입니다. 조강 위에 떠 있는 머머리 섬은 한강과 임진강의 애틋한 모습을 하염없이 바라보고 있네요.

시상의 전환이 일어나는 것은 3연입니다. 머머리 섬에는 바위 틈새마다 소나무, 참나무, 버드나무가 자라고 온갖 산새와 물새들이 알을 품고 있습니다. 머머리 섬은 생명이 살아 숨 쉬는 공간인 셈이지요. 시인이 머머리 섬을 이처럼 표현한 까닭은 무엇일까요. 그것은 머머리 섬의 공간적인 특수성과 관련이 있습니다. 이곳은 한강과 임진강, 곧 남한과 북한이 격정적으로 서로를 만나는 장소입니다. 따라서 이곳의 생명은 남한과 북한이 격정적인 사랑 끝에 함께 이루어 낸 소중한 생명이라고 할 수 있습니다. 화합과 평화의 상징인 셈이지요. 4연에서 머머리 섬이 품속에서 길러 낸 온갖 산새, 물새를 해마다 남녘과 북녘으로 날려 보내는 것의 의미는 남북한에 보내는 화해와 통합의 메시지로 볼 수 있습니다.

5연에서 시인은 머머리 섬의 성격을 다시 말합니다. 이 섬은 남녘의 소유권도 북녘의 통치권도 미치지 못하는 강물 위에 있습니다. 얼핏 보면 일상적인 표현 같지만 남녘의 소유권은 자본주의를, 북녘의 통치권은 사회주의를 상징합니다. 소유를 중시하는 것은 자본주의이고, 사회적 통제가 엄격한 곳은 사회주의 체제이기 때문이지요. 따라서 5연은 남북한 사회의 체제 차이를 언급하면서 그와 무관하게 존재하는 머머리 섬을 부각시키고 있습니다. 이러한 머머리 섬의 존재감은 6연으로 자연스럽게 이어지고 있습니다. '세월의 물살'을 고스란히 받아넘긴다는 말은 서로 다른 체제의 역사, 그로 인한 전쟁과 갈등의 역사를 머머리 섬이 고스란히 받아넘기면서도 꿋꿋이 그 자리를 지켜 왔다는 의미로 해석할 수 있습니다. 머머리 섬은 현대사의 모든 아픔을 이겨 낸 존재로 볼 수 있지요.

마지막 연에서 시적 화자가 머머리 섬에 당부하는 말에 귀 기울여 보세요. 남북을 오가고 싶은 소망의 새 한 마리 가슴에 품어 살뜰히 길러 달라는 말. 이것은 남북한 사람들이 통일에 대한 소망을 가슴속에서 새롭게 일깨워야 한다는 의미로 읽힙니다. 현재 적지 않은 사람들이 통일의 필요성에 공감하지 않거나 북한을 적대시하는 경향이 있습니다. 물론 그곳의 정치 체제는 비판받아야 마땅합니다. 그러나 그렇다고 해서 북한 자체에 대한 반감과 거부감이 커져서는 안 되겠지요. 체제의 차이를 넘어서 머머리 섬의 생명들처럼 평화롭고 조화롭게 살아가기 위해서는 서로를 이해하고 포용하는 마음을 길러야 할 것입니다. 현재 우리나라는 극단적인 대치 국면에 놓여 있습니다. 이런 분위기 속에서는 정치, 경제, 사회가 모두 불안할 수밖에 없습니다. 안정되고 평화로운 삶을 위해서도 우리는 통일에 대한 소망을 버려서는 안 될 것입니다.

낭만은 떠나고 경쟁만 남은 세대

청년 실업과 88만 원 세대

갈수록 악화되는 고용 환경 IMF 관리 체제 이후 우리나라는 고용 사정이 크게 나빠졌습니다. 정규직 일자리는 줄어들고 비정규직 일자리가 해마다 늘어났습니다. 기업들이 고용과 해고가 쉽고 인건비 부담이 적은 비정규직을 선호한 탓이지요. 기업들은 또한 효율성과 생산성 향상을 위해서 신입 사원보다 경력직 사원을 선발하려 했습니다. 신입 사원이 업무에 적응하는 데에 시간이 걸리는 반면 경력직 사원은 현장에 바로 투입할 수 있기 때문이지요. 이러한 노동 환경의 변화는 이제 막 사회에 진입하려는 20대에게 가장 큰 영향을 미쳤습니다. 좋은 일자리는 줄어들고 경쟁은 그만큼 치열해졌기 때문입니다.

과거에는 대학만 졸업해도 비교적 좋은 일자리를 얻을 수 있었습니다. 1980년대만 하더라도 우리나라는 해마다 7~8% 이상의 경제 성장률을 기록하고 있었고 경제가 성장한 만큼 새로운 일자리가 꾸준히 만들어졌습니다. 물론 그때 당시 우리 사회는 민주화가 이루어지지 않았기 때문에 20대는 시위 현장에서 민주화를 위해 싸워야 했습니다. 대학생들은 최루탄 냄새를 맡아 가며 시위를 벌이면서도 대학 생활의 낭만을 만끽했습니다. 졸업 후 경제적인 문제로 곤란을 겪을 것이라고는 그 누구도 생각하지 않았습니다. 세계 경제의 호황이 이어졌고 중화학 공업과 조선업, 건설업, 자동차 산업 등 우리나라의 수출 관련 기업들은 끊임없이 신규 고용을 창출할 수 있었습니다. 당시에는 대기업의 인사 담당자들이 대학을 찾아다니며 졸업생들을 유치하고자 했지요.

상황은 1990년대 후반부터 달라지기 시작했습니다. 우선 기업들은 외환 위기 이후 한동안 투자에 소극적이었습니다. 방만한 투자가 회사를 부실하게 만든다고 생각했기 때문이었지요. 투자의 감소는 고용의 감소로 이어졌습니다. 당장에 유지할 필요가 없다고 생각하는 부서는 통폐합되었고 인력을 새로 뽑지도 않았습니다. 곧바로 이익을 창출하지 못하는 연구 인력 등은 외면을 받게 되었지요. 이공계 기피 현상이 나타나고 의대 열풍이 불게 된 것도 이러한 맥락에서 이해할 수 있을 것입니다.

IMF 관리 체제를 벗어나서 주변 여건이 나아졌을 때에도 기업들은 국내에서 고용을 늘리지 않았습니다. 대신 기업들은 현지 법인을 세우기 시작했습니다. 인건비가 상대적으로 저렴하고 각종 규제로부터 자유로우며 노동조합이 제대로 자리 잡지 않은 해외에 공장을 세우게 된 것입니다. 해외 공장은 동남아시아를 비롯해 동유럽 국가에 이르기까지 상대적으로 개발이 덜된 국가에 세워졌고, 그 국가들도 자신들의 나라가 개발되기를 바랐기 때문에 우리 기업들의 진출을 지원해 주었습니다. 이런 까닭에 우리 경제가 다시 성장하고 경상 수지는 흑자를 기록했지만 그만큼의 고용은 이루어지지 않습니다.

그뿐만 아니라 자동화 시스템이 자리를 잡으면서 노동자를 고용할 필요는 더욱 줄어들었습니다. 컴퓨터 프로그램과 인터넷의 발달은 공장 설비를 자동화한 것은 물론이고 사무 인력까지 감축시켰습니다.

IMF 관리 체제 이후 대기업이 시장에서 독점적인 지위를 지니게 된 것도 고용 사정이 악화된 이유 중 하나입니다. 우리 경제에서 대기업이 차지하는 비중은 이미 50%를 넘어섰습니다. 그러나 이들이 전체 고용 시장에서 차지하는 비중은 20% 정도에 불과합니다. 기업의 영향력에 비해서 고용 비중이 작은 것입니다. 이런 환경에서는 경제가 성장하고 경상 수지가 흑자를 기록한다고 하더라도 고용 효과는 미미할 수밖에 없습니다. 파이가 아무리 커져도 먹는 사람은 정해져 있기 때문이지요.

88만 원 세대의 아픔과 상처 2012년 통계청의 공식 집계에 의하면 우리나라 전체 노동자의 33% 정도가 비정규직으로 고용되어 있습니다. 3명 중에 1명이 비정규직 노동자인 셈이지요. 이 수치는 기존 정규직

청년 채용 박람회장의 모습 '청년 희망 채용 박람회' 행사장이 취업난에 시달리는 청년 구직자들로 북적거리고 있다.

을 포함한 것이어서 새로 채용되는 비정규직의 비율은 이보다 훨씬 높을 것으로 예상할 수 있습니다. 그리고 이들 중의 상당수가 이제 막 사회에 진입한 20대이지요. 경제학자 우석훈은 이들에게 '88만 원 세대'라는 이름을 붙여 주었습니다. 비정규직의 평균 임금이 119만 원인데 전체 임금에서 20대가 차지하는 비율을 고려해 보면 20대 비정규직의 평균 임금은 88만 원이라 그런 이름을 붙인 것입니다.

현재 우리 사회에서 20대는 다른 세대와 비교했을 때 불리한 점이 많습니다. 일단 취업의 관문이 예전과는 비교할 수 없을 정도로 좁아졌습니다. 이들은 대학에서 학점 관리는 물론이고 외국어 공인 점수, 공모전 수상과 같은 '스펙'을 쌓아야 합니다. 심지어는 면접을 위해

성형을 하기도 합니다. 그럼에도 취업이라는 좁은 문을 통과하기란 쉽지 않아서 휴학을 하거나 대학 졸업을 연기하는 학생도 많고, 그러다가 구직을 단념하는 경우도 적지 않습니다. 과잉 경쟁과 불확실한 미래, 가족에 대한 미안함은 고스란히 정신적인 스트레스로 이어집니다. 우리나라 20대의 자살률이 세계 1위인 것은 이런 현상과 결코 무관하지 않을 것입니다.

이들이 처한 경제적인 상황은 더욱 심각합니다. 우리나라 대학 등록금은 세계 최고 수준에 달합니다. 서울 지역 사립 대학의 등록금은 한 학기에 400~500만 원을 훌쩍 넘어선 지 오래고 식비, 교통비, 집세, 용돈까지 고려하면 대학 생활에 필요한 기본적인 금액은 천정부지로 치솟게 되지요. 상황이 이러하니 이들에게 결혼은 꿈꾸기 어려운 일이 되고 있습니다. 우리나라의 평균 결혼 연령은 꾸준히 높아지고 있습니다. 2013년 기준으로 남자는 32세, 여자는 29세가 되어야 결혼을 한다고 합니다. 20년 전과 비교하면 4년 이상 늦어진 것인데 결혼 연령이 높아진 가장 큰 까닭은 경제적인 이유 때문입니다. 그중에서도 살 집을 구하기 어렵다는 것이 큰 문제이지요. 20대 비정규직 남녀가 결혼해서 살 집을 스스로 마련하기란 거의 불가능에 가깝습니다. 이처럼 20대는 사랑할 수 있는 자유마저도 쉽게 누릴 수 없습니다.

20대가 처한 문제점과 그 대안 그렇다고 해서 20대가 현실에 대한 문제의식을 뚜렷하게 지닌 것도 아닙니다. 이들은 어린 시절부터 소비

문화에 길든 채 성장했습니다. 우리나라의 20대 중 상당수는 유명 브랜드를 소비하는 데에 익숙해져 있는데 이들은 소비 행위를 통해 자신의 정체성을 규정지으려는 성향이 있습니다. 한 끼 밥값에 해당하는 스타벅스 커피를 마시며 명품을 선호하지만 정작 자신은 경제 활동을 전혀 하지 않는 사람을 가리키는 '된장녀', '된장남'이라는 말이 유행했던 것은 20대의 왜곡된 소비문화를 단적으로 드러낸 예이지요.

20대는 정치적인 단결력도 발휘하지 못하고 있습니다. 이전 세대들은 독재에 저항하고 민주화를 요구하기 위해서 정치적으로 단결한 경험이 있지만 지금의 20대에게는 정치적으로 단결력을 발휘할 만한 사건이 없었습니다. 또 다른 문제는 20대가 아무리 정치적으로 단결한다 해도 기존 세대를 뛰어넘기가 어렵다는 것입니다. 현재 우리나라 인구에서 50대, 60대가 차지하는 비중은 작지 않습니다. 원시적으로 말해서 20대는 수적으로도 불리하지요. 20대가 정치적으로 지지하는 후보가 있더라도 50대 후반의 베이비 붐 세대를 극복하기란 쉽지 않은 것입니다.

88만 원 세대의 문제를 20대 스스로 해결하기는 쉽지 않을 것입니다. 소수자이면서 약자인 20대는 스스로 할 수 있는 일이 많지 않습니다. 일단 20대가 소비문화에서 벗어나 정치적으로 각성하는 것이 현실적으로 가장 의미 있는 일입니다. 기업과 일부 언론의 마케팅 전략에 빠져서 명품으로 둔갑한 사치재를 소비하는 일이 없어야겠지요. 스스로 가치를 생산하고 고용을 창출하는 일에도 나서야 합니다. 진입이 어려운 대기업 취직만을 고집하는 대신 창의적인 발상으로 독자 브랜드를 개발하여 협동조합의 형태로 운영하는 것도 방법일 것입니다.

기성세대들의 역할도 중요합니다. 20대의 부모 세대들, 즉 50, 60대들은 20대에게 기회를 주어야 합니다. 그러기 위해서는 많은 양보가 필요하지요. 20대가 좀 더 편안하게 사회에 진입할 수 있도록 정치적인 역량을 발휘해야 합니다. 기업이 차별 없는 일자리를 제공하게 하고 정부가 부동산을 비롯한 사회의 진입 장벽을 낮추게 하려면 어떤 방법이 있을까요? 또한 대학생들이 학자금 부담에서 벗어나 자유롭게 자신의 창의력을 발휘할 수 있으려면 어떻게 해야 할까요? 젊은 세대의 결혼과 출산, 양육의 문제를 사회가 함께 책임지게 하려면 어떻게 해야 할까요? 이를 위해서는 무엇보다도 이를 지지해 주는 새로운 정치권력이 필요합니다. 기성세대의 이익을 미래 세대와 공유하고자 하는 새로운 정치 세력의 탄생을 50, 60대가 지지해 주어야겠지요.

봄의 계급

백상웅

이번 생도 비정규직이다. 봄날 간다. 한 철 흥하다가 흩날린다. 꽃잎 몰려가는 골목 끝에는 4월이 이 세계를 빠져나가는 출구. 산수유와 매화도 거기에서 고된 노동을 끝낸다. 어저께도 그저께도 멀쩡했다. 순식간에 폭삭 무너져 내린 이 세계를 이제는 어찌하리. 봄날 간다. 지하역으로 내려가는 계단에, 동네 가게 앞 의자에 내려앉는다. 어쨌거나 지금은 선대로부터 물려받은 봄날. 청춘은 아픔과 슬픔 따위를 고용 승계한다. 예나 지금이나 꽃이 사라져 가는 출구는 잠깐 열렸다 닫힌다. 수챗구멍을 빠져나가는 물처럼, 한 계절이 소용돌이치며 사라진다. 봄날의 꽃들은 혁명처럼 피었으나 사랑만 하고, 수정(受精)만 하고 세상을 뜬다. 봄날 오고 이제 간다. 지난 세기에도 그리 갔다. 사랑만으로는 세계가 완성될 수 없으리. 철공소 앞 꽃잎 날린다. 그러나 쉬지 않는 용접 불꽃, 지직 지직, 꽃잎 흩날린다. 봄날 간다. 우리 이제 출구 찾아 여기를 떠나리라. 다시는 봄날의 계급을 찾지 못하리라.

전남 여수 출생. 2008년 '창비 신인 시인상'을 수상하며 작품 활동을 시작하였다. 세밀한 관찰과 깊이 있는 성찰로 젊은 세대의 아픔을 표현하고 있다. 시집으로 『거인을 보았다』가 있다.

우리나라는 현재 심각한 청년 실업 문제를 겪고 있습니다. 경제 성장률은 선진국에 비해 낮은 편이 아니지만 일자리가 창출되지 않기 때문입니다. 젊은 층에게 그나마 주어지는 일자리는 비정규직인 경우가 많습니다. 비정규직은 마치 기계의 부속품처럼 쓰이다가 그 쓸모가 다하면 계약 해지를 당하지요. 백상웅의 「봄의 계급」은 비정규직의 삶을 한철 흐드러지게 피었다가 지는 봄꽃의 운명에 빗대어 표현하고 있습니다.

이 시는 "이번 생도 비정규직이다."라는 충격적인 말로 시작하고 있습니다. 이 말이 충격적인 것은 지난 생도 비정규직이었다는 말을 포함하고 있기 때문이지요. 시적 화자는 비정규직으로서의 삶을 반복해 온 셈입니다. 우리나라에서 비정규직이 정규직이 되는 일은 쉽지가 않습니다. 현재 우리나라에는 일정 기간이 되면 비정규직을 정규직으로 전환하는 비정규직 보호법이 있지만 오히려 기업들은 이를 악용하여 노동자를 정규직으로 전환하기 전에 해고해 버립니다. 비정규직 보호법이 비정규직을 더 많이 만들어 내고 있는 셈이지요. 이런 상황이니 노동자들은 비정규직을 전전하는 현실에서 벗어나기가 쉽지 않습니다.

시인은 이런 현상을 봄꽃이 피고 지는 일에 비유합니다. 산수유와 매화 같은 봄꽃은 참으로 아름답습니다. 겨우내 무채색에 가까웠던 자연 풍경을 일순간 아름답게 변화시켜 주기 때문이지요. 하지만 꽃은 오래가지 않습니다. 한철 흐드러지게 피었다가 다시 지고 맙니다. 이것은 마치 비정규직 노동자가 계약 기간 동안 혼신의 힘을 다해 노동을 하다가 어느새 계약 만료 시점이 되어 쫓겨나는 현상과 비슷합니다.

꽃을 피우는 일과 비정규직의 노동은 그 기간이 지속되지 못한다는 공통점이 있지요. 봄날이 가면 꽃이 떨어지듯이 계약 기간이 끝나면 비정규직은 일을 그만두어야 하는 것입니다. 떨어진 꽃잎이 "지하역으로 내려가는 계단"과 "동네 앞 가게 앞 의자에 내려앉는" 것처럼 비정규직은 현실에 자리 잡지 못하고 이곳저곳을 또다시 떠돌아야 하지요.

그런데 여기서 한 가지, 꽃의 정체에 대해서 주목해 보아야 합니다. "청춘은 아픔과 슬픔 따위를 고용 승계한다."라는 표현을 가만 보니 어느 사이에 '꽃'이 '청춘'이라는 말로 바뀌어 있네요. 이를 미루어 봄꽃은 다른 세대가 아니라 20~30대 청춘을 살아가는 존재임을 의미한다고 할 수 있겠습니다. 그러고 보면 인생에서 꽃처럼 아름답고 향기 나는 시절은 사실 푸릇푸릇한 20대 청년 시절이라고 할 수 있을 것입니다. 시인은 봄꽃처럼 지고 있는 20대 청춘의 아픔과 슬픔을 표현하고자 했던 것이지요.

시의 후반부는 전반부와는 조금 다른 느낌입니다. "봄날의 꽃들은 혁명처럼 피었으나 사랑만 하고, 수정만 하고 세상을 뜬다."라는 말. 이 말은 어쩐지 봄날의 꽃들을 비판하는 것 같은 인상을 줍니다. '~만 하고'라는 말은 '~은 하지 않고'라는 의미를 포함하고 있기 때문이지요. 그렇다면 봄꽃이 혁명처럼 피었다가 사랑과 수정만 했다는 것은 어떤 의미일까요. 이는 봄꽃이 마치 세상을 바꾸어 보려는 것처럼 피어나지만 실상 변화시킨 것은 아무것도 없다는 말로 읽힙니다.

봄꽃이 사랑만 하고 수정만 한다는 것은 20대의 청춘을 겨냥한 말 같기도 합니다. 봄꽃은 그 무엇보다도 화려하지요. 20대의 청춘도 어느 누구보다도 화려합니다. 20대의 청춘들은 자신들을 더 화려하게 하려고 소비하고 치장하고 사랑하고 수정합니다. 그러나 시적 화자는 다시 말합니다. "사랑만으로는 세계가 완성될 수 없으리."라고 말이지요. 젊고 화려한 것만 가지고서는 세상은 변하지 않는 것입니다. 아무래도 시의 후반부는 현실과 사회에 무관심한 채 살아가는 젊은 세대에 대한 시인의 경고로 읽히네요. 철공소 앞에서 쉬지 않는 용접 불꽃에 비하면 흩날리는 봄꽃은 견고한 생활력이 사라진 생명력 약한 존재에 불과한 것이지요.

전체적으로 볼 때 이 시는 비정규직의 설움을 봄꽃의 짧은 생애에 비유해 표현하고 있습니다. 20대 비정규직의 안타까운 현실이 느껴지지요. 하지만 이 시는 봄꽃이 지닌 정신적인 나약함도 동시에 표현하고 있습니다. "사랑만으로는 세계가 완성될 수 없으리."라는 구절은 마치 20대의 젊은이들에게 현실을 낭만적으로만 살아가는 것에는 분명한 한계가 있다고 경고하는 것 같습니다. 아마도 이런 점에서 시적 화자는 마침내 "우리 이제 출구 찾아 여기를 떠나리라."라고 외칠 수 있었을 것입니다. "다시는 봄날의 계급을 찾지 못하리라."라는 마지막 구절도 현실에 저항하려는 시인의 의지를 간접적으로 표현한 것이겠지요.

인종과 국경을 넘어서 다문화 사회로

이주 노동자와 다문화 사회

고통받는 이주 노동자 영화로도 만들어진 소설 『완득이』는 난쟁이 아버지와 함께 살아가는 열일곱 살 도완득의 이야기입니다. 완득이는 집안이 가난하고 공부도 못하지만 누구에게도 기죽지 않는 오기로 똘똘 뭉친 학생입니다. 하지만 완득이는 우리나라 10대가 흔히 그러하듯이 삶을 어떻게 살아갈지에 대해 진지하게 고민하지 않았습니다. 그런 완득이가 '똥주'라는 괴짜 담임 선생님을 만나면서 조금씩 새로운 인생의 목표를 찾아가는 것이 이 소설의 중심 내용이지요. 그런데 이 소설에는 예기치 않은 인물이 한 명 등장합니다. 바로 완득이의 어머니입니다. 남몰래 불법 체류 노동자를 돕던 담임 선생님은 베트남 출신의 완득이 어머니를 찾아내 완득이와 만나게 해 줍니다. 완득이 어머니는 이주 여성이었던 것이지요. 얼마 전 영화 「완득이」에 완득이 어머니로 출연했던 이자스민은 실제 필리핀 이주 여성으로 지금은 국회 의원으로 활동하고 있습니다.

영화나 소설만이 아니라 이주 여성은 이제 우리나라에서 어렵지 않게 찾아볼 수 있습니다. 그리고 코리안 드림을 안고 각종 산업 현장에서 땀 흘리는 이주 노동자들은 그 수가 이주 여성보다도 많습니다. 법무부의 집계에 의하면 우리나라에 거주하는 이주민은 2010년을 기준으로 약 118만 명가량이라고 합니다. 2002년에 30만 명 정도였으니까 그 증가 속도가 대단히 빠르다고 할 수 있지요. 학자들은 2050년 즈음에는 전체 인구의 9%에 해당하는 이주민이 우리나라에 체류할 것이라고 내다보기도 합니다. 이제 우리나라를 단일 민족 국가로 보기에는 무리가 있지요. 우리나라도 다문화 사회가 된 것입니다.

우리나라는 1980년대까지만 하더라도 우리 인력을 다른 나라에 파견했습니다. 1960~1970년대에는 독일 등지로 많은 사람이 건너가 간호사나 광부가 되었고 사우디아라비아 같은 중동 지역에도 수많은 건설 노동자가 파견되어 많은 건물과 다리를 만들었습니다. 그러던 우리나라가 이주 노동자를 받아들이기 시작한 것은 1980년대 말부터였습니다. 대학을 졸업한 고학력자가 증가하고 이른바 3D 업종에 대한 기피 현상이 나타나면서 중소기업에서 일할 사람이 부족해진 것입니다. 이때부터 우리나라에 본격적으로 이주 노동자들이 등장하기 시작했습니다. 정부는 1992년 '산업 연수생' 제도를 시행해서 이주 노동자들을 대거 받아들였고 이들은 중소기업에서 실질적인 노동을 도맡아

왔습니다. 이후 이주 노동자들은 꾸준히 증가했습니다. 우리나라가 구제 금융 위기를 겪는 동안에는 한때 이주 노동자의 입국을 규제했던 적도 있었지만 IMF 관리 체제를 극복한 이후에는 꾸준한 속도로 이주 노동자가 증가했습니다.

이주 노동자들은 한국인들이 싫어하는 더럽고 고되고 위험한 일에 투입되고 있고 그런 만큼 우리나라 산업에 기여하는 바가 크다고 할 수 있습니다. 그러나 이들의 신분에는 여러 가지 문제가 있습니다. 초창기 이주 노동자의 신분은 산업 연수생이었습니다. 실질적으로 노동을 하고 있었지만 이들은 노동자 신분이 아니었지요. 따라서 온전한 법적인 보호를 받을 수 없었습니다. 임금을 제때 받지 못하거나 떼이는 일이 잦았고 산업 재해를 당해도 보상은커녕 치료도 받지 못했습니다. 온갖 폭언과 폭행에 시달렸으며 여성 노동자인 경우 성폭행을 당하는 경우도 있었습니다. 이들은 연수생 신분이었기 때문에 임금 수준도 낮았을뿐더러 자기 뜻대로 공장을 옮길 수도 없었습니다. 폭행과 폭언, 낮은 임금을 견디지 못하고 이들 중 상당수는 스스로 불법 체류자의 길을 선택했습니다.

1994년 '경제 정의 실천 시민 연합' 본부의 강당에서 이주 노동자들의 농성이 있었습니다. 산업 재해를 당하고도 치료와 피해 보상을 받지 못한 이주 노동자들이 목소리를 내기 시작한 것입니다. 1995년에는 네팔 인 산업 연수생들이 명동 성당에서 "월급 주세요. 때리지 마세요. 우리는 노예가 아닙니다."라는 팻말을 들고 시위를 벌여서 사

네팔 인 산업 연수생들의 시위 모습　1995년 명동 성당에서 벌어진 이 시위를 계기로 시민들과 정부는 이주 노동자 문제에 관심을 기울이기 시작하였다.

람들을 놀라게 했지요. 이들의 시위로 우리 정부는 비로소 이주 노동자 문제에 관심을 기울이기 시작했습니다. 시위가 있었던 후 이주 노동자들에게도 「근로 기준법」, 「최저 임금법」, 「산업 재해 보상 보험법」 등이 적용될 수 있었지요.

이주 여성에 대한 편견과 차별, 인권 침해　다문화 사회를 이루는 구성원에는 이주 여성도 있습니다. 이들은 대부분이 결혼 이민자로서 베트남, 캄보디아, 필리핀, 방글라데시 등 다양한 국적을 지니고 있습니다. 2008년 통계에 의하면 우리나라에 거주하는 이주 여성은 약 14만 명으로 전체 이주민의 14% 이상을 차지하고 있습니다. 이주 여성과 한국 남성 사이에서 태어난 2세도 2008년 기준으로 약 6만 명 정도가 있다고 합니다. 따라서 적지 않은 수의 이주민과 그 2세가 우리나라에서 살고 있는 것이지요. 아마 그 숫자는 시간이 흐르면 흐를수록 증가할 것입니다.

이주 여성들은 주로 한국의 농촌 남성들과 결혼해서 살고 있습니다. 우리나라의 농촌 남성들이 혼인에 곤란을 겪자 1990년대부터 결혼 중개업소를 중심으로 국제결혼이 활발하게 추진된 것입니다. 중개업소들은 일정한 수수료를 받고 농촌 남성들에게 베트남, 캄보디아 등지의 여성들을 소개해 주었습니다. 그런데 이 과정에서 우리나라 사람들에게 이주 여성에 대한 편견이 자리를 잡았습니다. 중개업소들이 노골적으로 상업적인 이윤을 챙긴 탓에 이주 여성을 '돈을 주고 사온 여성'으로 여기게 된 것이지요. 이주 여성과 결혼한 한국인 남성도 자신의 아내를 동등한 인격을 지닌 배우자가 아니라 함부로 해도 되는 사람으로 여겼습니다.

이주 여성에 대한 편견은 이주 여성에 대한 인권 침해로 이어졌습니다. 이주 여성들은 남편의 폭행과 폭언, 성적 학대에 시달렸습니다. 심지어는 이주 여성이 남편에게 살해당하는 일마저 벌어져서 사회에 큰 충격을 주기도 했습니다. 이주 여성이 겪는 가장 큰 어려움은 문화적인 차이에서 오는 갈등입니다. 현재 우리나라의 이주 여성들은 한국 문화를 강제로 받아들여야 하는 경우가 대부분입니다. 한국에 왔으니 한국의 생활 양식과 문화를 따르라는 것이지요. 하지만 생활 양식과 문화는 특정한 것을 지정해 누군가에게 강요한다고 해서 상대가 이를 내면화할 수 있는 것은 아닙니다. 오히려 상대는 문화적인 차별과 무시를 당한다고 생각할 수 있지요.

이 밖에도 이주 여성들은 언어적인 차이, 경제적인 문제 등으로 곤란을 겪고 있습니다. 우선 이주 여성들은 기본적인 한국어도 배우지 못한 경우가 많습니다. 이주 노동자들은 대개 입국 전에 기본적인 한국어를 학습하고 오지만 결혼을 위해 이주하는 여성들은 한국어를 배우지 못한 채 입국을 하기도 합니다. 이런 까닭에 이주 여성이 정신병자로 오인당해 정신 병원에 감금된 적도 있었지요. 경제적인 문제도 심각합니다. 이주 여성의 남편과 시부모는 주로 농촌에 거주하는 이들인데 이들의 경제적인 수준은 그리 높지 않습니다. 통계청에 따르면 2009년 다문화 가족의 월평균 소득 분포를 보면 100~200만 원이 전체의 38%를 차지하고 있고, 100만 원 미만도 21%나 된다고 합니다. 우리나라 전체 평균 가구 소득이 2009년 기준 332만 원임을 감안할 때 이들의 소득은 매우 적은 수준입니다.

문화적 다원주의에 바탕을 둔 다문화 모형 2000년대에 와서 우리나라는 이주민에 대해서 적극적인 정책을 펼치기 시작했습니다. 불법 체류자를 양산하던 산업 연수생 제도는 폐지되었고 2007년 '재한 외국인 처우 기본법'이 시행되었습니다. 그뿐만 아니라 국무총리를 위원장으로 하는 외국인 정책 위원회가 조직되어 이주 노동자의 인권 옹호를 위한 사업이 다각도로 추진되고 있습니다. 같은 해 다문화 가족 지원법이 제정되어 이주민들이 한국 사회에 정착할 수 있도록 각종 지원이 이루어지고 있습니다. 시민들의 의식 수준도 예전과는 달라져서 이주민에 대한 인종 차별 의식도 점차 수그러들고 있지요.

정부와 민간이 다양한 형태로 다문화 가족에 대한 지원을 하고 있기는 하지만 그것만으로는 우리 사회가 다문화 사회로 나아가는 데에 여전히 한계가 있습니다. 전문가들에 의하면 다문화 사회는 크게 세 가지 유형으로 나뉜다고 합니다. 첫째는 이주민을 단순한 노동력 제공자로 간주해 이들이 기존 사회에 진입할 수 없도록 가로막는 모형입니다. 우리나라에서 한때 운영했던 산업 연수생 제도가 그런 형태였습니다. 차별과 배제의 모형인 것이지요. 두 번째는 동화 모형입니다. 한국의 언어와 문화를 이주민들이 내면화하도록 가르쳐서 이들을 한국인처럼 만드는 방식이지요. 하지만 문화라는 것이 교육을 통해 받아들이는 데는 한계가 있어서 이주민들은 심각한 정체성 혼란을 겪게 됩니다. 현재 우리나라가 추진하는 정책들은 대체로 동화 정책이라고 말할 수 있습니다.

마지막으로 다문화 모형이 있습니다. 문화적 다원주의에 바탕을 둔 다문화 모형은 이주민을 존중하면서 주류 사회와 이주민을 동등한 관계로 인식하고 그들의 특수성을 수용해 주는 모형입니다. 문화라는 것은 민족이나 지역, 세대마다 다르니 다문화 모형은 다문화 사회가 지향해야 할 방향성을 제시해 준다고 할 수 있지요. 현재 우리가 지향해야 할 모형은 다문화 모형이어야 할 것입니다. 그리고 더 나아가서는 일정 기간 이상 한국에 체류한 사람에게는 한국 사회의 구성원으로서 시민적 권리를 행사할 수 있게 해야겠지요. 이들이 주체적으로 정치, 경제, 사회, 문화적인 활동을 할 수 있어야만 진정한 의미의 다문화 사회가 이루어질 수 있을 것입니다.

야외 공동 식사

하종오

체육 대회 하는 동남아인 노동자들이
운동장 가 백양나무들 아래 자리 펴고 앉아
점심을 맛있게 먹었다
모국에선 늘 배가 고팠으므로
한국에서 식사할 때
비에트나미즈는 천천히 먹고
필리피노는 빨리 먹고
네팔리는 한 번에 많이 먹고
타이랜더는 한 번 더 먹고
미얀마리즈는 골고루 먹고
스리랑칸은 편식했다
일본에서 수입된 휴대용 버너에
미국에서 수입된 쇠고기를 구워
중국에서 수입된 나무젓가락으로 집어
한 입 씹는 동안
동남아인 노동자들은 제각각 다른 공장에서
일본으로 수출되는 건어물 포장하는 자신을 잊고
미국으로 수출되는 과일 통조림 만드는 자신을 잊고

중국으로 수출되는 과자 굽는 자신을 잊었다
이렇게 모여 놀고 함께 끼니 들며
나어린 어머니들은 갓난아기들에게 우유를 먹이고
나든 어머니들은 어린아이들에게 김밥을 먹였다
혼자서 먹으면서도 여럿이 먹는 성찬이었다
백양나무들이 운동장 가운데로 그늘을 넓게 퍼뜨렸다

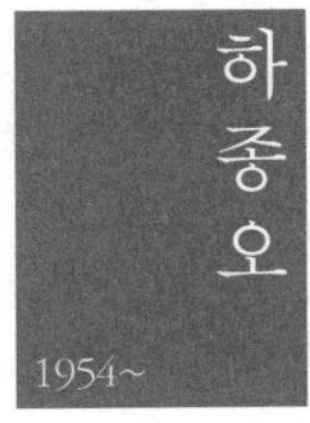

경북 의성 출생. 1975년 『현대 문학』에 「허수아비의 꿈」을 발표하며 등단하였다. 현대 역사의 한과 민중의 소망을 노래하였다. 최근에는 이주 노동자들의 삶과 다문화 사회에 관련된 작품을 발표하고 있다. 시집으로는 『벼는 벼끼리 피는 피끼리』, 『넋이야 넋이로다』, 『국경 없는 공장』 등이 있다.

우리나라는 아주 오랫동안 단일 민족 국가를 유지해 왔습니다. 한반도라는 일정한 영토 안에서 동일한 역사적 경험을 지닌 이들이 오랫동안 함께 살아온 것이지요. 잦은 외세 침략이 있었음에도 우리 민족의 정체성은 오히려 견고해졌습니다. 이런 까닭에 우리나라는 단일 민족 국가라는 점에 대단한 자부심이 있었고 이를 교육을 통해 사회적으로 널리 확산시켰습니다. 하지만 단일 민족이라는 자부심은 타민족에 대한 배타적 태도와 편견을 낳게 했습니다. 우리나라에 이주한 외국인들이 가장 힘들어 하는 것이 바로 이 점이지요.

통계청 자료에 따르면 2010년 이주민의 숫자가 이미 118만 명에 이르렀습니다. 이들은 각자의 문화적 경험을 지니고 있지요. 우리 사회는 이제 단일 민족 사회가 아니라 다문화 사회로 나아가고 있는 것입니다. 이런 상황에서 우리 민족이 아니라는 이유로 이주민을 억압해서는 안 되겠지요. 서로서로 배려하고 이해하며 소통하는 문화를 만들어야 할 것입니다. 하종오의 「야외 공동 식사」는 바로 이러한 다문화 사회에 필요한 소통과 배려를 느낄 수 있는 작품입니다.

이 작품에 등장하는 이들은 '동남아인 노동자들'입니다. 이들은 주로 한국인들이 싫어하는 직종에서 묵묵히 자신들의 일을 해 나가고 있습니다. 작품에서 알 수 있듯이 이들은 일본으로 수출되는 건어물을 포장하고 미국으로 수출되는 과일 통조림을 만들며 중국으로 수출되는 과자를 굽는 등 주로 수출 관련 업종에서 일하고 있습니다. 우리나라에서 수출은 특별한 의미를 지닙니다. '수출만이 살길'이라며 역대 거의 모든 정부가 수출을 중요하게 여겨 왔지요. 또한 수출 관련 업계에 종사하는 이들을 가리켜 산업 역군이라고 칭하면서 수출을 독려해 왔습니다. 그런데 이 일을 이제는 이주 노동자들이 상당 부분 도맡고 있습니다. 따라서 이주 노동자들은 우리 경제에서 아주 중요한 역할을 담당하는 수출 역군인 셈이지요. 아마도 시인은 이들의 삶이 우리에게 긍정적인 역할을 수행한다는 점을 보여 주려 했을 것입니다.

이들은 모국에서 풍족한 삶을 살았던 것이 아닙니다. 베트남, 필리핀, 타이, 네팔, 미얀마, 스리랑카는 우리나라에 비해 경제적인 수준도 낮습니다. 그런 까닭에 시인은 "모국에선 늘 배가 고팠으므로"라는 표현을 했을 것입니다. 이들은 경제적인 곤란을 겪는다는 점에서는 비슷하지만 문화와 언어가 같은 것은 아닙니다. 식사를 하는 방식만 보아도 '비에트나미즈, 네팔리, 타이랜더, 미얀마리즈, 스리랑칸'이 서로 다른 문화를 보여 주지요. 그렇다고 해서 이들이 서로를 이해하지 못하거나 무시하지는 않습니다. 그들은 자신들의 노동과 국적을 잊은 채 체육 대회를 치르며 함께 끼니를 해결하고 있습니다. 나이 어린 어머니들이 갓난아기에게 우유를 먹이고 나이 든 어머니들은 어린아이에게 김밥을 먹이는 장면은 민족적인 문제를 떠나 한가롭고 평화로운 느낌이 드네요.

이들이 보여 주는 광경은 다문화 사회가 지향해야 할 방향을 제시해 주고 있다고 할 수 있습니다. "혼자서 먹으면서도 여럿이 먹는 성찬"이라는 역설적인 표현에는 차이를 인정하면서 모두가 만족스러워하는 다문화 사회의 모습을 엿볼 수 있네요. 각자가 자신의 방식대로 식사를 즐기고 서로가 서로를 인정해 주면서 하나의 사회를 이루고 있는 장면이 매우 인상적입니다. 우리가 나아가야 할 다문화 사회는 이런 모습이 아닐까요?

한때 우리나라 사람들은 지금의 동남아시아 사람들처럼 세계 곳곳에서 이주 노동자로 살았습니다. 지금도 우리 민족은 세계 여러 곳으로 많이 흩어져서 사는 민족 중 하나이지요. 일제 강점기에 우리 민족은 생존을 위해 연해주, 북간도로 건너갔고, 그중 일부는 소련의 이주 정책 때문에 중앙아시아까지 강제 이주를 당한 적도 있었습니다. 또한 일본에는 재일 동포가, 미국에는 재미 동포가 상당수 살아가고 있습니다. 전 세계에 있는 재외 동포는 이미 천만 명을 훌쩍 넘었습니다. 그곳에서 살아가는 우리 동포가 만약 우리가 동남아시아 사람들에게 지닌 편견과 비슷한 사회적 차별 속에서 살아간다면 어떨까요? 마음이 많이 아플 것입니다. 마찬가지입니다. 한국 사회에서 살아가는 여러 이주민들도 편견과 차별 속에서 마음이 괴로울 것입니다. 우리가 진정한 다문화 사회로 나아가야 하는 이유는 그 누구도 국적이라든가 민족이 다르다는 이유로 인간의 존엄이 무시당해서는 안 되기 때문입니다.

자료 출처 · 참고 문헌

작품 출처

안도현, 「서울로 가는 전봉준」, 『서울로 가는 전봉준』, 문학 동네, 1997

이중원, 「동심가」, 『독립신문』, 1896년 5월 26일

한용운, 「님의 침묵」, 『한용운 시 전집』, 서정 시학, 2009

이상화, 「빼앗긴 들에도 봄은 오는가」, 『개벽』 제70호, 1926

임화, 「우리 오빠와 화로」, 『임화 문학예술 전집 1 – 시』, 임화 문학예술 전집 편찬 위원회 편, 소명 출판, 2009

이육사 , 「광야」, 『한국 현대 대표 시선 1』, 민영 외 엮음, 창비, 2011

신석정, 「꽃 덤불」, 『그 먼 나라를 알으십니까』, 창비, 2009

구상, 「초토의 시 8」, 『(한국 대표 시인 101인 선집) 구상』, 문학 사상사, 2002

김정환, 「지울 수 없는 노래」, 『지울 수 없는 노래』, 창비, 2009

김수영, 「어느 날 고궁을 나오면서」, 『김수영 전집 1 시』, 민음사, 2009

이시영, 「정님이」, 『만월』, 창비, 2008

조태일, 「식칼론 4」, 『조태일 전집 – 시 1』, 이동순 엮음, 창비, 2009

김남주, 「학살 2」, 『꽃 속에 피가 흐른다』, 염무웅 엮음, 창비, 2009

박노해, 「지문을 부른다」, 『노동의 새벽』, 느린 걸음, 2011

나희덕, 「나무 한 그루」, 『뿌리에게』, 창비, 2010

장정일, 「하숙」, 『햄버거에 대한 명상』, 민음사, 2013

최두석, 「머머리 섬」, 『사람들 사이에 꽃이 필 때』, 문학과 지성사, 1997

백상웅, 「봄의 계급」, 『거인을 보았다』, 창비, 2012

하종오, 「야외 공동 식사」, 『국경 없는 공장』, 삶이 보이는 창, 2007

사진 출처

27면, 48~49면, 61면, 63면, 92면, 108면, 111면 – 독립 기념관 제공

74면, 150면 – 동아 일보, 뉴스 이미지 뱅크 제공

125면, 222면, 245면, 256면, 267면 – 연합 뉴스

137면 – 국가 기록원 제공

151면, 191면, 193면 – 경향 신문, 민주화 운동 기념 사업회 제공

174면, 176면 – 조선 일보, 뉴스 이미지 뱅크 제공

206면 – 정태원, 이한열 기념 사업회 제공

그림 출처 33면 – 만민 공동회 민중 대회 기록화, 독립 기념관 소장

43면 – 조르주 비고, '낚시 놀이', 『도비에』 1호, 1887

표 자료 출처 19면 – 황병석, 『고교생을 위한 국사 용어 사전』(신원 문화사, 2004), 158면

73면 – 강만길, 『고쳐 쓴 한국 현대사』(창비, 2005), 124면

162면 – 김광남 외, 『고등학교 한국 근·현대사』(두산 동아, 2010), 327면

232면 – 김광남 외, 『고등학교 한국 근·현대사』(두산 동아, 2010), 330면

참고 문헌

강만길, 『고쳐 쓴 한국 근대사』, 창비, 2006
강만길, 『고쳐 쓴 한국 현대사』, 창비, 2005
강만길, 『20세기 우리 역사』, 창비, 2009
강준만, 『한국 근대사 산책』 1~10권, 인물과 사상사, 2007
강준만, 『한국 현대사 산책』 1~18권, 인물과 사상사, 2006
국사 편찬 위원회, 『한국사』 36~52권, 국사 편찬 위원회, 1994
권영민, 『한국 현대 문학사』 1~2권, 민음사, 2002
김광남 외, 『고등학교 한국 근·현대사』, 두산 동아, 2010
김윤식 외, 『한국 현대 시사 연구』, 시학, 2007
김한종 외, 『고등학교 한국 근·현대사』, 금성, 2010
김흥수 외, 『고등학교 한국 근·현대사』, 천재 교육, 2010
박석흥, 『한국 근현대사 100년의 재인식』, 이담 북스, 2010
서중석, 『사진과 그림으로 보는 한국 현대사』, 웅진 지식 하우스, 2005
서중석, 『한국 현대사 60년』, 역사 비평사, 2007
송찬섭, 『한국사의 이해』, 한국 방송 통신 대학교 출판부, 2007
신경림, 『시인을 찾아서』 1~2, 우리 교육, 1998
신현수, 『시로 만나는 한국 현대사』, 북멘토, 2009
역사 문제 연구소, 『한국의 '근대'와 '근대성' 비판』, 역사 비평사, 2000
역사 비평 편집 위원회, 『논쟁으로 본 한국 사회 100년』, 역사 비평사, 2000

역사 문제 연구소, 『제주 4·3 연구』, 역사 비평사, 1999
오세영 외, 『한국 현대 시사』, 민음사, 2007
우석훈·박권일, 『88만 원 세대』, 레디앙, 2007
전국 역사 교사 모임, 『살아 있는 한국사 교과서 2』, 휴머니스트, 2006
최하림, 『김수영 평전』, 실천 문학사, 2001
한계전, 『한국 현대 시론사 연구』, 문학과 지성사, 1998
한국 역사 연구회, 『1894년 농민 전쟁 연구』 1~2권, 역사 비평사, 1994
한철호 외, 『고등학교 한국 근·현대사』, 미래엔, 2010

도움을 주신 분들

전병철 선생님(공주고, 역사), 하인애 선생님(전주 상산고, 역사),
염복규 선생님(국사 편찬 위원회 편사 연구사)